Les Charbonneau d'Outremont

HÉLOÏSE BRINDAMOUR

Les Charbonneau d'Outremont

TOME 1
NICOLE

www.quebecloisirs.com
UNE ÉDITION DU CLUB QUÉBEC LOISIRS INC.
Avec l'autorisation de de Groupe Librex inc., faisant affaire sous le nom des
Éditions Libre Expression.

© Les Éditions Libre Expression, 2013
Dépôt Légal --- Bibliothèque et Archives nationales du Québec, 2013
ISBN Q.L. 978-2-89666-243-2
Publié précédemment sous ISBN 978-2-7648-0573-2

Imprimé au Canada

« J'allais devenir fou de désir et de solitude. »
Paul Claudel

Mes remerciements chaleureux à Mme Marthe Croisetière
pour son témoignage sur la vie de couventine
dans le Québec des années 1940.

Je remercie aussi de tout cœur Miléna Stojanac pour sa
patience et pour ses précieux conseils.

Première partie

1

Automne

La maîtresse de cours passait dans les rangées avec sa petite clochette pour réveiller les pensionnaires. Il était six heures moins le quart, la messe était à six heures. Nicole se leva prestement et commença à s'habiller en dessous de sa robe de nuit en se contorsionnant. Autour d'elle, toutes les autres filles en faisaient autant, sans prononcer un mot. Quand elle eut fini de se débarbouiller, Nicole se plaça dans le rang pour aller à la chapelle. C'était mardi – jour de mystère douloureux et d'assistance obligatoire à la messe. Mais Nicole y serait allée même si cela avait été un autre jour ; elle avait commencé à assister quotidiennement à la messe depuis la rentrée. Marthe ne comprenait pas pourquoi elle le faisait : depuis des semaines elle ne cessait de lui répéter « Tu es folle, Nicole ! » chaque fois qu'elle se rendait compte que son amie s'était levée plus tôt juste pour se rendre à la chapelle. Elles étaient à peine une dizaine à être aussi zélées, et les autres pensionnaires les appelaient « les futures novices », mais Nicole ne s'en formalisait pas. Le matin, dans la chapelle sombre et humide, c'était le seul moment, avec la nuit, où elle pouvait se retrouver enfin seule avec elle-même. Nicole partageait son lavabo avec Marthe, et pendant leur toilette elle avait vu les regards que celle-ci lui lançait, mais les avait ignorés. Elle se plaça dans le rang en lui tournant le dos, mais Marthe n'abandonnait pas facilement. « Psst… Nicole… *Nicole !* » Nicole baissa la tête et commença à marcher. Marthe lui rentra son coude dans les côtes. « Aïe !

« — Nicole !

— Quoi ? Tu m'as fait mal…

— Ben, tu réponds pas ! Tu as fait les maths ?

— …

— *Nicole !* Tu as fait les maths ?

— Qu'est-ce que ça peut te faire ?

— Le numéro trois… Tu l'as fait ?… *Nicole !*

— Oui…

— Tu arrivais à combien ? Allez, Nicole !

— Je ne m'en souviens plus.

— Menteuse ! »

Elles arrivaient dans la chapelle, les légers chuchotements qu'on entendait dans les rangs s'évanouirent, et Nicole alla s'asseoir le plus loin possible de Marthe. Elle ne pouvait pas supporter qu'on lui parlât seulement quand on avait besoin de son aide pour un devoir. Elle voulait qu'on lui parlât seulement parce qu'on avait envie d'être avec elle, mais Marthe bien sûr ne pouvait pas comprendre cela.

La cloche du pensionnat sonna six heures, mais l'abbé Desrochers n'arrivait toujours pas pour célébrer la messe. Les sœurs elles-mêmes, qui pourtant d'habitude restaient complètement immobiles sur le prie-Dieu, les yeux mi-clos et en prière pour donner l'exemple, se mirent à se retourner et à s'entre-regarder. Quelque chose n'allait pas. Comme toujours au couvent quand la routine était bouleversée, une sorte d'excitation commença à monter chez les pensionnaires. Elles se taisaient toujours, bien sûr – parler eût été impensable –, mais elles gigotaient sur leur banc, se jetaient des coups d'œil et des appels muets. Nicole ne regardait personne. Elle se sentait trop lasse pour réagir. L'abbé Desrochers était en retard, qu'est-ce que ça pouvait faire ? Il finirait bien par arriver, et la messe serait célébrée comme d'habitude, peut-être un peu plus vite expédiée, voilà tout. Mais au lieu de l'abbé Desrochers, ce fut mère Sainte-Jeanne-René qu'on vit remonter l'allée jusqu'au chœur, suivie de près par mère Marie-Reine-des-Cœurs, son adjointe. La mère supérieure se tourna vers ses élèves, qui fixèrent sur elle des yeux avides. « Mes enfants, je viens d'apprendre une bien triste nouvelle… Cette nuit, le père Desrochers s'est trouvé malade… Il est à l'hôpital… » À ces mots, un léger murmure gronda dans l'assistance. « Silence, mesdemoiselles ! Je vous rappelle que vous êtes dans une chapelle, un peu de respect ! Il n'y aura donc pas de messe ce matin, inutile de le dire… Cependant, notre bon père Desrochers mérite bien que nous disions un chapelet pour demander sa plus prompte guérison. Mère Marie-Reine-des-Cœurs, voulez-vous…

— Oui, ma mère. »

Mère Sainte-Jeanne-René sortit, laissant son adjointe guider le chapelet. D'un même mouvement, toutes les pensionnaires imitèrent la religieuse qui s'était mise à genoux devant l'autel. Dans un murmure, elles commencèrent à ânonner les répons. Les vitres de la chapelle laissaient entrer le soleil encore chaud de la mi-septembre, et un des rayons arrivait droit sur la joue de Nicole, qui ferma les yeux pour se laisser bercer par les voix monocordes des récitantes. Elle aussi récitait sans trop penser à ce qu'elle disait.

Dans son enfance, Nicole avait été animée d'une foi naïve, très vive, une foi qui de temps à autre la faisait entrer dans des transports incompréhensibles et lui donnait le désir d'embrasser le monde. Elle sentait son cœur brûler d'un feu étranger, voulait tout donner d'elle, être une sainte, une martyre, ou quelque chose comme ça. Mais surtout, chaque soir avant de s'endormir, elle priait avec ferveur pour sa mère, pour que celle-ci fût heureuse. Avec son intuition exacerbée d'enfant, elle sentait bien que sa mère avait besoin d'être délivrée d'un tourment, bien qu'elle ne sût pas de quel tourment il s'agissait au juste. Et jusqu'à six ou sept ans, elle avait vibré d'un amour intense pour cette femme qu'elle trouvait si belle, si mystérieuse, si lointaine. Cela, c'était avant qu'elle comprît que dans les yeux de sa mère elle n'existait pas : quoi qu'elle fît, en bien ou en mal, elle restait transparente. On la mit au couvent à sept ans. Nicole vécut parmi les sœurs, dont certaines étaient bonnes et douces, et d'autres froides et sévères. Elle aima tout de suite sœur Marguerite-Marie, une vieille religieuse aux yeux d'enfant qui la prit sous son aile parce qu'elle montrait des dons particuliers pour le piano. Dans la musique, Nicole retrouvait un peu de ce feu qui avait brûlé en elle quand elle était petite. Sœur Marguerite-Marie la poussait ; elle disait qu'un jour Nicole pourrait même devenir pianiste de concert, mais pour cela il fallait beaucoup s'exercer.

En apparence, Nicole restait cette jeune fille sage et docile qui, mis à part son talent au piano, ne se distinguait pas des autres. Les sœurs la connaissaient et, pour la plupart, l'aimaient parce qu'elle travaillait bien et faisait montre de piété. Cependant, au fond d'elle-même, Nicole sentait une sorte de vague, comme un remous qui menaçait toujours de remonter à la surface, et elle ne savait pas ce qu'elle ferait si cela devait se produire. Elle se souvenait que l'année dernière, vers la fin du mois de mai, une fille de onzième année s'était enfuie du couvent avec un garçon du collège Jean-de-Brébeuf. Enfin, « enfuie » était peut-être un mot trop fort ; plutôt, elle n'était pas rentrée après la récréation du soir. La police avait aussitôt été alertée, et dix heures sonnaient à peine que la fille était de retour : on avait quand même évité le pire, et le scandale aussi. Les religieuses avaient empêché qu'on fît la moindre allusion à cet événement, même si tous les regards des pensionnaires convergeaient vers cette rebelle sulfureuse, qui d'ailleurs n'était pas restée bien longtemps. On l'avait renvoyée chez elle, on l'avait laissée se perdre. Et parfois en pensant à cette histoire, Nicole avait envie de faire voler en éclats l'image de « bonne fille sage » dont elle jouissait parmi les sœurs, d'imiter cette fille qui avait osé, elle avait osé se faire haïr à cause d'un amour. Et elle se sentait une envie de crier : « Non ! Je ne suis pas celle que vous croyez ! » mais bien sûr elle ne le faisait pas. Principalement parce qu'elle n'avait aucun amour avec qui s'enfuir. Non, aucun. « Gloire au Père, au Fils, et au Saint-Esprit », dit mère

Marie-Reine-des-Cœurs, et les pensionnaires marmonnèrent le dernier répons. Le chapelet était terminé. Nicole se sentit coupable d'avoir rêvassé pendant toute la durée de la prière, de n'avoir pas eu une seule pensée pour le père Desrochers… même si elle ne l'aimait pas beaucoup. Elle se promit de dire une dizaine pour lui à la récréation, pour être en accord avec sa conscience.

La journée passa, lente et morne comme celle de la veille, sans doute comme celle du lendemain. Le cours de piano lui-même fut gris et plat, parce que sœur Marguerite-Marie lui fit répéter le même prélude de Bach pendant quarante-cinq minutes, et Nicole n'aimait pas Bach, qu'elle trouvait trop carré, trop… prévisible. Après sa leçon, elle sortit dans la cour pour « l'heure de détente » des plus vieilles, qui n'était en fait qu'une demi-heure. Ce moment était attendu avec impatience par les pensionnaires, car elles pouvaient sortir du couvent et se promener autour, et parfois elles rencontraient un garçon qui leur faisait de l'œil. Évidemment, les sœurs veillaient au grain, mais certains garçons se montraient ingénieux et réussissaient à faire passer un mot à une des filles. Marthe en avait reçu un, une fois, sur lequel était écrit : « Vous êtes ravissante. » Marthe avait ri pendant quinze minutes et l'avait montré à presque toute la classe, puis elle l'avait jeté dans les toilettes pour ne pas se faire pincer. Nicole, elle, n'avait jamais reçu de mot. « Qu'est-ce que ça fait ? » disait Marthe, mais elle, elle en avait reçu un.

Nicole se dépêcha d'aller dehors. Sœur Marguerite-Marie avait empiété sur son temps de récréation, comme elle avait l'habitude de le faire, et il ne restait plus que quinze minutes à la pause. Elle vit Marthe en compagnie de Simone Paradis et de Jeannine Simard, qui s'étaient postées près des marches et chuchotaient en ricanant. « Salut, Nicole », dit Jeannine. Marthe, quant à elle, l'ignora. Elle était sûrement encore furieuse à cause de ce matin. « Qu'est-ce que vous faites ? demanda Nicole.

— On parle, c'est tout », répondit Marthe très vite, sans la regarder.

Nicole s'éloigna sans demander son reste. On ne voulait pas d'elle, eh bien, tant pis, elle n'allait pas s'imposer ! C'était sa faute, aussi, elle l'avait bien cherché ! Elle n'aurait pas dû parler comme ça à Marthe, ce matin, mais ce qu'elle pouvait être énervante, Marthe, parfois ! Et puis, elle avait bien le droit d'être de mauvaise humeur de temps en temps, non ? Oui, d'accord, mais tout de même, Marthe était son amie… Peut-être qu'il faudrait lui demander pardon… Tout en marchant, Nicole continuait à se faire des reproches. Elle regardait par terre et avait oublié la dizaine qu'elle s'était promis de faire. *Bon, je vais aller m'excuser…* Elle fit demi-tour et revint vers les filles qui étaient toujours postées au même endroit. À présent, elles lui tournaient toutes les trois le dos. Nicole s'approcha sans bruit, puis, après quelques secondes d'arrêt, elle se força à allonger le bras pour toucher l'épaule de son amie. Mais au même moment, elle entendit derrière elle un toussotement qui la fit se retourner, et Marthe avec elle. Un homme jeune, portant la soutane, était planté devant elles et les regardait. Il souriait. « Excusez-moi, mesdemoiselles. Vous permettez ? » Nicole se rendit compte qu'elle bloquait le passage des escaliers et que ce prêtre voulait simplement passer. Elle se tassa et il lui fit un petit salut en touchant du doigt son chapeau. « Vous pensez que c'est le remplaçant du père Desrochers ? demanda Simone.

— Mon Dieu, j'espère ! s'écria Jeannine, et elle pouffa. Ça va faire du bien, un peu de sang neuf, vous trouvez pas ?

— Dis pas ça devant Nicole, lança Marthe, elle va dire à mère supérieure que tu as l'esprit mal tourné…

— Laisse-moi tranquille, Marthe ! Je vais rien dire du tout. »

Mais Marthe l'ignora. Et ainsi les beaux projets de réconciliation de Nicole s'envolèrent en fumée.

2

Automne

Il s'avéra que ce prêtre rencontré lors de la récréation avait effectivement été appelé pour remplacer le père Desrochers. Et le souhait qu'avait exprimé Jeannine Simard cet après-midi-là fut exaucé : l'arrivée du jeune abbé eut l'effet d'une tornade au couvent. Tous ses gestes, sa façon d'être, jusqu'à sa démarche lorsqu'il arpentait les couloirs, semblaient destinés à secouer le couvent de sa torpeur, torpeur dans laquelle les pensionnaires n'étaient probablement même pas conscientes qu'elles étaient plongées, tant il y avait longtemps que cela durait. Le père Desrochers et ses problèmes cardiaques furent relégués bien vite aux oubliettes. Désormais, la grande attraction, c'était ce nouvel abbé. L'abbé André Fenner, il s'appelait. Son nom de famille sonnait un peu étranger, et au début les couventines avaient joué à deviner d'où il venait, d'après son apparence et son accent, mais elles n'avaient pas trouvé. En effet, à part son nom, le père Fenner semblait tout ce qu'il y a de plus canadien-français. Pendant les semaines qui suivirent son arrivée, toutes les conversations des pensionnaires – et sans doute celles des sœurs aussi, mais cela Nicole n'avait aucun moyen de le savoir – tournèrent autour de lui. Son principal attrait, c'était incontestablement la nouveauté. Cependant, il y avait quelque chose de plus, chez lui, qui le rendait différent de tous les autres prêtres que Nicole avait connus dans sa vie, l'abbé Desrochers en tête. Ses manières n'étaient pas graves, il ne prenait pas un ton de voix affecté quand il parlait. Au contraire, il parlait juste et fort et droit. Et puis, quand il était en chaire, il ne lisait pas ses sermons, il ne les récitait pas non plus comme quelqu'un qui aurait appris un texte par cœur, mais il avait l'air de parler tout naturellement, comme ça lui venait, et en même temps comme du fond du cœur. Nicole n'avait pas encore osé l'approcher (qu'est-ce qu'elle aurait bien pu lui dire, de toute façon ?). Toutefois, elle s'était aperçue que, lorsqu'il parlait, elle oubliait tout : la grisaille de son présent, ses angoisses devant l'avenir, ses petites frustrations quotidiennes.

Alors que jusqu'à présent elle ne se rendait à la messe que pour trouver un peu de paix dans la chapelle, un peu de calme – pour reprendre son souffle, en somme –, voilà qu'elle attendait maintenant ce moment avec plus d'impatience que son cours de piano. En effet, quand l'abbé Fenner célébrait la messe, on aurait dit que quelque prodige était en train de se produire sur l'autel, et Nicole ne pouvait plus détacher ses yeux de ce qui se passait, comme si elle assistait à une sorte de spectacle. Mais non, c'était plus qu'un spectacle : elle se sentait happée par la tension qui paraissait presque l'électriser tout entier. Alors le sacrement prenait un sens tout nouveau pour elle, ou plutôt elle pensait qu'elle en comprenait enfin le sens. Les jours de semaine, les sermons ne dépassaient pas les deux ou trois minutes à peine. Mais le dimanche, le prêtre parlait un peu plus longuement. Et le commentaire qu'il fit le dimanche de son arrivée bouleversa Nicole. C'était sur un texte tiré de l'Évangile selon saint Matthieu. « N'allez pas croire que je sois venu apporter la paix sur la terre ; je ne suis pas venu apporter la paix, mais le glaive. Car je suis venu opposer l'homme à son père, la fille à sa mère et la bru à sa belle-mère : on aura pour ennemis les gens de sa famille. Qui aime son père ou sa mère plus que moi n'est pas digne de moi. Qui aime son fils ou sa fille plus que moi n'est pas digne de moi. Qui ne prend pas sa croix et ne suit pas derrière moi n'est pas digne de moi. Qui aura trouvé sa vie la perdra et qui aura perdu sa vie à cause de moi la trouvera », dit un jour Jésus à ses disciples. Le père Fenner répéta la phrase : « N'allez pas croire que je sois venu apporter la paix sur la terre ; je ne suis pas venu apporter la paix, mais le glaive. » Il laissa passer un silence, le temps d'observer ces visages mal réveillés tournés vers lui. « C'est un de mes évangiles préférés », continua-t-il en souriant. À cette remarque, Nicole vit mère Marie-Reine-des-Cœurs hausser discrètement les sourcils. Depuis quand un prêtre faisait-il état de ses goûts dans un sermon ? « Quand j'étais plus jeune, je ne pouvais pas l'entendre sans me mettre à trembler. Parfois, pour tout vous avouer, j'avais envie de me boucher les oreilles, et même de sortir en courant de l'église. » Nicole regarda du côté de mère Marie-Reine-des-Cœurs : les sourcils de la religieuse ressemblaient maintenant à deux énormes accents circonflexes, et Nicole pouvait deviner ses pensées comme si elles avaient été inscrites sur son front (depuis quand un prêtre faisait-il des confessions dans un sermon ?). Le père Fenner reprit la parole, et Nicole oublia mère Marie-Reine-des-Cœurs et les autres religieuses.

« Il ne s'agit pas d'aller à la messe chaque dimanche, ni même tous les jours. Il ne s'agit pas de se confesser toutes les semaines, de ne pas faire de péchés et de respecter la loi… Ce n'est pas ça que nous demande Jésus aujourd'hui. Il s'agit d'embraser le monde. On pense qu'on sait qui Il est, qu'on a compris, qu'on peut Le mettre dans une petite boîte et ne plus s'occuper de Lui, continuer à vivre comme si de rien n'était, mais ce n'est pas vrai. Non, ce n'est pas vrai : ce n'est pas assez, Il veut tout, tout de nous. Il n'y a pas de demi-mesure avec Lui. » Le père Fenner parla longtemps, ce dimanche-là. Il dit que Jésus n'avait pas peur des faiblesses de ceux qu'Il appelait, de leurs lâchetés et même de leurs trahisons. Après, il parla de son amour qui était plus désirable que tout, parce que c'était seulement cela qui pouvait combler le cœur complètement. Il parla de la soif et de la faim, de la honte de soi-même et du manque d'amour, et Nicole se rendit compte qu'il parlait d'elle-même. Elle sentait un feu dans les paroles du prêtre, un feu qui parvenait jusqu'à elle. Et pour Nicole, soudain, l'amour de Dieu, le mot même de Dieu, devenait réel, porté par ce feu. Tout à coup, elle n'avait plus peur, elle n'était plus inquiète. Cette Entité suprême à laquelle elle avait toujours pensé comme à quelque chose de lointain et d'abstrait sembla s'incarner enfin. Elle voulait rester avec cet homme qui ne parlait pas comme un prêtre, avec des mots désincarnés de prêtre, mais presque comme un amoureux.

Nicole commença à se confesser au père Fenner aussi souvent qu'elle le pouvait sans que cela parût suspect aux sœurs. Une fois par semaine environ. Elle aimait entendre sa voix derrière le panneau, qui lui donnait l'absolution. Pendant quelques semaines, cela avait été le seul contact « personnel » qu'elle avait entretenu avec lui ; elle n'osait pas s'en approcher autrement. Elle ressentait une timidité d'autant plus frustrante que les autres pensionnaires ne se gênaient pas pour aller lui parler pour les raisons les plus futiles. Et puis, un après-midi pendant l'étude – ce devait être environ un mois après l'arrivée du père Fenner –, alors qu'elle se rendait au local de sœur Marguerite-Marie pour assister à sa leçon de piano, elle le croisa dans le couloir, désert à cette heure-là. Elle était déjà un peu en retard parce que sœur Stanislas-de-l'Eucharistie l'avait retenue après la classe d'anglais sous prétexte d'un devoir malpropre. Nicole détestait l'anglais, et sœur Stanislas-de-l'Eucharistie trouvait presque toujours à redire sur ses travaux. Elle marchait vite sans regarder devant elle, et lui aussi, si bien qu'ils faillirent entrer en collision.

« Bonjour, mademoiselle Charbonneau.

— Bonjour, mon père.

— Où courez-vous comme ça, toute seule ? »

Normalement, les pensionnaires n'étaient pas autorisées à se promener seules dans les couloirs. Le père Fenner devait le savoir, bien qu'il ne fût pas là depuis très longtemps. Mais Nicole avait la permission spéciale de la surveillante, en tant que musicienne, et de, fait, le prêtre n'avait pas formulé sa question comme un reproche, mais plutôt parce qu'il semblait vouloir engager la conversation avec elle. « J'ai un cours de piano. » Elle avait envie de lui demander : « Et vous, qu'est-ce que vous faites là, tout seul dans le corridor ? » mais bien sûr elle n'en fit rien. Elle s'était arrêtée parce que lui s'était arrêté. Ce n'aurait pas été poli de continuer son chemin alors qu'il avait l'air de vouloir lui parler, même si elle était en retard et que sœur Marguerite-Marie lui ferait à coup sûr commencer par son Liszt, à froid, pour la punir de ne pas prendre la ponctualité au sérieux. « Est-ce que vous aimez la musique ? » Il lui parlait comme à une fillette de sixième année. « Mais… oui. Oui, mon père, beaucoup.

— Moi aussi. Je jouais, avant… Enfin, il y a longtemps. (Longtemps ? Il n'était pas si vieux, pourtant.) J'aimais beaucoup Bach », ajouta-t-il.

Nicole ne put réprimer une petite grimace. Bach… d'accord, pour la technique (sœur Marguerite-Marie ne disait-elle pas que, lorsqu'on maîtrisait Bach, on pouvait maîtriser n'importe quoi ?)… Mais pour le reste… Bach manquait d'éclat, et Nicole, elle, aimait le brillant, le flamboyant, le passionné, l'intense, quoi ! Elle aurait cru, d'après ses sermons, que le père Fenner avait lui aussi un faible pour le passionné, pour les romantiques, par exemple… C'était ce que signifiait la petite grimace de Nicole, et le père Fenner la décoda bien. « Ah, je vois, vous n'aimez pas Bach… Qui, alors ?

— Chopin, mon père, dit-elle sans hésiter. Et Liszt, aussi, et puis… Schubert, ajouta-t-elle.

— Ah, les romantiques, alors… »

Il semblait presque déçu. « Et Bach, pas du tout ? »

Nicole sourit, parce qu'il avait l'air d'y tenir, à Bach ! « Oui, Bach aussi… Un peu.

— À petites doses, c'est ça ?

— C'est ça, mon père… »

Cette fois, elle riait tout à fait, et lui aussi. Malheureusement, il avait choisi de s'arrêter devant la classe de huitième année de sœur Thérèse-Denis, qui n'était pas particulièrement réputée pour son sens de la plaisanterie. Elle ouvrit la porte de son local à toute volée. « Qui c'est donc qui placote dans le corridor ? Oh ! Excusez-moi, mon père ! »

Mais elle le regardait tout de même d'un air inquisiteur, et le père Fenner baissa les yeux comme un enfant pris en faute. Nicole, elle, rougit, même si elle n'avait rien à se reprocher. Elle ne voulait pas que sœur Thérèse-Denis pensât qu'elle avait quelque chose à se reprocher. « Non, c'est moi qui m'excuse, ma sœur, bredouilla le père. J'avais rendez-vous avec mère Sainte-Jeanne-René, je me suis perdu, voyez-vous, et j'allais demander à Mlle Nicole d'avoir la bonté de m'indiquer le chemin… »

Sœur Thérèse-Denis dévisagea quelques secondes ce prêtre qui, après un mois passé dans leur établissement, était encore capable de se perdre dans les couloirs. Certes, le couvent était grand, mais quand même… « Mon père, c'est au premier étage, le bureau de mère supérieure, indiqua froidement la vieille religieuse. Ici, vous êtes au quatrième. » D'un coup sec, et non sans avoir lancé un regard soupçonneux à Nicole, elle referma la porte.

« Ah, au premier étage, murmura le père Fenner comme pour lui-même. Mais c'est vrai, mon Dieu, j'aurais dû m'en souvenir… Pardonnez-moi, mademoiselle Nicole, je vous fais perdre votre temps.

— Mais non, mon père.

— Allez vite, courez, dépêchez-vous ! Votre maîtresse vous attend probablement… Et, s'il vous plaît… essayez d'aimer Bach.

— D'accord. Je vais essayer.

— Promis ?

— Oui, promis, mon père. »

Elle partit, en souriant. Sœur Marguerite-Marie devait l'attendre avec une brique et un fanal, dans son local. Nicole avait au moins cinq minutes de retard. Mais elle souriait d'avoir vu le père Fenner tout décontenancé sous les yeux furieux de sœur Thérèse-Denis. Comme un petit garçon. Cela créait un contraste avec l'attitude qu'il avait quand il disait la messe de sa voix forte et claire, quand, du haut de sa chaire, il leur offrait un sermon qui faisait presque trembler les religieuses de confusion, et Nicole, de passion. Mais là, avec son amour pour Bach, il avait semblé sortir d'un autre monde, d'une existence parallèle. Un univers où discuter de musique avec une simple pensionnaire vous faisait oublier votre rendez-vous avec la mère supérieure. En effet, il avait paru tout oublier, il avait eu l'air prêt à rester là, planté dans le couloir, à parler avec elle de ce qu'il aimait et de ce qu'elle aimait. C'était bien la première fois qu'un prêtre s'intéressait vraiment à ce qu'elle aimait, y accordait une quelconque importance. Nicole se dépêcha de monter les marches vers le cinquième étage, où se trouvait le local de sa répétitrice. Elle cogna à la porte et attendit que sœur Marguerite-Marie dît « Entrez ! » d'une voix qui ne présageait rien de bon. Ce n'est qu'en tournant la poignée que Nicole comprit que si son cœur, depuis une minute, battait à tout rompre dans sa poitrine, comme un tambour joyeux rythmant son pas, ce n'était pas seulement à cause des marches qu'elle avait gravies quatre à quatre. Elle venait de se rendre compte que, à défaut de s'être rappelé le chemin qui menait au bureau de mère Sainte-Jeanne-René, le père Fenner avait appris, et retenu, ses nom et prénom.

3
Avent

Lorsque l'avent commença, le père Desrochers était toujours
à l'hôpital. Il avait subi une opération au cœur et devait être
gardé en observation. L'abbé Fenner resta donc. Au couvent, l'avent avait toujours été une occasion pour les sœurs
de s'imposer, à elles-mêmes et aux pensionnaires, des péni-
tences sévères « pour se préparer à accueillir le petit Jésus
d'une belle façon ». Elles encourageaient les élèves à jeûner
le vendredi, à se priver des petites joies qui jalonnaient la vie
de couvent, comme le parloir du jeudi ou les sorties en famille
le dimanche. En général, Nicole se conformait à ces sugges-
tions avec grand plaisir : de toute façon, elle n'avait jamais ni
parloir ni d'occasion de demander une permission de sortie le
dimanche. Et puis, c'était comme si, durant l'avent (pas autant
que pendant le carême, c'est vrai, mais quand même un peu),
elle avait une raison d'être triste. Sa titulaire en français et
en histoire, mère Marie-Reine-des-Cœurs, affichait en permanence une mine lugubre sans doute censée indiquer que
les temps n'étaient pas encore à la réjouissance. Nicole, donc,
pouvait elle aussi montrer son visage tourmenté aux yeux du
monde sans s'entendre dire à tout bout de champ : « Mademoiselle Charbonneau, pourquoi cette face de carême ? Sou-
riez un peu, enfin ! » Mais cette année-là, le père Fenner mit
discrètement l'accent sur autre chose que la seule pénitence.
Il voulut organiser une « pièce de théâtre musicale » pour célébrer la venue du Christ, un peu à la manière des mystères du

Moyen Âge. La grande nouveauté, c'était qu'il voulait l'écrire lui-même, cette pièce, avec l'aide des élèves. Il disait que l'attente, même purificatrice, pouvait – devait ! – être joyeuse.

En temps normal, mère Sainte-Jeanne-René n'aurait jamais opposé son veto à un prêtre voulant monter une pièce de théâtre pour Noël. Avec le père Fenner, en revanche, c'était plus délicat. Plusieurs religieuses avaient en effet exprimé des réserves sur ses « manières un peu libérales » avec les couventines, comme sur ses sermons qui semblaient « s'éloigner de l'orthodoxie ». Qui sait ce qu'il pourrait raconter dans cette pièce-là, si on lui donnait toute la liberté ? La mère directrice hésitait, ne disait ni oui ni non, et tout le couvent finit par être au courant de la situation. Le pensionnat fut bientôt divisé en deux clans, tant parmi les jeunes filles que parmi les religieuses : celles qui appuyaient sans réserve le père Fenner, et celles qui regrettaient le père Desrochers et craignaient les extravagances de son successeur. Lors d'une conversation privée entre sa maîtresse de cours et sœur Sainte-Marie-Agnès, réputée pour sa langue bien pendue, Nicole sut que la mère supérieure aurait dit, en apprenant le projet du père Fenner : « Il ne pourrait pas se contenter de dire sa messe et de faire ses sermons bien tranquillement, comme tout le monde ? On avait bien besoin d'un nouveau qui fasse comme chez lui ! Le bon père Desrochers n'aurait jamais pris une initiative pareille ! » Mère Sainte-Jeanne-René était habituée à tout diriger d'une main de fer, elle n'appréciait pas beaucoup les initiatives venues de l'extérieur, qui pouvaient menacer l'indépendance de la communauté. Et puis les examens du mois de décembre approchaient, à croire que ce prêtre ne comprenait pas la réalité de la vie de pensionnaire… Toutefois, s'il y avait un défaut dont mère supérieure n'aimait pas être taxée, c'était d'intransigeance ou de rigidité d'esprit. Quand elle apprit que la moitié des pensionnaires et au moins autant de religieuses se désolaient de ne pas pouvoir contempler la créativité du père Fenner à l'œuvre, elle changea d'avis, de peur de passer pour un tyran. Mais seules

les filles de septième année furent autorisées à jouer dans la pièce. Les grandes avaient assez à faire avec leurs examens. Et puis, les petites, elles se rendaient moins compte de l'aspect légèrement insolite des propos de l'abbé Fenner, elles étaient plus inconscientes, elles poseraient moins de questions que les plus âgées… Enfin, pour plus de précautions, les parents ne seraient pas invités. On ferait ça « entre nous », comme disait sœur Marguerite-Marie pour parler des examens de piano du mi-semestre.

Un matin du début de décembre, la maîtresse de cours vint chercher Nicole pendant sa leçon de couture. Nicole sortit sous les regards envieux de ses camarades : la couture n'était pas une matière très populaire. De plus, les pensionnaires accueillaient toujours avec joie le moindre moment de distraction dans la routine du couvent, et Nicole ne faisait pas exception à cette règle. « L'abbé Fenner veut vous voir dans son bureau. Dépêchez-vous, il vous attend. Revenez en classe tout de suite après.

— Oui, ma sœur, merci. »

Nicole n'était pas allée souvent au bureau de l'aumônier. À l'époque de l'abbé Desrochers, elle y était entrée peut-être une ou deux fois, tout au plus. Elle n'en avait jamais éprouvé le besoin ni l'envie, pendant toutes ses années de couvent. Nicole cogna à la porte, et son cœur fit un double saut dans sa poitrine. Elle se demandait ce que le père Fenner pouvait bien lui vouloir, à elle. « Entrez ! » dit la voix du père de l'autre côté de la porte. La jeune fille tourna la poignée, entra. Le prêtre tenait un livre ouvert devant lui, sans doute un livre religieux, mais Nicole, d'où elle se tenait, n'arrivait pas à en lire le titre. « Bonjour, mademoiselle Charbonneau.

— Bonjour, monsieur l'abbé.

— Je vous en prie, asseyez-vous… »

Il lui souriait. Elle s'assit sans oser répondre à son sourire. « Merci d'être venue me voir… En fait, je voulais vous demander quelque chose… C'est pour que vous participiez, vous savez… à la pièce que je prépare avec les élèves… Vous en avez entendu parler, bien sûr ? »

Il semblait de nouveau gêné et un peu hésitant, comme lorsqu'elle l'avait rencontré dans le couloir, quelques semaines plus tôt. « Mais, mon père, excusez-moi… intervint Nicole, qui du même coup devenait gênée elle aussi, je croyais que seulement les élèves de septième année avaient le droit de jouer dedans ?

— Oui, oui, bien sûr… Mais j'ai parlé à sœur Marguerite-Marie, qui vous suit en piano… Elle s'occupe de plusieurs autres élèves… Et aussi à mère Sainte-Jeanne-René… D'après elles, vous seriez la mieux qualifiée pour jouer la musique… Il est un peu tard et il faudrait quelqu'un qui puisse apprendre assez vite les pièces. Ne vous inquiétez pas, ce n'est rien de très compliqué… Un intermède musical entre les scènes, un petit accompagnement pour les scènes "muettes", comme la naissance de Jésus… J'ai les partitions ici. Voyez… »

Nicole examina les feuillets. Il y avait du Chopin, une sonate de Mozart, un Brahms… presque toutes des pièces qu'elle avait déjà jouées, qu'elle connaissait bien. Et, bien sûr, un prélude de Bach. Quand le père vit qu'elle avait remarqué le prélude, il dit : « Celui-là, il faudra le jouer deux fois : une fois pour la création du monde, une autre pour la nativité. Je sais combien vous aimez Bach… » Il souriait d'un air entendu. Lui aussi se souvenait de leur conversation de l'autre jour. Il se rappelait peut-être aussi la promesse qu'elle lui avait faite. « Bon, alors vous allez m'aider, mademoiselle Charbonneau ?

— Oui, mon père.

— Ah, merci ! Merci beaucoup. Je voudrais faire quelque chose de beau, pour Noël, vous comprenez ? Avant que tout le monde rentre chez soi, pour les vacances…

— Est-ce que vous serez là après les vacances, mon père ? ne put s'empêcher de demander Nicole.

— Je ne sais pas, vraiment, je n'en ai aucune idée. Tout dépendra de l'évolution de la convalescence du père Desrochers. J'espère qu'il se rétablira, bien sûr, mais… j'aime beaucoup être ici, beaucoup. Enfin, je ne connais pas l'avenir… Et vous, mademoiselle Nicole ? Combien d'années il vous reste encore ici ?

— C'est ma dernière, cette année. J'ai presque fini.

— Et êtes-vous contente de terminer bientôt ? De rentrer chez vous, d'entrer dans le monde ?

— Non ! C'est-à-dire, oui… Je ne sais pas. »

Il l'observait attentivement, toujours en souriant, tandis qu'elle hésitait à croiser son regard. Il avait des yeux comme elle n'en avait jamais vu, à la fois très doux et perçants. Tous les prêtres qu'elle avait connus dans sa vie, le père Desrochers, le curé de Saint-Viateur et ses vicaires, le père Charest, un ami de son père… aucun n'avait ces yeux-là. À la fois tendres et intenses. Elle ne pourrait pas supporter sur elle ce regard très longtemps. Elle sentait qu'il l'avait mise à nu, voilà, il savait tout d'elle, toutes ses pensées et tous ses secrets, et vraiment ça n'avait rien de confortable. *Peut-être que c'est comme ça que la Samaritaine s'est sentie quand Jésus la regardait…* Puis ces paroles revinrent à Nicole : « Va, appelle ton mari et reviens. — Seigneur, je n'ai pas de mari. — Tu as raison de dire que tu n'as pas de mari, car tu en as eu cinq, et celui que tu as maintenant n'est pas ton mari. » *Mais moi, de mari, je n'en ai eu aucun, et probablement que jamais j'en aurai un.* Alors pourquoi elle se trouvait si embarrassée sous ce regard ? « Vous hésitez… » continua le père Fenner. Tout d'un coup, il n'avait plus rien de la gaucherie dont il avait fait preuve quand elle était entrée dans son bureau. Tout d'un coup, c'était comme si la discussion qu'ils venaient d'avoir n'avait jamais eu lieu, et ils étaient transportés dans un autre temps, et il n'y avait plus que le poids de ce regard sur elle, et rien d'autre…

Et Nicole ne savait pas quoi répondre. Elle ne pouvait quand même pas commencer à lui expliquer tout ce qui la faisait hésiter : ce qui l'attendait à la sortie, c'est-à-dire rien. Elle pensa à sa mère, à son père, à ses frères et à sa sœur. Suzanne n'était qu'en sixième année; l'année prochaine, elle rentrerait ici, il n'y avait donc pas à s'inquiéter pour elle. Jacques était au collège, il en avait encore pour deux ans; et puis il irait à l'université, après, pour devenir avocat et ainsi suivre les traces de leur père. Gilles était le plus petit et il ne commencerait l'école que l'année suivante. Nicole se voyait d'avance seule dans la maison avec sa mère, elle ne savait pas ce qui la sauverait de cette épreuve. Comment aurait-elle pu se montrer enthousiaste devant une telle perspective ? En effet, à côté de l'imposante Dina Charbonneau, Nicole s'était longtemps sentie complètement déplacée. À trente-sept ans, et malgré ses quatre enfants, sa mère avait gardé tous les attributs de sa jeunesse. Au-dessus de la cheminée du salon – celui de la visite – trônait sa photo de mariage. On la voyait mince comme un fil et droite comme un piquet, ses incroyables cheveux noirs relevés en un haut chignon et couverts d'un voile d'une blancheur virginale. La promise idéale. Nicole, quand elle était petite, pouvait passer une heure entière à admirer la belle jeune dame de la photo, qui était datée d'août 1935. En plein cœur de la crise; beau temps pour se marier. Mais les Charbonneau avaient traversé ces années de disette sans un froncement de sourcils. Lucien Charbonneau avait même réussi à grossir le capital légué par son père, au plus fort de la crise. Et tout le long de ces années, il avait conservé sa femme comme un bijou, une pierre rare et précieuse. Car Lucien Charbonneau, en plus de la fortune, avait hérité de son père un goût sûr du luxe et des belles choses. Encore très mince, d'une froideur de caractère qui contrastait avec sa peau mate et ses yeux comme deux boules noires, le front haut et les pommettes saillantes, la mère de Nicole affichait une sorte de beauté qu'on ne voyait pas souvent parmi les dames d'Outremont.

À côté d'une telle mère, Nicole s'imaginait faire piètre figure. Elle n'était pas très grande, ni particulièrement mince, n'avait pas de traits remarquables… Elle s'était longtemps trouvée laide aussi, peut-être parce que c'était cette impression qu'elle ressentait quand sa mère l'observait. La seule chose qu'elle avait en commun avec elle, ce qui prouvait qu'elle était bien sa fille, c'étaient ses cheveux noirs, très épais, sa seule beauté. Tout le reste lui venait des Charbonneau, et quand elle était plus jeune, elle avait détesté qu'on relève sa ressemblance avec son père. À coup sûr, dans ces cas-là, sa mère arborait un petit sourire pincé, comme pour s'excuser d'avoir pu mettre au monde une descendance à ce point dépourvue de charme. Heureusement, les autres réparaient ce léger accroc. Suzanne promettait d'être belle. Elle ne s'en doutait pas encore, mais c'était une affaire de quelques mois. Jacques aussi tenait surtout de sa mère : grand, mince, fin, avec quelque chose de souple dans son maintien et non pas sec et nerveux comme le sont souvent les maigres.

Nicole se souvenait d'avoir parlé de ses angoisses à sœur Marguerite-Marie un jour : elle lui avait dit sa peur de quitter le couvent, parce qu'elle ne savait pas ce que la vie lui réservait. Et sœur Marguerite-Marie lui avait répondu : « Demande au Seigneur ce qu'Il veut de toi », et Nicole n'avait pas compris ce qu'elle entendait par là. Elle avait envie que quelqu'un l'aimât, passionnément et pour toujours, et elle craignait que cela n'arrivât jamais. Or, pour ses compagnes comme pour elle-même, entrer au couvent signifiait n'être voulue de personne, et Nicole pensait que c'était ce que sœur Marguerite-Marie avait essayé de lui souffler.

Le père Fenner continuait à se taire. Il attendait, la patience incarnée. Nicole bredouilla quelques mots sans savoir ce qu'elle disait. Elle avait soudain une envie de pleurer, comme si le regard du prêtre avait eu un pouvoir spécial. « Ne vous inquiétez pas, Nicole. Tout va s'arranger. » À cause de la manière dont il le dit, elle eut envie de le croire. Comme si le soleil se levait soudain dans ce petit bureau sombre et poussiéreux, où le père Fenner n'avait pas encore imprimé sa marque. Pourtant, rien ne s'arrangeait jamais, dans la vie. Et elle sentit que les larmes lui montaient vraiment aux yeux parce que, entre ses pensées et ce regard, elle ne savait plus quoi croire. Elle se hâta de détourner les yeux. Le père Fenner dit encore : « Ne vous en faites pas… Vous verrez qu'il y a quelque chose qui vous attend… » Il laissa passer un silence puis, voyant qu'elle ne dirait plus rien, il se leva et prit un ton léger. « Ainsi, mademoiselle Charbonneau, je peux compter sur vous ? On fera quelques petits essais ce jeudi après-midi, après l'étude ? Très bien, parfait… » Il l'observait toujours de ces yeux doux et presque interrogateurs, qui contrastaient avec la banalité et la légèreté de ses propos. « Nous nous verrons alors jeudi. Au revoir, Nicole. »

Nicole joua donc la musique de la pièce musicale « révolutionnaire » écrite et dirigée par le père Fenner. Elle était contente de pouvoir bénéficier chaque jeudi d'un contact direct avec lui. Même si elle n'avait pas l'occasion de lui parler dans ces moments-là, elle découvrait chaque fois de nouveaux aspects de sa personnalité. Par exemple, elle remarqua qu'il était très bon acteur : on voyait qu'il s'amusait beaucoup à montrer aux petites de septième année comment interpréter la chute d'Adam du jardin d'Éden ou les imprécations des prophètes contre les errances du peuple élu. Certes, la pièce était pour le moins ambitieuse, et l'entreprise aurait pu s'effondrer dans un chaos total. Cependant, le père Fenner parvint à communiquer son enthousiasme à ses jeunes actrices et celles-ci mirent tout leur cœur dans le moindre de leurs gestes, dans la moindre de leurs paroles. Cela donna à la pièce une fraîcheur et une authenticité qui ravirent tout le monde, jusqu'à la mère supérieure. Cette dernière félicita le jeune abbé devant tout le monde et parla même de sa « surprise » quant à ce qu'il avait réussi à monter avec si peu de moyens et en si peu de temps. Nicole aussi était contente du résultat. Elle n'accrocha même pas au Bach, même si elle savait que son interprétation avait été loin de satisfaire sœur Marguerite-Marie sur le plan technique. Depuis un mois, sœur Marguerite-Marie paraissait faire une fixation sur sa main gauche : « Plus souple, la main gauche, plus souple ! » Elle lui répéta cette incantation après le concert, sans doute en référence au Bach (« Tu escamotes encore la basse ! ») et au Mozart qui était toujours un peu traître. Mais Nicole s'en moquait. Elle n'avait pas joué, contrairement à son habitude, dans le but de répondre à l'attente de sa professeure ou même à son propre désir de perfection. Et à sa grande surprise, elle se rendit compte que c'était dans la pièce de Bach qu'elle avait mis le plus d'efforts et que cette fois elle ne l'avait pas abordée de façon mécanique, technique, comme elle le faisait d'ordinaire et comme sœur Marguerite-Marie le voulait pour qu'elle se fît la main. Plutôt, elle y avait mis tout ce qu'elle pouvait de son cœur, tout ce qu'elle pouvait d'elle-même. Elle avait su alors que c'était pour le père Fenner qu'elle jouait.

Au milieu de la petite confusion d'après-spectacle, tandis que Nicole mettait ses partitions en ordre et s'apprêtait à rejoindre sa classe, mère Marie-Reine-des-Cœurs devant les conduire à l'étude, le père Fenner s'approcha d'elle. Il semblait tout joyeux de la réussite de sa pièce. « Mademoiselle Nicole ! Je voulais vous dire merci... Sans vous, la pièce n'aurait pas été la même.

— Non... merci à vous, mon père.

— Et le Bach... Comme c'est beau ! Magnifique ! Vous l'avez très bien joué. »

Nicole sourit. Les sœurs avaient imposé le silence et commençaient à former le rang pour sortir de la salle de concert. Nicole voulut contourner le père Fenner pour prendre sa place avec les plus grandes. Mais il ne la laissa pas passer. Il l'arrêta d'un geste de la main et la regarda droit dans les yeux. Il avait ce même regard que dans son bureau, quelques semaines auparavant, qui semblait fouiller jusqu'au fond d'elle. Elle ne lui avait pas revu ce regard depuis ce moment-là. « Aimez-vous Dieu, Nicole ?

— Pardon ? »

Il se rapprocha, comme pour lui dire un secret, et répéta sa question : « Aimez-vous Dieu ?

— Je ne sais pas… C'est-à-dire… oui. Il me semble… »

Il ne la lâchait plus des yeux. « Il vous semble ?

— Euh, oui…

— Alors écoutez… Je dois vous dire… Aimez-le plus. Et quand vous jouerez, vous verrez… ce sera plus beau encore.

— Oui… d'accord », bredouilla Nicole.

Si elle avait été en mesure de penser, à cet instant, elle aurait ajouté : « Mais comment ? Pourquoi ? » Qu'était-ce donc, ce qu'il avait vu en elle, et dont elle n'avait même pas conscience ? Mais mère Sainte-Jeanne-René fonçait droit sur eux. Elle n'aimait pas être exclue des conversations privées. Nicole fit une rapide révérence et se dépêcha de rejoindre son rang pour ne pas se faire interroger. Dans le couloir, Marthe laissa passer Lucie Beaubien, dite « l'échalote », pour se retrouver à côté de Nicole. « Qu'est-ce que tu as ? murmura-t-elle. T'as les yeux tout brillants.

— Hein ? Mais j'ai rien !

— Tu pleures, on dirait…

— Mais non, arrête !

— Pourquoi tu pleures, Nicolette ?

— Je pleure pas, tu m'énerves ! »

Nicole essaya de s'éloigner d'elle, mais le rang était trop serré, et Marthe se collait à elle comme une sangsue. « Je sais pourquoi tu pleures, chuchota-t-elle à l'oreille de Nicole, qui feignit de ne pas entendre. Parce que tu aimes… hein, Nicole !

— Laisse-moi tranquille, Marthe !

— T'es amoureuse, hein ? Du père Fenner… »

Nicole se tourna enfin vers Marthe, dont les yeux pétillaient de malice. Elle la taquinait, c'était évident. Pour qu'elle cessât de ricaner comme une idiote, Nicole la bouscula et tenta d'avancer dans le rang, mais elle ne réussit qu'à marcher sur les talons de l'échalote, qui la précédait. Lucie poussa un petit cri qui fit stopper net mère Marie-Reine-des-Cœurs. Cette dernière se retourna, le visage indigné. « C'est vous, les grandes, qui faites tout ce raffut ? Mademoiselle Charbonneau, c'est vous la responsable ? Vous n'avez pas honte de vous comporter en petite sauvage ? Sachez, ma fille, que votre succès de tout à l'heure ne vous dispense pas des règlements que, je crois, vous connaissez très bien. Un peu de tenue ! » Mère Marie-Reine-des-Cœurs méritait très bien son surnom de « fauconne ». À croire que son regard acéré pouvait voir jusque derrière sa tête. Mais Nicole était bien trop furieuse contre Marthe pour se vexer des remontrances de la religieuse. Elle avait senti ses joues devenir chaudes : elle ne voulait pas qu'on la vît rougir. Elle savait bien, pourtant, que les sornettes de sa camarade ne réussissaient pas vraiment à toucher la vérité, que ce n'était pas aussi simple que l'entendait Marthe, et que d'ailleurs celle-ci, malgré toute sa perspicacité, n'était pas assez fine pour discerner les sentiments qui s'agitaient en elle. Car Nicole elle-même aurait été bien en peine de les exprimer entièrement. Mais peut-être que ce qui dominait par-dessus tout, par-dessus son trouble, sa confusion, c'était une sorte de honte, non pas pour elle-même, mais pour le père Fenner. Non, vraiment, elle ne voulait pas que le père Fenner, que sa relation avec lui, fût associé à des bêtises pareilles, à des inepties de petites filles.

Cependant, pour bien montrer que les insinuations de Marthe ne l'avaient pas atteinte, Nicole continua à lui parler comme avant. Et elle se lança dans l'étude des derniers examens et les préparatifs du retour à la maison avec une nouvelle énergie, comme si ses propres forces avaient été décuplées. Les deux derniers jours, elle sentait que Marthe, d'autres de ses compagnes les plus proches et même sœur Marguerite-Marie l'observaient avec une étrange attention. En effet, tout le long de l'avent et jusqu'à la pièce de théâtre, et à présent encore plus, Nicole avait éprouvé dans son cœur un frémissement qui avait mûri doucement, tranquillement, sans qu'elle s'en rendît même compte, et qui avait pris la place de la fébrilité qui la hantait depuis quelques mois. Et c'était ce qui l'avait laissée les larmes aux yeux à la fin du spectacle. Or, ce frémissement qu'elle ressentait ne s'en allait pas, il était resté, contre toute attente, même après que Marthe l'eut taquinée. Elle avait de plus en plus de mal à s'endormir le soir, quoiqu'elle gardât les yeux hermétiquement fermés et se forçât à respirer régulièrement, pour faire croire aux autres qu'elle dormait. On ne pouvait presque rien garder pour soi-même ici, et à coup sûr on lui demanderait ce qu'elle avait si l'on s'apercevait qu'elle avait du mal à s'endormir. Alors, couchée sur le côté, attentive à rester complètement immobile, elle s'interrogeait. *Mais qu'est-ce que j'ai? Pourquoi je suis tellement énervée?* Non, ce n'était pas de l'amour, bien sûr, ce ne pouvait pas en être. Elle le savait, bien qu'elle n'eût aucune expérience de l'amour : la seule chose qu'elle en connaissait, c'étaient les petits billets que certaines de ses camarades recevaient (« Vous êtes charmante ») et qu'elle n'avait jamais reçus. Mais... elle connaissait aussi un autre aspect de l'amour, plus sombre, plus troublant aussi, et dont elle n'avait jamais fait mention à qui que ce fût au couvent. Cet aspect, c'était sa mère qui le lui avait enseigné, à son insu, évidemment.

En effet, l'été précédent, Nicole avait eu un soupçon sur un « ami » de la famille, qui venait très souvent les visiter dans leur maison de campagne au lac Champlain. Sa mère, dès qu'elle le voyait, se mettait à minauder d'une manière qui faisait honte à Nicole. Mais ce n'était pas le pire. La jeune fille avait surpris une « conversation » entre eux deux, dans le jardin. Ils n'essayaient même pas de se cacher. Heureusement, ce jour-là, Jacques avait emmené Suzanne et Gilles au village pour la journée, et il ne restait plus qu'elle dans les parages. Assise sous un arbre, elle lisait un *Signe de piste* que lui avait prêté Marthe. Au début, Nicole n'avait pas compris ce qui était en train de se produire. Elle avait entendu des voix, des pas qui venaient dans sa direction, puis qui s'étaient arrêtés soudainement. Ensuite, des murmures, des rires étouffés. Elle s'était rappelé que « l'ami » était arrivé dans la matinée et qu'il avait dit qu'il attendrait que leur père revînt de Montréal, qu'il avait quelque chose d'important à lui dire. Nicole avait essayé de continuer à lire, mais les mots se brouillaient sur la page. Elle n'entendait plus que ces rires étranges qui éclataient, puis se taisaient brusquement. Elle s'était levée sans savoir quoi faire, peut-être pour manifester sa présence. Alors elle avait tourné la tête et les avait vus, sa mère et « l'ami », immobiles, l'homme, la main sur la taille de la femme, et elle, qui lui pressait l'autre, leurs visages presque collés l'un à l'autre… Nicole s'était enfuie vers le lac, les doigts dans les oreilles pour ne plus entendre ces murmures et ces rires… Et après cela, chaque fois qu'elle regardait sa mère, elle se mettait à avoir des pensées terribles, incontrôlables… Elle se rappelait d'autres « amis », durant d'autres étés… Était-ce possible que… lui… et lui aussi ?…

Elle avait gardé de ce matin dans le jardin une impression de dégoût indescriptible et de mépris pour sa mère, qu'elle n'avait même pas essayé de lui cacher. Mais par ailleurs elle avait développé à son endroit une inexplicable jalousie qui l'avait empêchée au début de parler de cet événement à quiconque. C'était la première fois qu'elle ressentait cela – un tel mépris pour quelqu'un, mêlé à cette envie honteuse. Elle se disait : « Ma mère n'est qu'une… » et elle n'arrivait pas à prononcer le mot. Elle avait cru étouffer avec ce secret, si bien qu'elle avait fini par se confier à Jacques vers le mois d'août. Jacques l'avait arrêtée en plein milieu de ses explications embrouillées : « Tais-toi. Je sais.

— Tu *sais* ? Mais depuis quand ? Et comment ?

— J'ai deviné… comme toi. Mais je préfère ne pas en parler. On ne peut rien faire… Et puis, c'est notre mère.

— Une femme comme ça, pour moi, ça n'a rien d'une mère.

— Non… Ne dis pas ça, Nicole. On ne doit pas la juger… On ne sait pas… on ne connaît pas… sa vie.

— Sa vie ? Mais qu'est-ce que ça fait, sa vie ? Qu'est-ce que ça change ? s'était écriée Nicole avec violence. Tu sais pourquoi elle fait ça ? Tu le sais ? Je le sais, moi ! C'est parce qu'elle nous hait, voilà pourquoi ! Elle nous hait, nous, ses propres enfants !

« — Mais non… Tu ramènes tout à toi.

— Pas du tout ! La preuve, c'est que Gilles, elle en a jamais voulu !

— Mais arrête ! Tu es folle ! Qu'est-ce que cette histoire-là a à voir avec lui ? Et avec nous ? On sait pas, on sait rien de ce qu'elle a dans la tête… Elle dit rien ! Et puis, qu'est-ce que tu voudrais qu'on fasse, à la fin ?

— Le… la confronter ! Lui dire qu'on sait tout et qu'on veut qu'elle arrête !

— Tu es folle ! Ce n'est pas à nous de faire ça… ses enfants… On l'humilierait… On s'humilierait, nous aussi… Non, moins on en parlera, mieux ce sera ! Pour nous et pour elle ! »

Jacques s'était levé et l'avait plantée là. Il ne faisait jamais ça d'habitude. À ce moment-là, Nicole n'avait pas compris ce que voulait dire Jacques. Elle s'était même mise en colère contre lui. Elle l'avait rattrapé, ils s'étaient disputés. En fait, elle avait crié, et il lui avait répondu avec les mêmes arguments, calmement. Elle se disait que Jacques était tout simplement trop passif, trop mou pour réagir. Pourquoi donc acceptait-il tout ? Il ne ressentait donc jamais cette rage que, pour sa part, elle sentait bouillonner en elle ? À la simple évocation de sa mère, de la façon dont elle les traitait, une envie de s'enfuir et de ne plus revenir l'envahissait. De s'enfuir… ou de hurler. Mais non, lui, il n'élèverait jamais la voix. Il aurait suivi sa sœur n'importe où, mais si elle se révoltait, il ne marchait plus. Et pourquoi la protéger, cette femme que déjà, au fond de son cœur, elle n'appelait même plus sa mère ? Nicole s'était tue malgré tout, après que Jacques l'eut suppliée. Parce qu'il avait vraiment insisté. Un été de torture, ça avait été. Et puis le dégoût initial s'était étendu sur tout, jusque sur elle-même. Cette énième rentrée au couvent, qui n'amenait rien qu'un brouillard gris, les visages des sœurs et des pensionnaires tristes et comme à demi-morts. Qu'est-ce qui changerait ? Et elle pensait que rien ne changerait. Mais alors… le père Fenner… ce frémissement nouveau. Le chaos dans sa tête, plus encore qu'au début de l'année, mais un chaos d'un tout autre ordre. Mais non, ce n'était pas de l'amour, pas tel en tout cas que sa mère semblait le concevoir, ou tel que le croyait Marthe (des enfantillages) et même les autres pensionnaires. Plutôt une promesse venue d'on ne savait où et à laquelle elle ne s'attendait pas, qui faisait qu'elle n'avait plus peur et que l'avenir lui apparaissait comme un beau jour, vers lequel on devait marcher joyeusement.

4
Noël

À sa grande surprise, ce Noël-là, Nicole n'appréhenda pas trop
le choc de ses retrouvailles avec sa mère. Ses sentiments étaient
toujours très partagés quand elle rentrait chez elle : d'un côté,
elle était heureuse de retrouver ses frères et sa sœur ; de l'autre,
elle essayait de se préparer à affronter sa mère. Mais elle ne
s'armait jamais suffisamment, elle finissait toujours blessée.
Cependant, cette année, Nicole avait moins peur ; il lui semblait
qu'un courage neuf la portait. Elle avait recommencé à prier
pour sa mère. Pourtant, le foyer familial n'avait pas changé,
elle s'en rendit compte tout de suite quand elle franchit le seuil.
Mais Nicole se disait que c'était elle qui avait changé. Une
atmosphère glaciale régnait dans la maison, comme si l'endroit
était inhabité depuis plusieurs mois. Leur mère devait s'être
enfermée dans sa chambre, comme à l'ordinaire, et leur père
devait être parti travailler à son cabinet. Il lui arrivait de passer
au bureau toute la journée du 25 décembre ou du Premier
de l'an – enfin, à ce qu'il disait. Nicole était rentrée à pied
et elle avait espéré croiser Jacques sur le chemin, mais elle
ne l'avait pas vu. Sans doute n'était-il pas encore arrivé, car
elle n'entendait pas un seul bruit dans la maison. Elle appela :
« Jacques ? Suzanne ? Gilles ? » Finalement, elle entendit
la voix de sa sœur lui répondre de la cuisine : « On est ici ! »
Nicole entra dans la cuisine et vit Gilles qui s'était recroque-
villé dans un coin de la pièce, comme un petit animal blessé, et
qui pleurait à chaudes larmes, la tête sur les genoux. Suzanne

était accroupie près de lui, mais semblait hésiter à le toucher. « Qu'est-ce qui se passe ? demanda Nicole.

— Maman l'a disputé parce qu'il a encore cassé un verre.

— Tu étais là ?

— Oui. Elle lui a dit de ramasser et puis il s'est coupé.

— Oh, Gilles ! »

Le petit garçon ne leva même pas la tête quand Nicole vint s'asseoir près de lui. Elle se pencha pour serrer le petit corps frêle dans ses bras. Il voulut la repousser. Suzanne, elle, restait prudemment en arrière. Mais Nicole n'abandonna pas. « Gilles, p'tit Gilles ! C'est pas grave ! »

Il continuait d'essayer d'échapper à son étreinte. Puis, quand il comprit qu'elle ne le lâcherait pas, il éclata en sanglots, enfouissant sa tête dans ses genoux. Elle lui caressait les cheveux, qu'il avait noirs et drus, d'un noir comme ceux de leur mère. Dans la famille, ils n'étaient que deux enfants à avoir hérité d'une telle chevelure : Gilles et Nicole. Le benjamin et l'aînée. Il marmonnait quelque chose dans les plis de la robe de Nicole. « Pppééèèoo mèmmm…

— Quoi ? Qu'est-ce que tu dis ?

— Personne m'aime… »

Nicole eut l'impression qu'un coup de poignard l'atteignait au cœur. Il était tellement petit ! Comment pouvait-il dire et croire des choses pareilles à son âge ? *Non ! Pas lui, mais moi !… C'est mieux, moi…* Elle reprit tout haut : « Gilles, dis pas ça. S'il te plaît… Je t'aime, moi ! Je t'aime beaucoup… Mon petit Gilles…

— Pourquoi t'es partie, alors ?

— Mais… je vais au couvent ! Je suis obligée de partir, c'est pas moi qui décide… Mais je t'aime quand même, Gilles, tu sais ! Pleure plus, je t'en prie…

— Non, c'est pas vrai ! Tu m'aimes pas, et je vais me tuer ! »

Elle le prit sur ses genoux et continua de le serrer contre elle. Suzanne, elle, restait toujours les bras ballants, à les fixer. Peut-être qu'elle aussi voulait pleurer, ou qu'elle voulait s'enfuir, comme Nicole tant de fois. « Gilles, Gilles, écoute-moi, chuchota Nicole autant pour lui que pour sa sœur. Ce soir, tu sais ce qu'on va faire ? Tu sais ce qu'il y a, ce soir ? C'est la fête du petit Jésus. Et chaque année, eh bien, c'est comme s'il naissait pour la première fois. Le petit Jésus, il naît pour toi, pour moi, pour Suzanne, pour Jacques…

— Pour maman ?

— Oui… pour maman aussi. Mais voyons, Gilles… Tu connais bien le petit Jésus, non ? Ce soir, je vais te dire… Tu peux lui demander ce que tu veux !

— Mais pourquoi ?

— Parce qu'Il t'aime ! Il veut te faire un cadeau pour Sa fête…

— Je peux lui demander n'importe quoi ? C'est vrai ?

— Oui.

— Même un nouveau traîneau ? »

Gilles à présent semblait avoir tout oublié du désespoir qui l'avait fait sangloter, il écoutait sa sœur avec de grands yeux ronds. « Euh, oui. Mais tu peux surtout lui demander de venir s'installer dans ton cœur, pour toujours, pour qu'Il soit avec toi. Tu verras, Il viendra.

— Mais j'ai pas fait ma première communion encore.

— Pas grave. Tu n'es pas obligé d'attendre ta première communion pour lui demander ça, tu sais. »

Gilles s'essuya les yeux sur sa manche. Un mince filet de morve coulait encore de son nez. « Alors, Gilles ? C'est bon ? Tu ne pleureras plus ?

— Nnon… Mais, Nicole…

— Quoi ?

— Tu t'assoiras à côté de moi dans l'église ?

— D'accord. Mais maintenant, va vite te laver la figure, tu es tout sale. Allez, vite ! »

Chaque année, les Charbonneau se rendaient à la cathédrale Notre-Dame pour la messe de minuit. On y retrouvait le gratin de la bonne société canadienne-française de la ville.

Pour les époux Charbonneau, cependant, la messe n'était rien de plus qu'une formalité, une pratique dont la signification leur importait peu. On y allait, mais c'était surtout pour ne pas soulever de questionnements dans le voisinage et ne pas perdre certains clients de Me Charbonneau. Et pourtant, jadis, la matriarche Charbonneau était passée pour une femme très pieuse, connue du Tout-Montréal pour son engagement charitable auprès des plus démunis de notre monde, notamment pour son parrainage de plusieurs œuvres des sœurs de la Providence. Du moins était-ce ce que se plaisait à répéter Lucien Charbonneau, appuyant presque toujours ses propos d'un léger sourire ironique à peine perceptible. Peut-être un tel dévouement était-il par ailleurs attribuable au fait que Mme Charbonneau mère avait été gratifiée d'un seul enfant, un fils unique ; aussi pouvait-on supposer qu'elle avait eu, dans sa vie de femme mariée, énormément de temps à tuer. Dans sa jeunesse, avant d'épouser Dina, Lucien Charbonneau avait passé deux ans en France, et il en avait ramené des idées larges et une certaine tendance à l'anticléricalisme. Mais le Canada n'est pas la France, et cela, Me Charbonneau le comprenait parfaitement. Ici, on n'avait pas le choix de s'accommoder comme on le pouvait des curés et de tout le tralala qui venait avec. Nicole avait souvent entendu son père parler de cette façon. Quant à sa mère… C'était toujours difficile de savoir ce qu'elle pensait, mais son attitude désinvolte à l'égard de tout ce qui touchait la religion laissait entendre qu'elle était suprêmement indifférente à ce sujet.

Élevés pour l'essentiel l'une au couvent, l'autre au collège, Nicole et Jacques n'avaient pas été trop troublés par l'irréligion de leurs parents. C'était même plutôt le contraire qui s'était produit. En effet, si Dina Charbonneau s'était intéressée un tant soit peu à ce genre de question, ou même avait été tout simplement curieuse de la vie intérieure de ses enfants, elle aurait certainement été surprise d'apprendre que la foi, depuis quelques années, avait trouvé un terrain fertile dans l'âme de ses deux aînés. Un terrain où les pères jésuites et les sœurs des Saints-Noms avaient soigneusement semé la petite graine qui avait lentement mûri et dont on pourrait bientôt récolter les fruits.

Ainsi, la messe de minuit de ce Noël 1955 eut des effets différents sur chacun des membres de la famille Charbonneau. La mère, soucieuse de se faire remarquer, exhibait une toilette plus que somptueuse et passait son temps à ajuster son chapeau, ses épaulettes, à tirer sur sa jupe pour en effacer les plis… Une attitude que Nicole jugeait assez inélégante, l'éducation des sœurs ayant eu des effets non seulement sur sa piété, mais aussi sur son sens des bonnes manières. Lucien Charbonneau lui-même se pencha vers sa femme pour lui chuchoter, selon ce qu'en déduisit Nicole, d'arrêter de gigoter. Dina Charbonneau se détourna vivement, visiblement piquée. Mais au même moment, Nicole cessa d'observer le ballet silencieux de ses parents. Elle fut emportée ailleurs, loin. Deux mille ans en arrière, à Bethléem, avec Marie. Marie est sur l'âne que Joseph tire par la bride. Ils marchent depuis des jours, si fatigués, tous les deux. Ils cherchent une auberge, mais rien. Ils arrivent devant une étable toute perdue, peut-être même à moitié en ruine, et pourtant Marie dit : « C'est là. » Parce qu'elle sait, déjà. Elle a deviné que Dieu doit naître humble et pauvre cette nuit. Dans l'étable, il y a les animaux qui regardent le nouveau-né, et le nouveau-né regarde sa mère et son père. Et puis les bergers arrivent, parce qu'ils ont vu l'étoile. Et Nicole pensa : « Nous, nous sommes un peu les bergers. Je suis là, Jésus, pour T'accueillir. » Le chœur, avec ses voix profondes exclusivement masculines, entonna le *Gloria* pour la première fois depuis le début de l'avent : « Gloria in excelsis Deo. » *Jésus est né.* Nicole ferma les yeux et, silencieusement, des larmes roulèrent sur ses joues. Et l'image de l'abbé Fenner se superposa dans sa tête à celle, un peu artificielle, du bébé Jésus dans sa mangeoire. « Aimez-vous Dieu, Nicole ? » *Aimes-tu Jésus, Nicole ?* « Si je L'aime ? Oui ! Bien sûr, que je L'aime ! Oh, combien je L'aime ! » s'entendit répondre Nicole, et les échos du *Gloria* explosèrent dans son cœur. Comme pour remplacer son cœur dur et fatigué par un autre, tout neuf, joyeux et plein de vie.

Ce même Noël, la mère de Nicole décida qu'il était temps pour sa fille de « faire son entrée dans le monde », selon l'expression usitée dans les romans de Berthe Bernage que lui prêtait Marthe. Enfin, l'idée ne fut pas formulée exactement dans ces termes. Au milieu du souper, le soir du 26 décembre, Dina Charbonneau regarda son aînée droit dans les yeux. Cela se produisait si peu souvent que Nicole se mit tout de suite à fouiller dans sa mémoire pour essayer de se souvenir de ce qu'elle avait fait ce jour-là : sans doute sa mère avait-elle à lui reprocher quelque faux pas. Mais elle se trompait. « Je me suis mariée à dix-huit ans, moi, commença Mme Charbonneau sans préambule. Quel âge tu as, Nicole ?

— Dix-huit ans.

— Bon. »

Il y eut une pause pendant laquelle Gilles renversa son verre d'eau et se fit gronder. Il finit par fondre en larmes, et Lucien Charbonneau reprocha à sa femme d'être trop dure « avec ce pauvre enfant qui n'a que cinq ans, enfin, Dina ! ». La mère de famille ne releva pas ; elle poursuivait son idée. « Ce serait le temps qu'elle vienne avec nous, Lucien, chez les Lépine… Il faut qu'elle commence à rencontrer du monde. Moi, à son âge…

— Arrête, Dina, l'interrompit son mari. Ça n'a rien à voir, et tu le sais. Ne commence pas.

— Je dis juste que ce serait le temps, maintenant, de la sortir.

— Mmm. D'accord. Elle viendra avec nous au réveillon des Lépine. »

Nicole décida de prendre la chose avec philosophie. Après tout, elle avait encore quelques mois de liberté relative devant elle (c'est-à-dire à l'abri du monde) et, d'ici là, elle aurait bien le temps… La minuscule idée qui s'était formée en son for intérieur, à la fois ancienne et complètement nouvelle, aurait le temps de se clarifier, elle aurait le temps d'y penser, d'en parler… Elle fit donc ce que sa mère attendait d'elle sans trop se rebeller, en outre avec une certaine bonne grâce qui surprit autant Jacques qu'elle-même. « Qu'est-ce qui t'arrive ? » lui demanda celui-ci le lendemain, après que sa mère l'eut traînée chez sa couturière pour lui faire confectionner « une robe convenable », en exigeant qu'elle soit prête dans les trois jours, sous peine de changer de fournisseur. Nicole ne comprenait certes pas pourquoi au juste sa mère, qui de toute la jeunesse de sa fille n'avait eu pour elle que des regards froids et indifférents et ne lui avait adressé la parole que pour lui lancer des reproches, lui portait soudain une attention bizarrement frénétique, comme si elle se rendait compte finalement que Nicole n'était plus une enfant qu'on pouvait repousser en lui disant « Va jouer ! »…

« Qu'est-ce que tu veux dire, qu'est-ce qui m'arrive ? » répliqua Nicole à son frère. Elle s'était assise au piano, avant le souper, bien résolue à reprendre le temps perdu de la journée. Elle avait décidé de commencer à apprendre un nouveau prélude et fugue de Bach, un des grands, et depuis le début des vacances elle y avait à peine touché. Alors, si elle voulait le jouer en examen au mois de juin, elle devait s'y mettre sérieusement. Elle n'avait pas tourné la tête vers son frère quand il était entré dans le salon de musique, trop occupée qu'elle était à tenter de déchiffrer la première page de la fugue. « Pourquoi tu es si contente, en ce moment ?

— Hein ? De quoi tu parles ? Je ne suis pas plus contente que d'habitude !

— En plus, depuis que tu es revenue, tu ne joues que du Bach… Bach, Bach, Bach… Et tu détestes Bach !

— Je ne vois pas le rapport.

— C'est seulement… pour dire que tu n'es pas pareille… Pas en mal, hein ! Je me demandais ce qui t'était arrivé, c'est tout.

— Rien, je te jure ! Je ne vois pas ce qui pourrait arriver de neuf au couvent ! Enfin… non, tu as raison. Peut-être que oui, finalement ! Mais je ne vais rien te dire !

« — Ah… Pourquoi ?

— Enfin… je te le dirai plus tard ! Mais là, maintenant, non… Je t'écrirai, tiens ! »

Elle lui sourit joyeusement et retourna à son piano. Mais Jacques ne partait pas. « Nicole…

— Quoi encore ?

— Tu me joues quelque chose ?

— D'accord, mais juste une petite pièce, hein ? Je dois répéter…

— Tu me joues ce nocturne de Chopin ? Tu sais, le numéro un… que tu jouais cet été ?

— Bon, d'accord. Mais juste une fois ! »

Jacques n'avait jamais appris le piano. « Du temps perdu, pour un garçon », avait dit son père quand, plus jeune, son fils en avait exprimé le désir. Et parce qu'il était un enfant sage et docile, Jacques n'avait pas insisté, il n'en avait plus fait allusion. Est-ce qu'il le regrettait ? Sans doute un peu, quoiqu'il n'en parlât jamais. Toujours est-il qu'il ne manquait pas une occasion de demander à sa sœur de lui jouer quelque chose. Il trouvait que c'était Chopin qu'elle jouait le mieux, et une fois il lui avait fait reprendre le même morceau quatre fois de suite avant que Nicole criât grâce. Cher Jacques ! En exécutant ce nocturne pour la centième fois au moins pour lui faire plaisir, Nicole sentit monter en elle une bouffée d'affection pour ce petit frère si doux et si raisonnable. À la naissance de Jacques, Nicole avait à peine quinze mois, pourtant elle croyait se souvenir avec précision du jour où il était entré dans sa vie. Elle savait déjà marcher à ce moment-là (elle avait su tout faire très vite, d'après Germaine, leur femme de ménage qui s'était aussi occupée d'eux quand ils étaient petits), mais au lieu de courir partout et d'explorer le monde comme le font les enfants à cet âge, elle passait tout son temps auprès de lui, à guetter ses sourires et ses éclats de rire. Germaine répétait qu'elle n'avait jamais rien vu de pareil : une sœur aimer son petit frère autant. Ils ne se quittaient pas. Et dès que Jacques avait su marcher à son tour, il avait mis ses pas dans ceux de sa sœur, la suivant où qu'elle allât. Ils ne se disputaient jamais, parce que Jacques ne savait pas se fâcher. C'était vrai qu'il ne parlait pas beaucoup non plus, mais il observait tout. Et tous les deux, Nicole et Jacques, tenaient de leur père ce goût pour ce qui est beau. Seulement, c'était Nicole qui avait pu développer son talent artistique, car Lucien Charbonneau avait pour son fils des projets de carrière plus ambitieux.

❧

Au jour de l'An, Nicole suivit ses parents chez les Lépine. Adélard Lépine était un ancien collègue de son père devenu juge à la Cour d'appel. Il avait un fils, Roger, qui était plus ou moins de l'âge de Nicole, comme avait cru bon de le mentionner sa mère en passant. C'était la première fois de sa vie que Nicole allait participer à une de ces « soirées mondaines » dont ses parents étaient friands. Germaine, pour l'occasion, lui avait frisé les cheveux et lui avait même mis du rouge sur les joues. Nicole avait dit à Jacques qu'elle n'avait pas envie d'y aller, qu'elle aurait tout donné pour rester à la maison avec eux… Cependant, elle ressentait malgré elle une certaine impatience, un frémissement de curiosité en songeant à ce qui l'attendait. Car elle ne pouvait s'empêcher de penser que *quelque chose* l'attendait, même si cela, elle ne l'avait pas dit à Jacques (parce qu'elle croyait que son frère, peut-être, ne comprendrait pas). Dans la voiture régnait un silence tendu, comme souvent quand ses parents étaient réunis dans un même endroit. Nicole regardait par la fenêtre. Elle appuyait sa joue sur la vitre glacée et voyait les passants qui marchaient vite sur le trottoir, les flocons de neige tombant sur eux. Elle trouvait la ville belle ce soir, avec la lueur des lampadaires qui se reflétait sur la légère couche de neige au sol. Elle tourna la tête et regarda devant elle la nuque de sa mère, découverte par le haut chignon dans lequel elle avait rassemblé ses cheveux. Nicole n'avait qu'à lever un peu le bras pour la toucher, mais elle ne le ferait pas, bien sûr. Elle se demandait pourquoi, si soudainement, sa mère avait décidé qu'il fallait s'occuper de la marier. Qu'est-ce qui pressait tant ?

Enfin, l'auto se gara devant l'élégante demeure des Lépine. Nicole sortit et sentit l'œil acéré de sa mère qui la détaillait des pieds à la tête, comme une ultime inspection. Elle entendit son père qui grommelait : « Je te préviens, je ne reste pas plus tard que minuit. » Sans doute parlait-il à sa femme, mais Dina Charbonneau fit comme si elle n'avait pas entendu. Une fois dans le hall d'entrée, Nicole eut l'impression de pénétrer dans un autre monde : pour elle qui sortait si peu, c'était intimidant. Même à la grand-messe de la cathédrale Notre-Dame, elle n'avait jamais vu des femmes aussi élégamment vêtues. Et des gens partout, qui riaient fort et parlaient haut, dans une lumière presque violente. Pendant un instant, Nicole se sentit trop éblouie pour bouger. Elle avait envie de s'accrocher à quelqu'un qu'elle connaissait, n'importe qui, même à sa mère, mais ses deux parents semblaient s'être volatilisés. Elle ne pouvait pas rester plantée dans l'entrée, pourtant, il fallait qu'elle bougeât. Elle s'aventura dans la pièce la plus grande et la plus éclairée. Tout autour, il y avait des tables à nappe rouge garnies de mets variés et élaborés. Elle avait fait quelques pas quand elle fut accostée par un grand homme à la barbe grise, que d'abord elle ne reconnut pas. « Nicole ? Tu es bien la petite Nicole Charbonneau, n'est-ce pas ?

— Oui, monsieur…

— Tu ne me reconnais pas ?

— Non…

— Allez ! Fais donc un effort…

— Euh…

— Je suis Paul Bélanger ! Tu te rappelles, maintenant ? Mon Dieu que tu as grandi ! Tu as fini l'école ? »

Nicole se souvenait de lui à présent. Paul Bélanger était un ancien camarade de collège de son père, avec qui Lucien se vantait d'avoir «fait les quatre cents coups» quand ils étaient plus jeunes. Paul Bélanger était médecin et avait un fils et une fille : Jean-Paul et Jacqueline. Nicole se le rappelait comme d'un homme jovial, qui aimait beaucoup les enfants. Mais il y avait très longtemps qu'elle l'avait vu. «Mes enfants seront contents de te voir, ajouta-t-il. Attends, je vais les chercher.» Il partit, et Nicole attendit. Elle scrutait les visages, mais ne reconnaissait personne. Elle ne voulait pas rester là au milieu de la pièce, où tout le monde pouvait la voir. Le couvent ne l'avait pas habituée à autant de désordre, et elle ne savait pas quoi faire de cette nouvelle liberté. Et Paul Bélanger mettait un peu trop de temps à revenir. Alors, pour s'occuper et se soustraire aux regards, elle sortit de la pièce et commença à explorer la maison. Mais partout il y avait des gens qui parlaient et formaient des petits groupes, et elle ignorait auquel elle pourrait se greffer. Elle cherchait à se cacher mais ne trouvait pas où. Enfin, elle arriva devant une porte entrouverte. Elle s'arrêta et tendit l'oreille ; aucun bruit de voix ne lui parvint. Nicole poussa la porte, et ce qu'elle vit la combla de joie : au fond de la pièce à l'éclairage tamisé trônait un immense piano à queue, et aussitôt elle se sentit attirée vers l'instrument comme un aimant : enfin un objet qu'elle connaissait ! Elle n'en avait jamais vu d'aussi beau – chez elle, il n'y avait qu'un demi-queue, et au couvent la plupart n'étaient que des pianos droits. Comme elle s'avançait pour voir la marque, elle s'aperçut que quelqu'un était déjà assis sur le banc. Une jeune fille qui se tenait la tête penchée, complètement absorbée, ses doigts effleurant les touches. Elle ne leva pas les yeux en entendant Nicole approcher. Cette dernière remarqua les doigts de l'inconnue – des longs doigts fins et blancs, fragiles, des doigts de pianiste, comme les siens. La jeune fille était tellement concentrée sur les touches du piano que Nicole pensa sortir de la pièce pour ne pas la distraire de son intense contemplation. Mais elle n'avait pas envie de partir, car il régnait là une atmosphère différente, une quiétude qui l'apaisait. Elle toussota pour attirer l'attention de la jeune fille, et celle-ci leva enfin la tête, mais elle ne regardait pas Nicole dans les yeux, elle regardait à côté, comme si elle ne la voyait pas vraiment. « C'est un Steinway, chuchota-t-elle, en réponse à la question que Nicole n'avait pas posée.

— Ah bon ?

— Oui. Ils viennent juste de l'acheter, je crois. Il n'était pas là avant.

— Il est vraiment beau.

— Oui… » répondit la jeune fille dans un murmure presque inaudible, en retenant sa respiration.

Elle avait de nouveau baissé la tête et suivait du regard ses mains qui continuaient d'effleurer les touches du piano, sans oser toutefois y appuyer franchement ses doigts. « Bon…

— Oui ?

— Je pense… je pense que je vais jouer, maintenant. »

Et sans plus s'occuper de Nicole, la jeune fille repoussa les cheveux roux qui lui cachaient la moitié du visage. Elle était très belle, avec une peau d'une blancheur diaphane dont une sorte de lumière surnaturelle semblait émaner. Nicole vit les longs doigts frémir alors que la pianiste les levait au-dessus des touches. Nicole ne comprit pas d'abord ce qui arrivait. Cependant, elle sentait ses membres trembler, elle avait l'impression d'être prise malgré elle dans le tourbillon de musique que créait la jeune fille. Elle ne reconnaissait pas la musique ; c'était une pièce moderne, assurément – il y avait plein d'accords dissonants et il n'y avait pas vraiment de mélodie. Et l'étrangeté de la musique contribuait au charme : jamais de sa vie Nicole n'avait entendu – ou vu – quelqu'un jouer de cette manière, avec un tel emportement, une ferveur dans tout le corps. La jeune fille ne regardait même plus les touches du piano : elle avait fermé les yeux, et tout son être paraissait transporté par le souffle de ce qu'elle jouait, comme si elle mettait tout le poids de son corps pour appuyer sur les touches. Il y avait presque quelque chose d'indécent à regarder cette jeune fille s'abandonner ainsi, et pourtant Nicole ne pouvait pas en détacher ses yeux. La fille plaqua le dernier accord du morceau et le laissa longtemps résonner dans la pièce vide. Il y eut un silence. Puis Nicole dit : « C'était magnifique.

— J'avais jamais joué sur un Steinway, répondit doucement l'autre.

— Moi non plus. »

La jeune fille ne proposa pas à Nicole de prendre sa place pour essayer à son tour. Elle gardait ses mains sur les touches et semblait avoir oublié qu'il y avait quelqu'un d'autre dans la pièce. « Comment vous appelez-vous ? » demanda Nicole. Il fallait à tout prix qu'elle sût qui était cette fille surdouée.

« Jacqueline Bélanger.

— Oh ! » s'exclama Nicole.

Maintenant, en y regardant de plus près, elle la reconnaissait. « Jacqueline, je suis Nicole ! Nicole Charbonneau !

— Ah ?

— Vous… Tu te souviens de moi ?

— Non, répondit Jacqueline, qui manifestement se moquait bien de qui pouvait être Nicole.

— Mais oui ! Tu venais chez nous à Clarenceville quand on était petites ! Toi et ton frère… Je me souviens bien de toi…

— Je pense que je vais jouer autre chose, maintenant… »

Nicole ignorait si elle devait rester ou s'en aller ; sans doute qu'elle dérangeait Jacqueline. Cependant, où irait-elle ? Elle ne voulait pas errer toute seule dans l'immense maison des Lépine, sans savoir à qui adresser la parole. Jacqueline était à coup sûr une jeune fille bien étrange, mais son étrangeté même faisait en sorte que Nicole se sentait moins gauche en sa présence. Quand Jacqueline eut terminé son second morceau, elle releva la tête et parut voir Nicole pour la première fois. « Est-ce que vous êtes pianiste, vous aussi ? » demanda-t-elle. On aurait dit que la réponse que lui ferait Nicole déterminerait si elle était digne de son intérêt. « Oui !

— Vous voulez essayer ? Je suis fatiguée de jouer…

— Merci ! »

Jacqueline se leva du banc pour lui laisser la place, et Nicole se rendit compte que son cœur battait aussi fort que juste avant un examen. Elle avait toujours été la meilleure au piano – c'était un fait admis par tout le monde au pensionnat. Et elle n'en nourrissait même pas de fierté, c'était ce qu'elle croyait en tout cas. Les sœurs, et sœur Marguerite-Marie en particulier, ne badinaient pas avec l'orgueil. Nicole se souvenait qu'à la fin d'un de ses cours, l'année précédente, après lui avoir annoncé les brillants résultats qu'elle avait obtenus aux derniers examens, sœur Marguerite-Marie lui avait dit de s'agenouiller, puis lui avait fait réciter une prière : « Mon Dieu, préservez-moi de l'orgueil, le plus grave des péchés, celui qui causa la chute de Satan. Permettez-moi, mon doux Jésus, de ne faire que ce qui pourra vous être agréable de rester toujours entre vos mains aimantes, amen. » Dès lors, Nicole avait répété la prière avant chaque examen, chaque concert, elle était donc certaine d'être bien à l'abri de ce défaut, mais il est facile de n'avoir aucun orgueil quand on est certaine d'être la meilleure. Soudain, elle n'était plus trop sûre d'avoir envie d'essayer ce Steinway qui l'attirait tant cinq minutes auparavant. *Mais non, je suis bonne, moi aussi ! Enfin, qu'est-ce qui me prend ? Elle n'a pas quinze ans…* En même temps, elle voulait impressionner Jacqueline. Alors elle choisit ce qu'elle avait de plus « impressionnant » dans son répertoire : des variations sur un thème de Liszt. Elle commença à jouer, mais elle n'arrivait pas à oublier la présence de la jeune fille dans son dos et à s'immerger entièrement dans la musique comme cette dernière l'avait fait. Elle en était encore à la première variation quand les mains de Jacqueline se posèrent sur les siennes, l'arrêtant net dans son élan. Nicole fut si surprise qu'elle se leva d'un bond et manqua de renverser Jacqueline, mais celle-ci, avec une force surprenante pour sa constitution, la força à se rasseoir sur le banc. Elle s'assit à son tour à ses côtés et reprit les mains de Nicole dans les siennes. « Ce n'est pas comme ça qu'il faut faire ! s'exclama-t-elle d'un ton presque dramatique.

« — Ah bon ? répliqua Nicole, qui était tellement abasourdie par sa réaction disproportionnée que c'est tout ce qu'elle trouva à dire.

— Non !

— Pardon ?

— Tu n'écoutes pas la musique !

— Je ne comprends pas…

— C'est parce que tu n'écoutes pas ! »

Cette fille à l'air éperdu commençait à l'agacer avec ses « Tu n'écoutes pas ». Elle pouvait bien parler ! C'était elle qui n'écoutait rien depuis dix minutes. En plus, elle tenait toujours les mains de Nicole entre ses doigts fins et glacés. Nicole n'aimait pas qu'on la touchât sans façon, et le fait qu'elle fût censée connaître Jacqueline n'y changeait rien. Elle essaya de dégager ses doigts et dit : « Mais vous ne m'avez même pas laissée finir ! » Elle était revenue au vouvoiement pour montrer que, quand même, il y avait des limites. Mais la jeune fille n'en démordait pas : « Écoute ! Tu dois écouter, Nicole, il dit quelque chose…

— Qui ?

— Mais… Liszt ! Tu joues comme si tu savais déjà ce qu'il y a dedans ! Ce n'est pas beau !

— Alors comment je devrais faire, s'il vous plaît ? »

Jacqueline ne semblait pas s'être aperçue du ton offensé qu'avait pris Nicole. Elle ne la regardait plus. Elle s'agitait en essayant de formuler ce qu'elle voulait dire. « Il faut… il faut, ah, je ne sais pas comment l'expliquer ! C'est comme un vent qui souffle très fort, pas une promenade !

— Mais je sais !

— Non ! Il faut… il faut écouter la musique ! »

Jacqueline lâcha enfin les mains de Nicole, qu'elle tenait toujours entre les siennes, et se mit à plaquer des accords sans suite. Elle était extrêmement fébrile. « C'est comme… quelque chose qui monte… Alors il faut le laisser monter… Il ne faut pas avoir peur de le laisser échapper… Mais il faut vraiment écouter… »

Cette fille est complètement folle. La porte s'ouvrit au moment où Nicole formulait cette pensée peu charitable, et un jeune homme entra dans la pièce. Nicole était si peu habituée à se trouver en présence de jeunes hommes qu'elle se leva pour s'enfuir. Mais lui ne s'occupa pas d'elle un seul instant. « Jacqueline ! Peux-tu me dire ce que tu fais ?

— Je joue.

— Il faut arrêter maintenant… Tu dois venir, ça fait une demi-heure qu'on te cherche…

— S'il te plaît, Jean-Paul… Laisse-moi encore un peu de temps… »

Au nom de Jean-Paul, Nicole émit un « Oh ! » de surprise. Elle ne l'avait pas reconnu tout de suite, lui non plus. Comme sa sœur, il avait beaucoup changé. Il avait grandi, bien sûr, et pourtant on ne pouvait pas dire qu'il portait très bien son habit de soirée. Parce qu'il y avait dans sa façon de se tenir une gaucherie qui faisait penser à l'attitude d'un enfant, alors que justement (si la mémoire de Nicole était bonne) il ne présentait pas ce trait quand il était gamin. Et – aussi parce que Nicole l'avait connu si jeune – la gêne qu'elle éprouvait d'ordinaire en face de n'importe quel jeune homme s'envola. Elle courut presque à lui : « Jean-Paul Bélanger ! Vous vous souvenez de moi ? Je suis Nicole… Nicole Charbonneau !

— Charbonneau ?… Vous êtes la fille d'un ami de mon père, c'est ça ? La fille de Lucien Charbonneau ?

— Oui ! Vous ne vous souvenez pas de moi ?

— Oui… Eh bien, ça fait longtemps qu'on ne s'est pas vus… »

Ils ne disaient plus rien. Nicole aurait eu envie de parler de la maison de Clarenceville, des quelques semaines que les Bélanger venaient passer chez eux durant l'été, il y avait longtemps, mais Jean-Paul ne paraissait pas aussi enthousiasmé qu'elle par leurs retrouvailles, même s'il manifestait un peu plus d'intérêt que sa sœur. Il est vrai que les Bélanger n'avaient jamais été des plus polis. « À croire que leurs parents les laissent faire tout ce qu'ils veulent », disait la mère de Nicole, et sans doute avait-elle raison. La mère de Nicole faisait ce genre de remarques parce que les enfants parlaient à table sans qu'on leur adressât la parole, couraient dans la maison au lieu de marcher et riaient tout haut. Bref, des enfants libres. Enfin, Jacqueline était très petite quand elle venait, elle restait beaucoup avec sa mère, Nicole se rappelait surtout Jean-Paul. Elle voulut lui demander depuis quand ils n'étaient pas venus à Clarenceville et pourquoi il y avait si longtemps qu'on ne les y voyait plus, mais Jean-Paul se remit à admonester sa sœur : « Bon, Jacqueline, ça suffit maintenant. Viens ! » Il lui parlait comme à une toute petite fille, et de fait Jacqueline agissait de cette façon. Elle n'écouta pas plus son frère maintenant que la première fois, mais s'élança plutôt vers Nicole et, lui prenant la main, la ramena vers le piano. « Il faut essayer !

— Quoi ?

— Il faut essayer de jouer comme je t'ai dit !

— Ah non, non ! Pas la peine ! »

Elle n'avait pas particulièrement apprécié son premier essai. « Mais oui ! Allez !

— Non ! »

Jacqueline trépignait presque d'impatience, alors que Nicole essayait de se dégager de sa poigne de fer. Jean-Paul les regardait. Puis, brusquement, il lança : « Vous n'avez pas changé, mademoiselle Nicole !

— Pardon ?

— Vous êtes toujours pas mal orgueilleuse ! »

Le cœur de Nicole fit un bond dans sa poitrine. Jamais personne — pas même sa mère — ne lui avait jeté aussi crûment au visage un de ses défauts. *Mais c'est pas vrai ! Il me connaît même pas !* Nicole se croyait sincèrement très humble. Elle ne voulait pas le contredire, ça ne se faisait pas, même si évidemment ça ne se faisait pas non plus de proférer un commentaire comme celui qu'il venait de faire. « Mais… c'est seulement parce que vous avez dit à Jacqueline de venir avec vous… C'est juste pour ça…

— Ah oui… »

Sa réponse ne parut pas le convaincre, cependant il n'ajouta rien à ce sujet. D'ailleurs, il avait l'air de s'en moquer, de sa défense. Et soudainement, Nicole n'avait plus du tout envie d'évoquer avec eux les doux souvenirs de leurs étés à Clarenceville. Elle aurait voulu trouver une réplique intelligente pour montrer qu'elle était bien au-dessus de se vexer pour si peu, mais maintenant il était trop tard.

« Bon, eh bien, j'étais contente de vous revoir », dit-elle, puis elle s'en alla – pas trop précipitamment pour ne pas qu'il pensât qu'elle fuyait.

Dans le salon bondé d'invités, des jeunes gens s'étaient mis à danser sur une chanson américaine que Nicole n'avait jamais entendue. Elle crut mourir de timidité. *Qu'est-ce que je vais faire si quelqu'un m'invite à danser ? Qu'est-ce que je vais faire si personne m'invite à danser ?* Les deux possibilités lui paraissaient aussi insoutenables l'une que l'autre. Du coin de l'œil, elle vit que même sa mère dansait, aux bras d'un homme inconnu, pleine d'aisance et de grâce. Cette seule vue suffit à lui faire perdre tout son courage, que déjà elle n'avait pas bien grand. Plusieurs couples la frôlaient dans leur frénésie de danse, comme si elle n'avait été qu'un meuble. Elle retournait déjà dans le couloir et cherchait à se réfugier quelque part où personne ne viendrait la déranger ou la traiter d'orgueilleuse quand, encore une fois, ce bon Paul Bélanger vint à son secours. « Enfin, Nicole, vous allez bien danser un peu, non ? lui dit-il en l'attrapant par le bras.

— Euh, j'aime pas tellement ça… Et puis je connais personne avec qui danser.

— Je vous invite, moi ! »

Et sans plus de cérémonie, il la ramena dans le salon. La chanson américaine était finie et avait été remplacée par une autre encore plus déchaînée, selon Nicole, tellement habituée à un certain genre de musique classique qu'elle ne pouvait croire que *cela* aussi était qualifié de « musique ». Certes, à certains égards, Liszt pouvait passer pour un déchaîné. Heureusement, pour quelqu'un qui avait l'âge d'être son père, Paul Bélanger dansait bien, et il entraînait Nicole qui en vint à s'amuser beaucoup. Elle se rendit compte qu'elle aimait danser et qu'en plus elle le faisait bien. Elle avait oublié les autres jeunes gens, et même sa mère ; bientôt, elle ne sentit plus ses pieds, et M. Bélanger la faisait tellement tourner qu'elle était tout étourdie, mais elle ne voulut pas s'arrêter. Elle se mit à rire quand il la fit tourner trois fois de suite. Elle avait les cheveux dans les yeux et ne voyait plus grand-chose, alors elle s'arrêta une seconde pour les repousser. « Vous voyez, lui dit Paul Bélanger pendant cette pause, quand vous voulez...

— Pardon ? répondit Nicole tout en essayant de reprendre son souffle.

— Quand vous voulez, vous aimez ça, danser...

— Oui... »

Nicole sentit que le charme était rompu, elle retrouvait sa gêne. Qu'est-ce qu'elle faisait là, à danser avec cet homme qui l'avait vue naître ? « Vous êtes très jolie », reprit-il, et il rougit jusqu'aux oreilles. Mon Dieu. Pour le coup, c'était vraiment terrible. Nicole répondit : « Non », puis elle rit bêtement, et enfin elle s'enfuit. Son cœur battait à tout rompre. C'était la première fois que quelqu'un lui disait une chose pareille, elle avait l'impression qu'un tremblement de terre venait de se produire. *Mon Dieu, je dois me calmer, je dois me calmer, ça n'a pas de bon sens. Bon, c'est pas grave, ça ne sert à rien de s'énerver avec ça, c'est rien... Bon, sûrement, il n'aurait pas dû dire ça, on ne parle pas comme ça, mais aussi est-ce que j'avais besoin de danser avec lui ? J'aurais pu dire non poliment, il fallait que je dise oui comme une innocente...*

Toutes ces réflexions s'empilaient dans sa tête, pendant qu'elle se frayait un chemin parmi la foule des danseurs, quand elle tomba de nouveau sur Jean-Paul. Jacqueline n'était pas en vue – elle devait être retournée jouer sur le Steinway –, et il était seul, ce qui ne semblait pas du tout le déranger. Il regardait les danseurs. Grâce à Paul Bélanger, Nicole ne pensait plus au commentaire sur son orgueil, alors elle s'approcha du jeune homme. « Vous ne dansez pas, monsieur Jean-Paul ? demanda-t-elle pour dire quelque chose.

— Je n'aime pas danser.

— Ah…

— Mais vous ? Vous dansiez avec mon père, il y a deux minutes… Je vous ai vue. »

Nicole haussa les épaules en s'efforçant de feindre l'indifférence : les mots du père de Jean-Paul résonnaient encore bien distinctement à ses oreilles, et elle espérait que personne d'autre qu'elle ne les avait entendus. Elle se sentait un peu salie – non pas par les mots, mais plutôt à cause de la façon dont elle avait dansé. Elle n'aurait pas dû danser comme ça. « J'étais un peu fatiguée… » répondit-elle, mais il paraissait avoir déjà oublié sa question. Il regardait autour de lui d'un air un peu perdu. Nicole lui trouva une forte ressemblance avec sa sœur – la même minceur, la même blondeur un peu rousse, la même pâleur presque translucide –, mais si de tels attraits avantageaient Jacqueline, qu'on aurait pu sans hésiter qualifier de « beauté », ils faisaient plutôt ressortir chez Jean-Paul son apparence de petit garçon monté trop vite en graine. « Excusez-moi pour tout à l'heure, dit Nicole.

— Comment ça ?

— Ben… parce que je suis partie un peu vite, je ne vous ai pas demandé de vos nouvelles… »

Elle s'embrouillait dans ses explications, et Jean-Paul ne paraissait pas comprendre. Elle-même ignorait pourquoi elle s'excusait, alors que c'était lui qui l'avait traitée d'orgueilleuse. « C'est pas grave… Mais c'est vrai que vous avez pas changé. » Nicole dut une fois de plus faire un effort pour ne pas se fâcher : qu'est-ce qu'il avait à se comporter ainsi ? Il ne pouvait pas se contenter d'être poli ? Et puis, c'était faux, elle avait beaucoup changé depuis l'année dernière. Il ne savait pas tout ce qui était arrivé depuis, alors il n'avait rien à dire. Elle commença à prier.

Mon Dieu, préservez-moi de l'orgueil et de tout ce qui est mauvais… Elle déclara : « Vous, vous avez changé en tout cas.

— Vous savez… je me suis marié.

— C'est vrai ? »

Nicole faillit éclater de rire. L'idée que Jean-Paul Bélanger fût marié lui paraissait complètement saugrenue. Et puis elle eut honte parce qu'elle se rendait compte qu'un moment auparavant elle le considérait comme un parti potentiel. C'est sa mère qui aurait été fière d'elle. « Oui… au mois d'août. Et après, on est revenus ici, ma femme et moi. Mais… c'est difficile, elle est américaine, elle ne parle pas bien le français.

— Est-ce qu'elle est là ce soir ?

— Non, je vous l'aurais présentée, autrement… Elle a besoin d'amies… Il y a bien Jacqueline, mais… vous avez vu comment est Jacqueline. Pour elle, si vous n'êtes pas pianiste, ça ne sert à rien qu'elle vous parle.

— J'irai la visiter, décida spontanément Nicole. En juin, quand je ne serai plus au pensionnat, je pourrai aller la voir. Et puis maintenant que vous êtes de retour, vous pourrez venir à Clarenceville, avec elle et Jacqueline…

— J'avais oublié que vous alliez toujours à l'école.

— Oui, mais en juin j'aurai fini… Je serai libre… »

Elle lui souriait. Elle repensait au père Fenner, qui lui avait dit : « Ne vous en faites pas », et à comment, après, elle avait eu moins peur de l'avenir. Elle avait envie de raconter cela à Jean-Paul, comme à un vieil ami, parce qu'elle avait l'impression qu'il comprendrait son angoisse des derniers mois. Et pourtant, la dernière fois qu'elle l'avait vu, elle devait avoir dans les huit ou neuf ans. Que d'événements s'étaient passés depuis ! Et lui, il s'était marié… Peut-être qu'il était angoissé par l'avenir, lui aussi. « Est-ce que vous êtes content d'être revenu ici ?

— Content… je dirais pas, non. Mais il fallait que je revienne pour commencer ma *carrière*. »

Il prononça le mot avec dédain, presque avec dégoût. « Je pouvais pas penser à rester aux États, et puis votre père m'avait proposé de travailler pour lui… Ça se refuse pas, ça. Vous le saviez, non ?

— Non. Alors vous allez travailler avec mon père ?

— Oui, quand j'aurai passé le barreau. Ce n'est pas grâce à mes mérites, hein ! C'est une fleur qu'il a faite à son ami, c'est tout… Mais vous savez comment ça marche, ces choses-là.

— Non, répondit Nicole.

— Ah oui, c'est vrai… On n'est pas du même monde, vous et moi, même si on est censés l'être. Vous vivez dans votre petit château, vous ne connaissez pas comment marche la vie. Mais c'est comme ça : c'est l'argent et les relations qui mènent le monde. Moi, j'ai eu de la chance, je n'ai pas eu à travailler pour rien, j'ai tout eu sans même rien faire. Bah ! Et vous, Nicole ? Qu'est-ce que vous ferez quand vous serez libre ? Ça me fait drôle de vous revoir après tout ce temps, une jeune fille…

— Je ne sais pas. Mais en fait, je suis pas inquiète… Et vous savez pourquoi ? »

Nicole sentit que son cœur battait plus fort alors qu'elle allait lui faire cette confidence. « Parce que, cette année, j'ai découvert une chose… J'ai découvert, eh bien, que Dieu existe. »

Jean-Paul tourna enfin la tête vers elle, car depuis le début de leur conversation il avait gardé les yeux fixés de l'autre côté de la salle. « Vous avez découvert ça cette année, après que vous avez passé toute votre enfance dans un couvent de sœurs ?

— Oui… Bien sûr, je L'ai toujours aimé. Mais là, c'est comme s'Il m'avait dit : "Je vais m'occuper de tout, t'inquiète pas."

— Vous avez l'air un peu folle de parler comme ça, vous vous rendez compte ? »

Pour la première fois, Nicole perçut de la chaleur dans sa voix. Et elle sourit en pensant à Marthe qui la traitait de « Nicole la folle ». *Je serai folle, alors.* C'était mieux qu'être « Nicole l'orgueilleuse ». Elle s'aperçut que les autres invités avaient cessé de danser ; ils attendaient que sonne minuit dans quelques secondes pour s'écrier: « Bonne année ! » Sûrement, ce serait une meilleure année que la précédente, c'était ce qu'ils pensaient tous, et Nicole avec eux, et peut-être Jean-Paul aussi. Quand le premier coup de minuit retentit, ils se souhaitèrent la bonne année, pendant que les gens autour d'eux se réjouissaient avec bruit.

5
Hiver

En rentrant au couvent quelques jours plus tard, Nicole avait toujours en tête le « Vous êtes très jolie » de Paul Bélanger. Elle en éprouvait encore un étrange plaisir, mêlé à une honte confuse, et elle ne savait pas si elle devait se confesser de ces sentiments au père Fenner. Mais quand elle revit le prêtre, deux jours après être revenue, elle cessa d'y penser. Il vint lui parler après la messe quotidienne, alors qu'elle sortait de la chapelle derrière les autres – à elle, comme s'ils avaient été des amis. « Mademoiselle Charbonneau ! Bonne année !

— Bonne année à vous, monsieur l'abbé.

— Je suis content de vous revoir.

— Oui… moi aussi. »

Il la regardait en ayant l'air d'hésiter. « Vous savez… je peux vous le dire maintenant : le père Desrochers est parti en retraite définitive.

— Oh !

— Alors je vais rester. Voilà, je voulais vous le dire. »

Je voulais vous le dire, à vous. « Oh, père Fenner ! Je suis très contente…

— Oui. On va se voir souvent… »

Mais en réalité, ils ne se virent pas souvent, car des obligations extérieures amenaient parfois le père Fenner à s'absenter du couvent tout de suite après la messe quotidienne. Cependant, par quelque indéfinissable procédé que Nicole ne s'expliquait pas, c'était comme si tout ce qu'il lui avait dit avant

Noël était resté au fond d'elle, avait fleuri, et qu'elle n'avait besoin d'aucune autre preuve. De temps en temps, juste après la messe, ou peu avant, ou pendant le sermon, elle croisait son regard, et il lui souriait. Et dans son sourire il y avait tout le mystère d'un autre monde. Elle sentait que rien de mauvais ne pourrait l'atteindre, tant qu'il serait là. En même temps, elle pensait « au monde », au peu qu'elle en avait connu durant ce réveillon interminable, à toute cette musique folle et ces lumières qu'il y avait là-bas, chez les Lépine. À la danse. Mère Marie-Reine-des-Cœurs avait eu ces paroles, une fois : « Le monde, lieu de perdition. » Or Jésus n'avait-Il pas dit : « Je vous envoie comme des agneaux au milieu des loups » ou quelque chose comme ça ? Mais Nicole, oh, elle ne voulait pas se perdre dans ce chaos, mais rester là où elle avait rencontré Celui qui l'aimait ! Et elle se sentait un besoin de tout donner, de tout consumer, parce que le père Fenner lui avait demandé d'aimer plus Jésus.

Durant tout le mois de janvier, Nicole se mit donc à répéter sans relâche pour son examen de piano, avec plus d'ardeur qu'elle n'en avait jamais mis, à cause de ce que le prêtre lui avait dit et aussi, un peu, à cause de cette étrange jeune fille qui, le soir du réveillon, avait été un exemple vivant de la merveille que ça pouvait être de jouer du piano. Sœur Marguerite-Marie la talonnait pour qu'elle travaille sa main gauche et lui avait fait abandonner son Liszt (« pas assez solide ») au profit d'une sonate de Beethoven. Nicole ne portait pas Beethoven dans son cœur — c'était peu dire —, mais elle s'était rappelé à quel point elle avait haï Bach tout le long de ses huit ans d'études de piano, et combien soudain tout avait changé. Elle avait donc entrepris d'apprendre cette sonate comme si elle ne l'avait jamais entendue avant pour découvrir le trésor qui y était peut-être caché. Et puis, un après-midi vers la fin de sa leçon, elle demanda à sœur Marguerite-Marie : « Ma sœur, est-ce que… vous pouvez me dire pourquoi vous aimez cette sonate ? »

La vieille religieuse, en trente ans d'enseignement, n'avait probablement jamais entendu une telle question sortir de la bouche d'une élève. Elle fixa Nicole un moment, les yeux vides. « C'est pour ta main gauche, ma petite fille, pour l'assouplir un peu. Après, on reparlera du Liszt. Mais il faut absolument faire quelque chose pour cette main-là.

— Oui mais, ma sœur… me diriez-vous s'il vous plaît ce que vous aimez de la sonate ? Pour m'aider à mieux la jouer…

— Oh, bien, Nicole, je… je ne saurais dire, je… Quand on joue une musique depuis trente, quarante ans, vois-tu, on ne sait plus très bien… Ah, et puis, ne te complique donc pas tant la vie ! Joue, voilà tout ! »

Peut-être sœur Marguerite-Marie avait-elle raison, peut-être que Nicole se compliquait trop la vie. Mais cela ne lui suffisait plus, de faire les choses parce qu'on lui disait de les faire, de jouer une sonate de Beethoven parce qu'il lui fallait assouplir sa main gauche. Et le refus de sœur Marguerite-Marie de lui répondre ne fit qu'exacerber sa volonté de trouver une beauté à Beethoven, une vraie raison de le jouer. Elle se souvenait de la réponse si différente que lui avait servie le père Fenner quand elle lui avait posé la même question au sujet de Bach, pendant une des répétitions avant le spectacle de Noël. Alors qu'il s'extasiait pour la millième fois au moins sur la beauté du prélude numéro huit, Nicole n'avait pu s'empêcher de lui demander : « Mais, mon père, pardon, je voudrais savoir… je comprends pas… » Elle n'osait pas dire franchement : « Qu'est-ce que vous lui trouvez de si beau, enfin ? » mais il avait saisi. « Vous savez, Bach, c'est ça… avait-il dit en traçant une croix dans les airs. C'est le vertical – l'harmonie – qui rencontre l'horizontal – la mélodie. Ce n'est pas moi qui le dis, n'est-ce pas ! c'est Stravinsky. Mais je pense que c'est un peu comme, il me semble, le paradis. Là où l'âme humaine rencontre enfin sa résolution. » Quand il se mettait à parler comme ça, Nicole avait l'impression que plus personne ne l'écoutait (« Bon, le père Fenner part encore dans un délire »), à part elle. Depuis lors, elle avait essayé d'écouter Bach avec ces oreilles-là et de le jouer comme ça. Elle résolut alors de lui demander ce qu'il pensait de Beethoven.

⁓

Mais en fin de compte, Nicole ne lui parla pas de Beethoven ; il y avait un sujet plus urgent dont elle voulait discuter avec lui. Un samedi sur deux était réservé au sacrement de la confession au pensionnat. La majorité des couventines vivaient cette obligation comme une corvée insignifiante, et Nicole aussi, jusqu'à récemment. Elle n'en comprenait absolument pas la nécessité. « Vous parlez à Jésus à travers le prêtre qui vous confesse », leur expliquait toujours mère Marie-Reine-des-Cœurs, censée leur ouvrir l'esprit au mystère des sacrements. Nicole, comme toutes les autres, avait toujours trouvé cet exposé fumeux et même artificiel. Maintenant, elle comprenait. (Et sans doute mieux que sœur Marie-Reine-des-Cœurs elle-même.) Comme elle était parmi les plus grandes, Nicole était dans les dernières à se confesser, à « passer à l'abattoir », comme disaient toutes les filles d'onzième année. Elles disaient cela depuis l'époque de l'abbé Desrochers, qui avait la réputation de tancer plutôt vigoureusement ses pénitentes. Parfois, les élèves qui faisaient la file entendaient des éclats de voix furieux provenir de son côté du confessionnal. Les petites en sortaient terrorisées, alors que les grandes, très souvent, n'arrivaient pas à contenir leur fou rire. Le prêtre avait changé, mais l'expression, elle, était restée. Ce jour-là, Nicole laissa discrètement passer devant elle toutes ses compagnes parce qu'elle voulait être la dernière. Enfin, elle entra dans le confessionnal, s'agenouilla, dit les trois ou quatre péchés qu'elle se rappelait avoir commis depuis sa dernière confession, reçut la pénitence et l'absolution. Elle se demandait si le père Fenner savait que c'était elle qui se trouvait derrière la grille. Elle n'était pas certaine, d'ailleurs, que ce qu'elle s'apprêtait à faire fût bien orthodoxe. Mais elle ne pouvait pas attendre plus longtemps et elle se disait, oppressée par l'urgence de parler : « C'est maintenant ou jamais », comme si repousser cette pensée à plus tard allait l'effacer pour toujours de sa vie. Le père Fenner avait fini de la bénir et il attendait sans doute qu'elle sortît. « Mon père, ce... C'est moi, Nicole.

— Nicole ? »

Elle entendait sa voix surprise, un peu étouffée par le panneau grillagé. « Qu'est-ce qui se passe, Nicole ?

— Je... voulais vous parler, mon père.

— Me parler ? Mais... vous ne voulez pas aller dans mon bureau, plutôt ?

— C'est parce que je... pouvais pas attendre, alors je me suis dit, c'est maintenant le moment... »

Il fit glisser le panneau sur le côté pour la regarder en face. « Dites-moi tout, alors... Je vous écoute.

— C'est que, mon père, depuis quelque temps, je... j'ai une pensée, ou une idée, ou quelque chose comme ça... dans la tête... Depuis Noël, environ. »

Elle s'arrêta. Tout à coup, les mots ne voulaient plus venir, elle était submergée par l'émotion. L'abbé Fenner attendait, patiemment. « Ou avant Noël, en tout cas, je me souviens plus très bien, continua Nicole en s'embrouillant de plus en plus. Mais ça fait rien, ce que je voulais vous dire, c'est... je... » Comment exprimer ce qu'elle avait dans le cœur ? « Je ne veux pas retourner dans le monde ! » Voilà, elle avait trouvé ! Elle poursuivit : « Jjje ne pourrais jamais être aussi heureuse qu'ici, maintenant, jamais... Je pense que je sais ce qui me rendrait heureuse, c'est de rester toujours ici... Parce que c'est Jésus que je veux, être avec Lui, ne jamais Le quitter, et je voulais vous en parler, savoir ce que vous en pensiez, parce que c'est important pour moi, de savoir ce que vous... Avant, je ne pensais jamais ça, plutôt mourir, je ne sais pas ce qui a changé, peut-être que c'était de rencontrer vraiment la foi, le vrai amour... Soudain j'ai eu cette idée-là, et je ne peux pas me l'enlever de la tête, et je ne veux pas non plus... » Maintenant

qu'elle avait trouvé les mots, elle ne pouvait plus s'arrêter…
« Il n'y a rien d'autre que je veux, que ça…

— Nicole, Nicole… Calme-toi. »

L'abbé Fenner leva la main pour interrompre son flot de paroles. Durant tout son discours, elle avait gardé la tête baissée, mais elle la redressa pour le regarder. Elle vit son visage grave, ses yeux souriants. Sans qu'elle pût les arrêter, ses larmes coulèrent. « C'est si beau, ce que tu me dis. »

Il ne sembla pas se rendre compte qu'il s'était mis à la tutoyer sous le coup de l'émotion. « Qqqu'est-cce que jjje ddois faire, aalllors ? » sanglota Nicole. (Mère Marie-Reine-des-Cœurs devait penser qu'elle avait commis un meurtre ! Depuis dix minutes qu'elle était agenouillée dans le confessionnal, et en plus on devait l'entendre pleurnicher à un mille à la ronde.)

« Prie. Prie beaucoup, Nicole.

— Oui.

— Prie pour aimer Jésus encore plus.

— Oui.

— Tu comprends, il faut du temps… Il faut laisser du temps à ce sentiment. Et… moi, ce que j'ai fait, quand j'ai commencé à avoir cette idée, j'ai pris un cahier, j'y écrivais mes pensées, les choses qui s'étaient passées dans ma journée… pour me rappeler où j'avais reconnu Jésus, quand je L'avais vu. Tu comprends ?

— Oui… Mais, mon père…

— Oui, Nicole ?

— Comment je peux faire pour L'aimer encore plus, comme vous m'avez dit ?

— Demande-Lui de rester avec toi. De te montrer Son visage. Ne t'inquiète pas, tu L'aimeras plus, tu verras.

— Oui… mon père… Euh, merci. »

Le père Fenner la regarda de nouveau, de ce regard qu'il avait. Il parut prêt à ajouter quelque chose, une conclusion ou un conseil, mais il se ravisa. « Allez, Nicole, il faut que tu retournes en classe. Sois patiente, reviens me voir dans quelques semaines… Et surtout, prie… Prie pour que Jésus devienne tout dans ta vie. Et puis… on en reparlera. »

Au début, Nicole ne comprit pas pourquoi l'abbé Fenner lui avait dit d'attendre. Attendre, attendre… Elle avait pourtant eu l'impression d'attendre jusqu'à la limite avant de lui parler. Depuis Noël, l'idée avait grandi au point de ne jamais la laisser en paix. Il lui avait dit de prier; alors elle priait, exactement avec les mêmes mots qu'il lui avait suggérés. Il lui avait dit aussi de n'en parler à personne encore, pour le moment. Mais la seule personne à qui Nicole aurait voulu en parler, c'était Jacques. Ainsi, au lieu d'écrire à son frère, elle rédigeait ses pensées, ce qui s'était passé dans sa journée sur des pages de son cahier de géographie qu'elle arrachait au fur et à mesure, parce que sœur Sainte-Anne faisait quelquefois des contrôles de propreté. Elle pliait les pages en morceaux minuscules et les cachait sous ses draps ou son matelas avant de se coucher. C'était étrange, cette impression de faire des cachotteries alors qu'il n'y avait rien à cacher. Elle reprit sa vie comme elle la vivait avant, mais il lui semblait que quelque chose avait changé. Pas tellement à cause de ce secret, non. Mais on aurait dit que le couvent était devenu trop étroit pour contenir toute son énergie, toute sa vitalité, qui avaient décuplé. Le piano du local de répétition, parfois, elle avait peur d'en défoncer les touches par l'ardeur nouvelle avec laquelle elle tapait dessus. Et peut-être justement à cause de cela (aussi parce qu'au pensionnat s'était développée une sensibilité exacerbée à l'odeur du secret), l'attention que lui avaient portée ses compagnes et quelques sœurs avant Noël semblait s'être intensifiée, et à présent Nicole se sentait presque épiée. C'était étouffant, tous ces regards sur elle, pendant la messe, pendant les récréations… Ça renforçait son impression d'étroitesse. On était au mois de février, le mois où l'ennui et le désœuvrement commençaient à se répandre dans le pensionnat, à imprégner tout, jusqu'aux religieuses elles-mêmes, qui se mettaient à chercher des puces aux élèves pour tuer le temps. Et les élèves, plus que jamais, se mettaient à se chercher des puces entre elles. Un jour, pendant l'étude de l'après-midi, alors que c'était sœur Marie-Angélique – réputée pour son indulgence en matière de discipline – qui surveillait la classe des grandes, Nicole trouva un papier plié en huit glissé dans son cahier de rédactions françaises. Qui l'y avait glissé, et quand, elle n'en avait pas la moindre idée. Mais dessus, en lettres minuscules et malpropres, était gribouillé ceci: « Le grand amour toi et p. André Fenner… Il s'est déclarer, Nicole ? Tout le monde sait. » Nicole, penchée sur le bout de papier froissé, mit quelques secondes à déchiffrer le message. Dès qu'elle comprit son contenu, elle se retourna vivement, à la recherche de celle qui pouvait bien avoir accompli cette bassesse. Elle fixa d'abord Marthe, deux rangs plus loin. Celle-ci releva la tête de son manuel d'histoire sainte et la regarda à son tour, levant les sourcils d'un air interrogateur devant ses yeux flamboyants. Ce n'était probablement pas elle, la coupable. D'abord, Marthe n'était pas hypocrite. Ensuite, si ça avait été elle, elle ne lui aurait pas rendu son regard d'un air aussi innocent. Au minimum, elle n'aurait pas pu s'empêcher de pouffer de rire. Nicole tourna donc la tête de l'autre côté, à la recherche d'un indice quelconque. D'une fille qui l'observerait, peut-être, à la dérobée… Mais rien. Toutes les têtes étaient studieusement courbées au-dessus de leur pupitre respectif, à part celle d'Huguette Beaudoin, dangereusement inclinée vers la gauche (à coup sûr, elle essayait de copier le devoir de mathématiques de sa voisine). « Vous cherchez quelque chose, mademoiselle Charbonneau ? »

La voix de l'enseignante, tout près de son oreille, fit sursauter Nicole. Elle ne l'avait pas vue s'approcher, et sœur Marie-Angélique était maintenant juste en face d'elle, les poings sur les hanches et l'œil soupçonneux. « Vous savez pertinemment qu'il est strictement interdit de communiquer avec vos compagnes – ou de tenter de le faire – durant l'étude… Cela est aussi valable pour vous, mademoiselle Beaudoin ! Vous croyez que je ne vous vois pas ? Je vous prierais de vous redresser immédiatement, et estimez-vous heureuse que je ne sévisse pas ! »

L'interpellée se redressa en rougissant, honteuse d'être prise la main dans le sac. « Il en va de même pour vous, mademoiselle Charbonneau, continua la religieuse, qui décidément semblait avoir pris la résolution d'imiter sœur Marie-Reine-des-Cœurs dans son application de la discipline. Je vous demanderais de cesser de tourner la tête à droite et à gauche à tout bout de champ. Cela distrait vos compagnes, en plus de vous distraire vous-même, et l'étude n'est pas réservée à la distraction, mais bien à l'… Qu'est-ce que c'est que ça ? »

La main de sœur Marie-Angélique, rapide comme l'éclair, s'empara du morceau de papier que Nicole avait laissé bien en évidence, à plat sur son cahier. « Ainsi, vous écrivez des petits mots secrets à vos consœurs ! Oh, mais nous allons en faire profiter tout le monde, ne vous inquiétez pas… Et vous écrivez comme un cochon, en plus… »

Dans son effort pour déchiffrer les mots couchés sur le papier, sœur Marie-Angélique se tut. Puis elle comprit, et ses yeux s'agrandirent d'horreur. Elle releva la tête et regarda la classe, éperdue. Elle n'avait plus rien de la belle assurance dont elle faisait preuve quelques secondes auparavant pour réprimander les élèves distraites. « Mais… qui… qui a pu… Seigneur… doux Jésus… » Sœur Marie-Angélique retourna à son bureau à l'avant de la classe, tenant toujours le billet dans son poing fermé. Les élèves avaient bien sûr toutes cessé de travailler et la fixaient, interdites et gagnées par sa stupeur. Nicole, qui aurait pu en profiter pour continuer son investigation et scruter les visages surpris dont l'un (ou plusieurs, qui sait !) l'était faussement, resta immobile. Elle eut l'impression qu'elle venait de se transformer en statue de sel. Elle avait senti le rouge lui monter aux joues, comme une fautive, alors qu'elle n'avait rien fait, elle n'avait rien à se reprocher.

« Je… je dois sortir, mesdemoiselles. Vous êtes assez grandes pour vous comporter convenablement durant mon absence. Vous pouvez être sûres que, si un son, si un murmure s'échappe de cette classe, sœur Thérèse-Denis, qui est à côté, viendra immédiatement voir de quoi il retourne. » Sur ces mots, et sans jeter un seul regard à Nicole, sœur Marie-Angélique sortit précipitamment de la classe. Aussitôt, les filles se mirent à chuchoter entre elles. Jeannine Simard, qui était assise derrière Nicole, tapa avec insistance sur l'épaule de cette dernière. Mais Nicole ne se retourna pas. Elle se prit la tête dans les mains et essaya d'oublier les murmures autour d'elle. Subitement, il ne lui semblait plus du tout important de savoir *qui* avait écrit ce mot dégoûtant. Pourquoi fallait-il donc que «l'esprit du monde » s'infiltrât même ici, à l'écart du monde ? « Nicole ! *Nicole !* » C'était Marthe qui l'appelait à voix basse, abandonnant toute réserve. Nicole garda la tête dans ses mains. Marthe pourrait bien penser ce qu'elle voudrait. Elles pourraient bien — toutes ! – penser ce qu'elles voudraient. Les murmures cependant s'évanouirent aussi brusquement qu'ils étaient nés. Des pas retentissaient dans le couloir. Sœur Sainte-Anne, la maîtresse de cours, ouvrit la porte. « Mademoiselle Charbonneau, dit-elle d'un ton de voix que Nicole ne parvint pas à décoder, venez avec moi, s'il vous plaît. » Nicole se leva et s'approcha de sœur Sainte-Anne, qui lui fit signe de la suivre dans le couloir. « Mère Sainte-Jeanne-René veut vous voir. Elle vous attend dans son bureau. » Elle observait Nicole d'un œil scrutateur, et celle-ci comprit que la religieuse essayait de deviner ce que pouvait bien lui vouloir la directrice, et pour quel motif terrible sœur Marie-Angélique avait quitté sa classe en plein milieu de l'étude. « Merci, ma sœur », répondit Nicole en affichant un air impénétrable et en faisant une rapide révérence. Puis elle se dirigea vers le bureau de mère Sainte-Jeanne-René, comme un condamné marche à l'échafaud.

« Entrez », dit la voix étouffée de la mère supérieure lorsque Nicole cogna à la porte. La jeune fille ouvrit, mais n'entra pas. Elle fut soulagée de constater que sœur Marie-Angélique n'était pas là. « Venez, Nicole… Fermez la porte. Asseyez-vous là. Bon, dit mère Sainte-Jeanne-René, qui poussa un soupir. Je serai franche avec vous. Vous… vous êtes assez vieille pour qu'on vous parle comme à une jeune femme. Vous êtes une excellente élève. Vous n'avez jamais causé de problème au pensionnat, tant sur le plan académique que… sur le plan de la conduite. Vous comprendrez donc que j'étais plutôt… choquée, oui, c'est le mot, de voir arriver dans mon bureau sœur Marie-Angélique avec un tel billet vous concernant…

— Je vous assure, ma mère, je ne sais pas moi-même comment… qui…

— À lire ce… cette note, on dirait que vous poursuiviez une discussion déjà commencée… Je vous demanderais d'abord de me dire *avec qui* vous la teniez, cette conversation…

— Mais, ma mère, ce n'était pas… pas une conversation… J'ai reçu le papier dans mon cahier de rédactions… Je ne sais pas qui l'a mis là…

— Est-ce bien vrai, Nicole ?

— Oui, ma mère, reprit Nicole d'une voix un peu plus ferme. C'est pour ça, d'ailleurs, que sœur Marie-Angélique m'a réprimandée… Je… Quand je l'ai trouvé, j'ai été distraite dans mon étude et je… je cherchais *qui*…

— Bon, très bien. Je choisis de vous croire sur ce point. Mais… ce n'est pas le plus grave… Je ne peux pas laisser passer… ce qui est écrit ici. Vous me comprenez, Nicole ?

— Non, ma mère… je ne comprends pas. »

Nicole s'attendait à ce que mère Sainte-Jeanne-René, après une réponse comme celle-là, s'énervât, s'imaginant qu'elle faisait preuve d'insolence. Sauf que Nicole ne disait que la vérité. *Ce n'est pas ma faute, pas ma faute… Je n'ai rien fait, rien fait…* Ces mots se bousculaient dans sa tête, et c'était tout ce qu'elle comprenait. Mais mère Sainte-Jeanne-René ne cria pas, elle n'eut même pas l'air agacé. Elle la fixa un instant, de ses yeux secs et perçants de femme habituée à commander. Et Nicole pensa à cette première fois, dans le bureau du père Fenner, quand il l'avait regardée de ses yeux perçants et doux à la fois… Et plus tard, dans le confessionnal, quand elle lui avait dévoilé son idée… Son regard, comme s'il avait tout connu d'elle. Comme si, vraiment, elle s'était retrouvée sans rien devant lui. Sans excuse ni artifice. Et elle voyait bien que mère Sainte-Jeanne-René, à présent, essayait de l'envelopper d'un même regard qui devinerait tout. Mais Nicole sentait la différence entre les deux. Elle sentait que mère Sainte-Jeanne-René, malgré toute sa volonté, et peut-être justement parce qu'elle ne possédait *que* sa volonté, ne réussirait pas à saisir ce qu'elle avait réellement dans le cœur. Quand la vieille religieuse parla, ce fut d'un ton très doux, de ce ton qu'on prend pour parler aux tout petits enfants, pour ne pas les effrayer. « Nicole, ma fille… je dois vous poser une question très grave, très… sérieuse.

— Oui, mère.

— Nicole, avez-vous… Est-ce que… nous avons des raisons de penser, des raisons importantes…

— Des raisons de quoi, mère ? »

Qu'elle le dise, à la fin ! Qu'elle en finisse, Seigneur !

« Ne m'interrompez pas ! Laissez-moi terminer… Bon. Nous avons des raisons de croire que l'abbé Fenner entretient avec vous des relations privilégiées… qui, j'en ai peur, sont déplacées, et…

— C'est pas vrai ! »

Nicole n'avait pu s'empêcher de hausser la voix, au point où mère Sainte-Jeanne-René eut un haut-le-corps. « Je vous demande pardon ?

— C'est faux, ma mère.

— Nicole, je vous avais demandé de ne pas m'interrompre. N'oubliez pas à qui vous parlez. J'allais ajouter qu'en vous comportant de cette manière vous donnez un mauvais exemple à vos camarades et que cela ne peut plus continuer ainsi.

— Ma mère, reprit Nicole plus calmement, je ne sais pas qui vous a dit ça… et je ne sais pas qui a écrit le billet… Mais ce sont seulement des potins…

« — Vous apprendrez assez tôt, Nicole, que les rumeurs – les potins, comme vous les appelez – sont rarement infondées. De plus, ma fille, personne n'a eu besoin de me dire quoi que ce soit ! J'ai des yeux comme tout le monde, vous savez…

— …

— Vous ne répondez rien ?

— …

— Eh bien ? Allons, dites-moi tout, ma fille. Je suis sûre que… qu'enfin vous n'avez rien fait qui vous *paraissait* mal…

— Je n'ai rien fait, ma mère, rien. S'il vous plaît, croyez-moi… »

Nicole était au bord des larmes, mais mère Sainte-Jeanne-René ne se laissa pas attendrir. D'ailleurs, Nicole n'avait nulle intention de l'amadouer. Elle était trop affectée par l'accusation pour penser à une quelconque stratégie qui lui permettrait de s'en sortir. Elle restait sur sa chaise, prostrée, presque incapable de parler.

« Vraiment, Nicole ? Avez-vous donc été aveugle à ce point ? Enfin, votre attitude ces derniers temps est absolument éloquente ! Vous traînez partout cet air… je dirais presque… langoureux, si j'osais ! Et à la messe, c'est encore pire, ce… cet échange de regards… sous notre nez ! Vous, si discrète d'habitude… Et vous prétendez qu'il n'y a rien là-dessous ?

— Non, ma mère.

— Quand vous allez le voir dans son bureau, qu'est-ce que vous vous dites ? Qu'est-ce… qu'est-ce qu'il vous dit ?

— Je… Rien de spécial… Nous parlons de l'avenir, il me donne des conseils…

— Très bien, nous verrons cela. Et puis vous êtes restée très longtemps en confession il y a trois semaines. Trop longtemps. Ce n'est pas normal.

— Je… j'avais beaucoup de péchés, ma mère.

— Ah, ne vous moquez pas ! Vous trouvez que j'ai l'air de rire en ce moment ?

— Non, ma mère.

— Et arrêtez-moi vos réponses insolentes ! Vous êtes trop grande pour vous le permettre. »

Mère Sainte-Jeanne-René, qui avait la réputation de ne jamais perdre son calme, était près de faire mentir la légende. « C'est une question très grave, Nicole. Très grave. Vous ne semblez pas comprendre à quel point…

— Pourquoi vous ne me croyez pas quand je vous dis qu'il n'y a rien ? »

Nicole aussi avait de plus en plus de mal à conserver son sang-froid. Elle sentait l'imminence de l'explosion et elle savait que, si cela venait à se produire, c'était le renvoi immédiat, sans autre forme de procès. Jusqu'à présent, il n'y avait eu que sa mère pour la pousser à une telle limite, à des cris qui faisaient trembler les murs de la maison. Et encore, seulement deux fois. Mais ces deux fois-là, Dina Charbonneau elle-même avait reculé un temps, effrayée. « Pourquoi vous ne demandez pas au père Fenner ce que, lui, il a à dire ? »

Mère Sainte-Jeanne-René ouvrit la bouche pour répondre, la referma. Elle semblait hésiter sur la réponse à donner à cette question. Nicole comprit que la mère supérieure ne faisait pas confiance au père Fenner. C'était probablement ses sermons qui l'avaient coulé, le pauvre. Enfin, la religieuse se leva, comme si elle avait soudain pris une décision. « Bon. Je vois que nous n'arriverons à rien ainsi. Vous… vous allez m'attendre ici. Je reviens dans quelques minutes. » Mère Sainte-Jeanne-René la contourna et sortit en refermant la porte derrière elle, tenant toujours dans sa main le petit papier à l'auteure anonyme.

Nicole attendit que la porte fût refermée pour se mettre à genoux sur le plancher de bois dur. Elle tremblait de tout son corps, de rage et d'angoisse, mais elle fit l'effort de se tenir droite et de joindre ses deux mains sur sa poitrine. Sous le regard scrutateur de sa directrice, elle avait été salie d'elle ne savait quelle souillure ; et le fait qu'elle fût innocente n'y avait rien changé. Elle se sentait, à cet instant, aussi seule que tout à l'heure dans la salle de classe, quand sœur Marie-Angélique était partie la dénoncer à la mère supérieure, malgré les murmures autour d'elle et Jeannine qui lui tapait sur l'épaule. *Mon Dieu*, implora-t-elle, *protégez-moi. Protégez le père Fenner. C'est le Mal, mon Dieu, protégez-nous du Mal. J'ai peur, Seigneur. J'ai peur et je ne suis pas brave, et je ne sais pas me défendre. Soyez fort pour moi, je vous en prie.* Pourquoi avait-il fallu que tout cet amour soit perçu comme de la boue aux yeux des autres ? Elle n'arrivait pas à le comprendre. Peut-être que maintenant tout le couvent se moquait d'elle et de ce qu'on croyait être sa passion ridicule. Cela, elle pouvait encore le supporter. Mais ce qui lui était intolérable, c'était de penser qu'on pouvait accuser le père Fenner d'avoir eu des intentions... aussi dégoûtantes... Qu'on pouvait l'accuser d'une telle chose... d'une chose que son cerveau ne s'autorisait même pas à imaginer. Non ! Elle repensa à toutes les fois où il l'avait regardée. Quand il lui souriait à la messe. Ou qu'il disait son nom, simplement. Elle fut prise de nausée à l'idée qu'on avait pu soupçonner, inventer des scénarios à leur sujet...

Elle attendit vingt, peut-être trente minutes. Elle ne savait pas exactement depuis quand elle était seule, elle avait perdu toute notion du temps. Ses genoux étaient en bouillie, mais elle ne songeait pas à se rasseoir. La porte s'ouvrit de nouveau et mère Sainte-Jeanne René entra, toujours seule. Nicole se releva précipitamment, mais la religieuse ne semblait pas avoir remarqué que son élève s'était mise à genoux. Elle ne la regardait plus dans les yeux. « Eh bien, Nicole. Vous avez réfléchi ?

— Oui, ma mère. J'ai prié, aussi.

— Prié ?

— Oui, ma mère.

— Bon. Suivez-moi maintenant. »

À cette heure-ci, les couloirs du pensionnat étaient encore déserts. L'étude ne devait donc pas être finie, et Nicole fut soulagée de ne croiser personne. D'ailleurs, elle avait l'impression de ne plus du tout se trouver au couvent, mais plutôt d'avoir été transportée dans un autre lieu, une prison ou un tribunal, pour y subir son procès. Elle pensa au procès de Jésus. Lui, Il n'avait rien dit pour se défendre, pas un mot. Oui, mais elle n'était pas Jésus, et, de plus, dans Son procès à Lui, Il était le seul à être impliqué, on ne Lui avait pas attribué de complice. Et elle, il fallait bien qu'elle le protégeât, son présumé complice, mais bien sûr elle était complètement impuissante à le faire. Mère Sainte-Jeanne-René la conduisit au sixième étage, là où il y avait les dortoirs. Les dortoirs, c'étaient deux immenses pièces remplies de lits placés à dix centimètres les uns des autres. Une pièce pour les petites, une autre pour les grandes ; et dans celle des grandes on poussait le luxe jusqu'à entourer le lit de rideaux pour assurer aux pensionnaires un semblant d'intimité quand elles se changeaient pour la nuit. Nicole se dit que mère Sainte-Jeanne-René avait probablement envoyé une des sœurs fouiller dans ses affaires, dans son lit, pour recueillir des preuves. Mais il n'y avait rien, rien. Puis elle se souvint des papiers pliés en dessous de son matelas. *Mais là non plus il n'y a rien*, pensa-t-elle avec un soupir de soulagement, *que des réflexions innocentes où le nom du père Fenner n'apparaît jamais*. Et si ces papiers pouvaient entraîner une conséquence, c'était bien de la disculper aux yeux de ses accusateurs. Mère Sainte-Jeanne-René s'arrêta devant la porte du dortoir, fermée à clef durant la journée, et l'ouvrit. « Allez chercher vos affaires. Je vous attends ici.

— Toutes… toutes mes affaires ?

— Oui, tout. Vos vêtements, vos sous-vêtements… vos draps et couvertures aussi. »

Où donc allait-on l'emmener ? Y avait-il un cachot quelque part dans le sous-sol du couvent ? Pour les filles comme elle, les dévergondées ? Elles montèrent un autre étage, arrivèrent au septième. Là, il y avait trois chambres individuelles, réservées à celles qu'on appelait les « poitrinaires » : des pensionnaires qui avaient une toux chronique et qui dérangeaient tellement les autres pendant la nuit qu'il avait fallu les mettre à l'écart, en quarantaine. Mère Sainte-Jeanne-René se dirigea vers la dernière porte du couloir. C'était une quatrième chambre, inutilisée, celle-là. Elle ne contenait qu'un lit nu, une petite commode et une table de nuit, et au fond une minuscule fenêtre sans rideau, à travers laquelle le pâle coucher de soleil de février peinait à entrer. On voyait qu'elle ne servait plus depuis longtemps. « Déposez vos choses sur le lit, ma fille. Voilà. Vous allez rester ici pour le moment, le temps… que l'on prenne une décision.

— Ma mère… Vous allez me garder enfermée ici ?

— Oui… je ne veux pas que, pour l'instant, vous soyez mêlée à vos compagnes… Non, certainement pas dans la situation présente. Cette histoire est beaucoup trop sérieuse, et nous avons assez attendu… Soyez sûre que je téléphonerai à vos parents pour les informer de… cette circonstance, et que, s'ils l'estiment nécessaire, ils viendront vous chercher. Votre maîtresse de cours vous montera votre souper quand ce sera l'heure. En attendant, je vous invite à réfléchir très sérieusement à votre conduite et à ce que vous pouvez faire pour la réparer. »

Mère Sainte-Jeanne-René, qui avait prononcé tout ce discours sans poser une fois les yeux sur Nicole, se retira en fermant la porte à clef. Nicole, pour occuper ses mains tremblantes, commença par ranger son uniforme de rechange, sa jaquette et ses sous-vêtements dans les tiroirs de la petite commode, puis elle fit le lit. Elle s'aperçut qu'elle avait oublié de prendre son oreiller. Tant pis, elle demanderait à sœur Sainte-Anne de le lui monter quand elle viendrait tout à l'heure. Nicole avait peur de s'asseoir et de ne rien faire, car elle sentait qu'il s'en faudrait de peu pour que la panique ne prît possession de tout son être. Mais mère supérieure lui avait bien dit que c'était justement ce qu'on attendait d'elle, de ne rien faire et de réfléchir. Ses cahiers, ses crayons, ses manuels, tout était resté dans la salle d'étude, sûrement que personne n'avait pris la peine de les ramasser pour elle. Sauf Marthe, peut-être. Quelle heure pouvait-il être ? Elle avait certainement manqué sa leçon de piano, et sœur Marguerite-Marie, l'innocente sœur Marguerite-Marie, devait être en colère contre elle parce qu'à coup sûr on ne lui avait rien dit. En huit ans, Nicole n'avait jamais manqué une leçon. Et elle n'était arrivée en retard qu'une fois, et c'était l'automne dernier, par la faute du père Fenner. Mais malgré tous les ennuis qu'il lui causait, il ne lui serait jamais venu à l'idée de lui en vouloir. Au contraire, elle avait l'impression de l'aimer plus, car elle avait peur pour lui. Il ne savait sans doute rien, encore, de tout ce branle-bas qu'il avait créé. Il partait souvent durant la journée pour accomplir d'autres ministères. Et, évidemment, il ne soupait ni ne couchait au couvent, sauf dans des occasions très spéciales, par exemple pour les fêtes. Il le saurait demain matin, quand il viendrait dire sa messe. Peut-être même qu'il n'y aurait pas de messe, que mère Sainte-Jeanne-René jugerait qu'il n'était pas digne de la célébrer.

Nicole ne s'était pas rendu compte qu'il était si tard et que la pénombre avait envahi la chambre. De plus, la pièce devait être mal isolée, car elle grelottait et ses dents claquaient depuis quelques minutes. « Mais ma pauvre enfant, vous gelez ! Vous allez prendre froid, c'est insensé ! s'exclama sœur Sainte-Anne en déposant le plateau sur la commode. Qu'avez-vous donc fait pour qu'on vous isole ainsi comme une criminelle ? » Nicole ne répondit pas. La seule réponse qu'elle aurait pu offrir c'était « Rien » et sœur Sainte-Anne, malgré toute sa gentillesse, ne s'en contenterait probablement pas. La religieuse alluma la lampe posée sur la table de nuit, ce que Nicole n'avait pas eu la force de faire. « Ne restez pas dans le noir, et dépêchez-vous de manger pendant que c'est encore chaud. Nous allons faire la prière ensemble. À genoux. » Nicole obéit, elle se mit à genoux et joignit les mains pendant que sœur Sainte-Anne récitait la prière du repas. Tout à coup, elle ne voulut plus être de nouveau seule. Elle était émue que sœur Sainte-Anne, bien qu'il fût vrai qu'elle ne connaissait rien des soupçons qui pesaient sur Nicole, ne la traitât pas comme une coupable. « Je vais rester avec vous jusqu'à ce que vous ayez fini de manger, comme ça je pourrai rapporter le plateau au réfectoire », affirma la religieuse après la prière, comme si elle avait deviné le désir de la jeune fille. Nicole s'assit sur le lit pour manger ; ce n'était pas très convenable, mais il n'y avait pas de chaise. Sœur Sainte-Anne resta debout à la regarder. Nicole n'avait pas faim du tout, mais se força à manger, car au pensionnat laisser de la nourriture dans son assiette causait toujours des histoires interminables. Quand elle eut fini, elle se leva et tendit le plateau à sœur Sainte-Anne. « Merci, ma sœur.

— Avez-vous votre chapelet, Nicole ? Vous savez que c'est l'heure, après le souper.

— Nnnon, ma sœur. Je crois que je l'ai laissé dans la salle d'étude.

— Bon, ce n'est pas grave, après tout, vous pouvez prier sans chapelet.

— Oui, ma sœur.

— Je vous laisse. Priez fort, qu'Il vous pardonne vos péchés, si vous en avez. Bonne nuit…

— Bonne nuit, ma sœur, merci. »

Quand la porte fut refermée, verrouillée, et que les pas de sœur Sainte-Anne commencèrent à s'éloigner dans le corridor, Nicole se glissa sous les couvertures dans le lit, sans même mettre sa robe de nuit ou enlever ses bas. Elle commença à réciter le chapelet en comptant sur ses doigts. Elle était triste, lasse et trop épuisée, à présent, pour se demander ce qui adviendrait d'elle et du père Fenner. Mais elle ne voulait pas se désespérer ni se lamenter sur son sort. Entre deux dizaines, elle eut cette pensée : *Marie, vous avez accepté le destin de votre Fils, en pleurant, mais vous l'avez accepté. Et moi aussi, je veux accepter l'épreuve de l'injustice, mais dans ce cas, épargnez le père Fenner, que seulement moi, je souffre le mépris et l'incompréhension, parce que lui, il est doux comme un agneau, et moi… Si c'est pour comprendre quelque chose, si c'est pour que ma vocation ou mon amour pour votre Fils devienne plus solide, alors oui…* Dans sa fatigue et sa confusion, et surtout dans sa naïveté de jeune fille de dix-huit ans, Nicole se croyait plus capable de surmonter l'épreuve que le père Fenner lui-même.

Elle avait entendu la cloche du lever et s'était préparée comme d'habitude, bien qu'on ne lui eût pas apporté d'eau pour se débarbouiller. Mais elle fit ce qu'elle pouvait. Elle écoutait, dans les chambres des « poitrinaires », les filles s'agiter dans le silence avant de descendre rejoindre les autres aux dortoirs pour la longue prière du matin. Nicole, elle, était enfermée dans sa chambre. Elle s'assit sur son lit et attendit. Quelqu'un, sans doute, viendrait la chercher. Ce fut mère Marie-Reine-des-Cœurs qui ouvrit la porte, après une attente qui parut à Nicole interminable. La jeune fille se leva précipitamment, toute chancelante, le cœur battant. Elle eut aussitôt le sentiment qu'un événement grave, terrible, s'était passé pendant la nuit, ou tôt le matin. Elle voulut dire « Bonjour, ma mère », mais aucun son ne parvint à franchir ses lèvres. « À genoux, mademoiselle », ordonna l'imposante religieuse. Dès que ses genoux douloureux touchèrent une fois encore le dur plancher de bois, Nicole se mit à sangloter sans pouvoir se retenir. « Allons, mademoiselle, un peu de retenue ! Faites votre prière, la directrice vous attend.

— Je…

— Comment ? Que dites-vous ?

— Il… il n'est pas coupable !

— Mais taisez-vous donc ! Vous ne savez plus ce que vous dites… Faites votre prière, voilà tout. Vous ne voulez pas la faire ? Vous ne savez plus ? Bien, répétez après moi. »

Mère Marie-Reine-des-Cœurs lui fit réciter sa prière comme à une enfant de cinq ans, puis elle lui ordonna de se relever et de la suivre. Elle la précéda dans l'escalier qui descendait jusqu'au bureau de mère Sainte-Jeanne-René. « Merci, ma sœur, dit cette dernière quand son adjointe pénétra dans la pièce, alors que Nicole restait sur le seuil, paralysée. Restez, s'il vous plaît, ajouta-t-elle avant de se tourner vers la jeune fille : Mademoiselle Charbonneau, venez, avancez, voyons, ne restez pas plantée là ! Eh bien… j'imagine que vous avez passé une aussi mauvaise nuit que nous… Comment vous sentez-vous ? »

Nicole retint une moue ironique en entendant ce changement de ton. Comme si ce n'était pas la décision de mère Sainte-Jeanne-René elle-même de la faire coucher dans une chambre de quarantaine, isolée du reste des pensionnaires de crainte qu'elle ne les poussât à la débauche…

« Euh, bien, ma mère.

— Tant mieux. Je dois vous annoncer que nous avons trouvé une solution à… à notre problème. J'ai vu le père Fenner ce matin, juste après la messe. Il m'a assurée, tout comme vous, qu'il n'y avait rien eu… d'inconvenant entre vous, mais que vous étiez venue le voir pour lui demander de l'aide au sujet de votre vocation… Qu'il vous avait bien entendu conseillée et vous avait suggéré de n'en parler à personne, ce qui, vous en conviendrez, arrange bien les choses. Corroborez-vous sa version des faits ?

— Oui, ma mère, c'est exactement ce qui s'est passé.

— Bon… Je dois vous dire que cette histoire ne me convainc guère… D'abord parce que je me suis demandé ceci : pourquoi donc ne pas m'en avoir parlé à moi, ou encore à l'une ou l'autre de vos enseignantes, qui vous connaissent depuis des années et auraient été bien plus en mesure de vous conseiller ? Pourquoi à ce prêtre qu'au fond vous connaissez à peine ?

— …

— Vous voyez bien qu'il y a de quoi se poser de sérieuses questions… Mais enfin, la seule preuve concrète que nous ayons est ce billet anonyme… C'est évidemment bien mince… Nous avons donc jugé que la seule décision qui s'imposait était de… d'inviter le père Fenner à partir, pour sa propre sécurité et pour celle des pensionnaires, la vôtre en particulier. Donc… Voilà. Quant à vous, Nicole… Je viens de téléphoner chez vous, demandant que vos parents se présentent le plus tôt possible à mon bureau. Il est entendu qu'après une telle histoire vous ne pourrez terminer vos études au pensionnat…

« — Vous êtes donc certaine, ma mère, l'interrompit Nicole, que j'ai fait quelque chose de mal ? Vous ne voulez vraiment pas me croire ?

— Ce n'est pas de vous *croire* ou non, Nicole, mais de me fier à ce que j'ai devant les yeux. Et de ne rien laisser passer qui me paraîtrait suspect.

— Mais, ma mère, justement ! Comment j'aurais pu… sous les yeux de tout le monde, ffaire une chose comme ça ! Dddevant tout le monde !… C'est pas possible ! »

Mère Sainte-Jeanne-René la fixa un instant, et ses yeux n'avaient plus rien de froid ni de perçant, et Nicole fut secouée d'un frisson d'horreur. Elle comprit que la mère supérieure ne trouvait sans doute aucun plaisir à la tourmenter, mais qu'elle-même était tourmentée, peut-être par un sentiment qui la torturait de l'intérieur. « J'ai vu des choses bien plus impossibles à croire, Nicole, et bien pires. » Et mère Sainte-Jeanne-René, peut-être pour la première fois dans toute sa carrière de directrice de pensionnat, eut un geste de faiblesse. Elle enleva ses lunettes et appuya un instant son front sur ses longs doigts d'ancienne pianiste. Un ange passa. Quand la vieille religieuse releva la tête, son regard avait repris sa fermeté. « J'ai donc téléphoné à vos parents, reprit-elle. Quelqu'un viendra vous chercher en fin de journée. D'ici là, vous aurez le temps de faire votre valise, sous la supervision de mère Marie-Reine-des-Cœurs. Il est inutile d'ajouter que vous ne pourrez pas dire adieu à vos camarades ni avoir le moindre contact avec elles d'ici à votre départ. Avez-vous des questions ? »

Nicole, le temps qu'avait duré ce silence, s'était rendue à l'évidence qu'il ne servait plus à rien de lutter, de se débattre contre ce qu'elle avait entrevu dans le regard de sa directrice et qui l'avait fait frémir. Elle n'avait plus qu'un seul désir : « Oui, ma mère, pardonnez-moi… Je voudrais dire au revoir à mon enseignante de piano… à sœur Marguerite-Marie.

— D'accord, Nicole, vous irez pendant le dîner. Vous pouvez sortir. »

Mère Marie-Reine-des-Cœurs, après un court entretien en privé avec mère Sainte-Jeanne-René, la rejoignit dans le couloir. « Venez, mademoiselle Charbonneau. Vous devez avoir faim. » Nicole n'avait pas d'appétit, mais elle suivit tout de même la religieuse au réfectoire. Dans un éclair de lucidité absolue, elle avait compris (non, « compris » n'était pas le mot juste, mais plutôt « vu ») les sentiments multiples et contradictoires qui se bousculaient dans l'esprit de la mère supérieure. En surface, il y avait d'abord une réelle peur pour Nicole, un authentique souci de sauvegarder la vertu de son élève. Et une couche au-dessous, une espèce de trouble, comme une autre sorte de peur, celle-là de Nicole elle-même. Comme si elle ne comprenait pas cette nouvelle énergie qui s'était emparée de la jeune fille depuis quelques semaines et avait à tout prix voulu s'expliquer, comprendre, ramener ce fait mystérieux à des raisons concevables ou accessibles à sa sensibilité, si bien que cette rumeur colportée par toute l'école était tombée à point. Car enfin, s'il y avait un reproche qu'on ne pouvait formuler à l'endroit de la directrice, c'était celui de n'être pas attentive à ce qui se passait dans son école, car elle était au courant des moindres détails, jusqu'au manque d'appétit soudain d'une pensionnaire. Finalement, plus profondément, tout au fond, enfoui sous une couche épaisse de préoccupations légitimes, quelque chose d'autre qu'elle avait voulu cacher, mais que Nicole avait saisi : de la jalousie envers le père Fenner, qui lui avait ravi une âme, du dépit envers Nicole qui s'était choisi pour maître un étranger. « Pourquoi lui ? » avaient semblé demander ses yeux. Peut-être était-ce pour faire taire cette jalousie qu'elle avait conclu d'elle-même que toute cette histoire ne pouvait qu'avoir des racines impures. Nicole se rendit compte qu'en perçant ainsi à jour les pensées et les faiblesses de sa directrice elle avait cessé d'en avoir peur. Elle la plaignait plutôt, car elle se disait que, pour raisonner et agir de la sorte, mère Sainte-Jeanne-René ne devait pas connaître l'Amour. Puis elle songea à l'abbé Fenner qui était parti, qui fort probablement avait disparu à tout jamais de sa vie. Mais elle aussi, maintenant, commençait une nouvelle vie. Elle se résolut à l'accepter, cette nouvelle existence, même si elle s'amorçait dans les larmes. Car qui savait où tout cela la mènerait ? Qui savait les autres injustices qu'elle devrait subir, les autres épreuves qui lui étaient réservées ? Dieu seul le savait, et Nicole décida de se fier à Son dessein. Elle eut un pauvre petit sourire tout tremblant, mais un sourire tout de même. Elle et lui, Nicole et le père Fenner, ils sortaient sans doute encore plus liés de cette injustice qui les avait séparés. Encore plus liés, oui, par ceux qui avaient cru trouver le mal parce que c'était le mal qu'ils cherchaient, alors qu'eux seuls savaient la vérité, eux seuls connaissaient la vraie nature de leur crime, impardonnable peut-être aux yeux du monde : ils avaient succombé tous les deux à un même Amour.

6

Printemps

Le lilas blanc dans la cour de récréation avait déjà fleuri, un peu en avance. L'été s'annonçait plus rapidement que prévu, et à travers les fenêtres ouvertes de la salle de théâtre les couventines et leurs parents pouvaient sentir la douce brise de juin qui semblait apporter la promesse des vacances. Il y avait de l'électricité dans l'air ce soir. Nicole était assise au dernier rang du théâtre, seule finissante qui ne participait pas au spectacle, comble de la disgrâce. Au moins les yeux n'étaient-ils plus tournés vers elle, au moins était-elle devenue réellement transparente pour les religieuses, enfin. Nicole jouissait de cette indifférence chèrement conquise, comme elle se réjouissait d'avoir été autorisée à assister à la représentation de cet après-midi. En fin de compte, mère Sainte-Jeanne-René était revenue sur sa décision de renvoyer Nicole du pensionnat. Lucien Charbonneau s'était présenté lui-même au bureau de la directrice en plein milieu de l'après-midi, du jamais vu pour Nicole, et avait déclaré qu'il n'était nullement question que sa fille quittât l'école avant d'avoir obtenu son diplôme. Écoutant à peine les raisons que lui donnait la mère supérieure, il n'avait pas décoléré et avait juré de faire jouer ses relations pour attirer tous les ennuis possibles sur sa congrégation. Me Lucien Charbonneau était riche, et des relations haut placées, il en avait. La toute-puissante directrice du pensionnat avait pris peur; elle voulait à tout prix éviter le scandale. Plus elle tentait de justifier sa décision en invoquant le comportement dangereux de

Nicole (« pour elle-même autant que pour ses compagnes, monsieur ! »), plus Lucien Charbonneau se montrait hargneux et menaçant. « Vous n'avez qu'à la surveiller ! Je vous paye assez cher pour ça ! » tonnait-il derrière la porte fermée. Ayant eu gain de cause après deux heures de pourparlers (car il ne fallait pas compter sur mère Sainte-Jeanne-René pour s'avouer vaincue aussi facilement), il repartit sans avoir vu Nicole.

Nicole put donc terminer son année au pensionnat. Elle perdit par contre tous les privilèges dont elle avait joui jusquelà, sans jamais se rendre compte qu'il s'agissait de faveurs. On lui enleva son ruban d'Enfant de Marie. On la priva de parloir et de sorties. Ces deux mesures, par ailleurs, ne la troublèrent guère. Mais l'interdiction d'écrire et de recevoir des lettres, pas même de son frère, ce coup-là porta. En plus, tout le monde dans l'école l'observait comme on regarde une bête curieuse. Les filles avaient toutes fait le rapprochement entre le départ soudain de l'abbé Fenner et sa propre mise au ban. Les religieuses, cependant, avaient ordonné aux couventines de ne pas faire allusion à « l'histoire » ; en fait, de ne plus prononcer jusqu'au nom du père Fenner, sous peine de subir à leur tour les sanctions que Nicole devait endurer. Ainsi, la règle du silence était strictement respectée, mais dans le silence même planait une curiosité malsaine qui ne s'évanouit pas aisément. Le seul être qui, de tout le pensionnat, ne sembla pas s'intéresser le moins du monde à « l'affaire », ce fut sœur Marguerite-Marie. Cette dernière s'inquiétait exclusivement de la main gauche de son élève, et tout le long de ces mois elle la fit travailler avec plus d'acharnement et de rigueur qu'elle ne l'avait jamais fait. Ainsi, seulement dans le local de répétition, Nicole se sentait chez elle, grâce à sœur Marguerite-Marie qui la couvait d'un regard qui ne se dérobait pas au sien, qui la considérait toujours comme un être humain, même si c'était surtout pour lui parler de sa technique déficiente. Et c'était bien l'unique raison pour laquelle Nicole supportait de rester au couvent, quoiqu'elle n'eût pas le choix en vérité. Elle faisait ce qu'elle pouvait pour être le plus invisible possible – en classe, au réfectoire, aux dortoirs, à la messe... Il n'y avait plus qu'en jouant du piano qu'elle s'oubliait un peu, qu'elle oubliait de se surveiller. Elle avait fini par trouver de la beauté à la sonate de Beethoven qui l'avait tant fait peiner les premières semaines de janvier. Un jour, même, sœur Marguerite-Marie la félicita de son interprétation, l'assurant qu'elle était déjà prête pour les examens de fin d'année. C'était le premier mot gentil que Nicole recevait depuis des semaines. Car ses camarades aussi l'évitaient, même Marthe Monet pendant un temps parut avoir peur de la regarder en face, bien qu'elle ne cessât pas de l'examiner à la dérobée. Mère Sainte-Jeanne-René avait sûrement mis en garde les plus grandes contre la mauvaise influence de l'élève Charbonneau. Nicole s'était crue forte ; pourtant, elle souffrait cruellement de ce changement de statut. Elle aurait de beaucoup préféré s'en aller. Mais elle se disait que c'était par amour qu'elle souffrait, et cette pensée réussissait parfois à l'apaiser. Et puis, vers la fin du mois de mars, ses prières semblèrent s'exaucer, car les regards cherchèrent peu à peu d'autres sources de divertissement. Tant les couventines que les religieuses se résignèrent au fait qu'on ne pourrait rien tirer d'elle, qu'elle ne laisserait rien deviner de ce qui s'était véritablement passé entre elle et le père Fenner. Ce qui lui vint en aide par-dessus tout, ce fut la traditionnelle pièce de fin d'année que les plus vieilles commençaient à préparer plusieurs mois à l'avance, sous la direction de mère Marie-Reine-des-Cœurs, dont on disait qu'elle avait fait du théâtre avant d'entrer en communauté. Certes, cela raviva les souvenirs du passage éclair du père Fenner au pensionnat, mais il aurait probablement été pire d'abolir cette tradition à cause de lui, et sans doute mère Sainte-Jeanne-René jugea-t-elle qu'il valait mieux faire comme si de rien n'était. Nicole ne fut bien sûr pas autorisée à y participer, et, d'ailleurs, elle n'en demanda même pas la permission. Par conséquent, bientôt toutes les grandes eurent l'esprit occupé par cette fameuse pièce, et enfin les projecteurs s'éloignèrent d'elle.

Comme chaque année, les parents vinrent en grand nombre assister à ce classique de fin d'année. On avait joué *Athalie* l'année précédente, et *Esther* deux ans auparavant, les deux « tragédies bibliques » de Racine, et Nicole avait tenu un petit rôle dans chacune. C'était sœur Marguerite-Marie qui avait composé la musique des chœurs. Le succès d'*Athalie* lui avait même valu un entrefilet dans le quotidien du lendemain, dans lequel le journaliste avait parlé de « la prestance presque professionnelle de ces jeunes comédiennes ». Nicole, qui avait la voix juste, avait seulement chanté dans les chœurs, elle ne se sentait pas comédienne. Et cette année, elle ne regrettait pas de ne rien faire ; au contraire, cela lui avait donné plus de temps pour préparer ses examens de piano. Mais elle avait entendu parler de la pièce par Marthe Monet, qui avait rejeté du revers de la main les directives des sœurs à l'endroit de Nicole et s'était remis à lui adresser la parole un peu avant le carême. Ce qu'elle lui en racontait avait intrigué Nicole. Ce n'était pas un « classique », cette fois, mais un « mystère en quatre actes et un prologue », de Paul Claudel, qui s'intitulait curieusement *L'Annonce faite à Marie*, bien que la pièce ne traitât pas à proprement parler d'un sujet biblique. Marthe y tenait le rôle principal, et Lucie Beaubien y avait aussi un rôle important. Bref, toutes les finissantes seraient mises en valeur. Nicole, pour sa part, était satisfaite de pouvoir à tout le moins y assister, privilège que les punies recevaient si leurs enseignantes avaient perçu une amélioration de leur conduite au cours des dernières semaines. Dans son siège du dernier rang, à côté des autres « éléments perturbateurs » du pensionnat, tous âges confondus, elle attendait. Malgré les nombreux parents présents, ceux de Nicole brillaient par leur absence. Au premier rang, elle voyait la calotte de l'évêque, assis à la place d'honneur, juste à côté de mère Sainte-Jeanne-René. Les trois coups annonciateurs se firent entendre, et la mère supérieure se leva pour remercier chacun d'être venu « encourager nos chères élèves qui se sont efforcées de se dépasser dans la préparation de cette petite pièce, soutenues en cela par notre irremplaçable mère Marie-Reine-des-Cœurs » et souhaiter à tous, « particulièrement à monseigneur, qui nous fait aujourd'hui encore cadeau de son honorable présence », un excellent spectacle.

Les lumières de la salle s'éteignirent, et Nicole vit une Marthe transformée s'avancer sur scène, le visage éclairé par les projecteurs. Ses longs cheveux blonds étaient détachés, ses pieds, nus, elle était méconnaissable. Pendant une seconde douloureuse, Nicole revit en pensée la pièce musicale de Noël du père Fenner, se rappela la joie qu'elle avait eue à la préparer avec lui. Elle se laissa un instant envahir par le chagrin et pria pour lui, où qu'il pût être. Comme elle aurait voulu qu'il fût là ! Comme elle aurait voulu discuter encore avec lui, de tout, de la musique, de la beauté qu'elle avait trouvée dans la sonate de Beethoven et du bonheur qu'elle ressentait à jouer les préludes de Bach… Et comme c'était étrange d'éprouver une telle tristesse, et en même temps une telle joie, à penser que, malgré tout, la beauté subsistait, et que l'été était là, et que personne ne lui avait arraché son secret précieux, son idée qui était restée, malgré l'orage, tapie dans un coin de son âme ! « Tu es folle, Nicole ! » Elle se remémorait ces paroles si lointaines de Marthe, à l'époque où toutes deux étaient encore des fillettes dans des corps déjà adultes. Peut-être bien qu'elle était folle, ou en tout cas pas tout à fait normale, mais elle se disait que la douleur l'avait fait grandir et que son esprit avait mûri. Et elle ne voulait pas que sa rencontre avec le père Fenner fût réduite à un simple souvenir, mais espérait plutôt que ce qu'il lui avait dit demeurerait toujours présent en elle, vivant.

Marthe ouvrit la bouche et devint Violaine, une jeune fille de dix-huit ans promise à Jacques Hury mais qui, dans un élan de générosité et de compassion, embrasse l'architecte Pierre de Craon, depuis longtemps épris d'elle et atteint de la lèpre. Durant les deux heures que dura la pièce, Nicole ne détacha pas ses yeux de la scène, contrairement à la majorité de ses compagnes « indisciplinées » qui se désintéressèrent du destin de Violaine dès la fin du prologue. L'intrigue était certes un peu bizarre, et Nicole devait s'avouer qu'elle ne comprenait pas tout. Cependant, elle avait l'impression de retrouver un peu d'elle-même dans cette fille qui souffrait pour le salut de la France. Violaine aussi avait dû renoncer à ce qu'elle aimait, à son fiancé, Jacques. Elle aussi, à cause de la jalousie d'une femme, avait été isolée du reste des hommes et traitée avec mépris pour une faute qu'elle n'avait pas commise. Une femme qui était de son sang, sa sœur cadette, Mara-la-noire, avait combiné un plan diabolique pour prendre sa place auprès de Jacques Hury. Mais du fond de son abîme de malheurs et de sa solitude, Violaine avait connu le Seul capable de la combler d'une joie impérissable. Jamais elle ne s'était plainte, elle avait tout accepté et, au plus profond de la nuit de Noël, elle avait fait revivre l'enfant de Mara. C'était Lucie Beaubien – l'échalote – qui jouait Mara, probablement à cause de son teint foncé et de ses cheveux noirs et raides de sorcière. Elle était impressionnante dans ce rôle de fille insatiable et amère, à côté de l'espiègle Marthe transformée en ange de lumière. Quand la pièce se termina et que les comédiennes vinrent saluer, Lucie fut la plus applaudie : elle vainquit la beauté de Marthe. Mère Marie-Reine-des-Cœurs salua en dernier et parla de cette pièce qu'elle avait lue, jeune fille, et qui continuait de la ravir et qu'elle avait toujours rêvé de monter avec ses « chères élèves ». Puis l'évêque se leva pour ajouter quelque chose, mais Nicole ne voulait plus écouter ; elle se répétait des phrases prononcées par Violaine à la fin de la pièce ou par le père de celle-ci, rentré de la Terre promise. Elle se les répétait encore et encore pour les apprendre par cœur.

Ce jour-là était un peu spécial, comme un jour de fête, et après le départ des parents et des invités d'honneur, entre le chapelet et l'extinction des feux, les plus grandes obtinrent la permission de se promener une demi-heure dans le jardin. Marthe, Lucie et les quelques autres qui avaient tenu un rôle important dans la pièce étaient sollicitées de toutes parts. Les pensionnaires formaient un cercle autour d'elles et les écoutaient raconter leurs impressions de la pièce et du public, leur trac avant le lever du rideau, leurs oublis de répliques et tout le reste. Nicole se faufila entre les admiratrices pour arriver jusqu'à Lucie. Cette dernière était de celles qui l'avaient évitée tout le long de l'hiver mais, à l'opposé de Marthe, elle n'avait pas changé de comportement quand la situation était revenue à la normale. « Lucie… commença Nicole un peu timidement, je voulais juste te féliciter… Toi aussi, Marthe. Vous étiez les meilleures.

— Merci, Nicole ! » répondit simplement Marthe en l'embrassant.

Elle avait conservé le visage lumineux de Violaine. Quant à Lucie, elle regarda Nicole droit dans les yeux, et celle-ci s'avisa que c'était la première fois qu'elle le faisait depuis « l'histoire » du père Fenner. Grande et maigre, elle avait plus que jamais l'air de Mara, avec ses yeux foncés agrandis par un émoi que Nicole ne s'expliquait pas, et qui la fit rougir. Les autres continuèrent à parler sans se rendre compte de rien, mais Lucie ne reprit pas part à la conversation générale. Alors que Marthe lançait un commentaire qui faisait rire tout le monde, Lucie s'approcha discrètement de Nicole. « Je dois te parler, murmura-t-elle à son oreille. Viens, allons là-bas. » Elle désignait le lilas blanc en fleurs, à quelques pas du groupe. Il fallait faire vite, car les surveillantes n'approuvaient pas les « échanges de secrets » entre deux filles seules. Quand elles furent un peu dissimulées sous les branches de l'arbre, Lucie se mit aussitôt à pleurer, presque convulsivement. « Lucie, Lucie ! Qu'est-ce que tu as ? Tu étais magnifique, tu étais la meilleure… La meilleure !

— Non, Nicole, aa… aaarrête… hoqueta Lucie.

— Mais pourquoi ? Mais qu'est-ce que tu as ?

— Nicole…

— Quoi ?… Quoi ?

— Je dois te dire quelque chose…

— Mais dis-le ! la pressa Nicole en jetant un coup d'œil du côté de la surveillante, qui heureusement ne les avait pas encore vues.

— Tu me promets que tu ne te fâcheras pas ?

— Bien sûr que je te le promets ! On est amies, non ? »

Au mot « amies », les sanglots de Lucie redoublèrent d'intensité. « Lucie, il faut que tu arrêtes de pleurer si tu veux réussir à le dire… » ajouta Nicole avec douceur. Lucie ravala un dernier sanglot et sembla prendre une grande respiration avant de se jeter à l'eau.

« C'est moi qui ai écrit le billet. »

Pendant une seconde, Nicole ne comprit pas de quoi parlait Lucie. Tellement de choses s'étaient passées, dans les derniers mois, qu'elle avait presque oublié la cause de tous ses malheurs. Mais les yeux effrayés et honteux de Lucie suffirent à lui rafraîchir la mémoire. « Tu… tu as fait quoi ? réussit-elle à balbutier.

— Oh, Nicole, c'était juste pour rire, une farce, comme ça… J'y croyais pas vraiment, tu sais, je croyais pas que c'était vrai… Mais tout le monde en parlait, elles disaient toutes qu'il y avait quelque chose de bizarre, alors j…

— Qui ? Qui disait ça ?

— Mais… tout le monde, je sais pas… C'était juste une farce, vraiment, Nicole ! Je… je ne pensais pas que ça irait aussi loin…

— Mais pourquoi tu as attendu tout ce temps-là pour le dire ? Tu ne pouvais pas aller voir mère Sainte-Jeanne-René et lui avouer que c'était juste une farce ? Il fallait que tu me causes tous ces problèmes et que tu fasses renvoyer le… le père Fenner ? s'écria Nicole, qui, au dernier mot, baissa subitement la voix, car elle voyait du coin de l'œil la sœur surveillante venir vers elles.

— Je t'en supplie, Nicole, pardonne-moi… Jjjj'ai eu peur d'aller le dire, et après, c'était trop tard…

— Il est jamais trop tard pour réparer le mal qu'on a fait, Lucie, et tu aurais dû le faire, tu devrais le faire !

— Que se passe-t-il ici ? Vous avez un problème, mesdemoiselles ? demanda sœur Thérèse-Denis en considérant avec surprise d'abord Lucie, le visage décomposé par les larmes, et ensuite Nicole, rouge de colère.

« — Non, ma sœur », répondit froidement cette dernière, et elle s'éloigna rageusement de Lucie, comme si c'était elle qui avait eu la lèpre.

Cette nuit-là, Nicole la passa à se tourner et se retourner dans son lit, incapable de s'endormir. À un moment, elle crut entendre des reniflements provenir du côté de Lucie. Mais elle refusait de se laisser attendrir. Ainsi donc, elle savait, Lucie, cette noire fille maigre, elle avait été la seule à savoir la cause de la réaction horrifiée de sœur Marie-Angélique. Et elle était restée dans l'ombre, à l'épier, à se cacher, comme une lâche… Finalement, alors que la nuit s'éclaircissait, Nicole tomba dans une sorte de demi-conscience. Elle fit un rêve. Le père Fenner était là. Jacques aussi et, curieusement, Jacqueline Bélanger. Nicole jouait le rôle de Violaine et tombait dans le précipice, mais c'était Jacqueline qui la poussait et non pas Mara. Dans la fosse se trouvait déjà le père Fenner, et Nicole lui demanda : « Vous êtes tombé dedans à cause de moi ? » Mais il n'eut pas le temps de répondre que Jacques passait au-dessus d'eux. Nicole pensait qu'il viendrait leur porter secours, mais il ne paraissait pas les voir, ou bien peut-être était-ce eux qui se cachaient de lui… Et puis tout à coup elle n'était plus dans le précipice, mais à genoux devant mère Marie-Reine-des-Cœurs, dans un lieu indéterminé. Elle écoutait la religieuse parler, elle ne savait pas depuis quand, mais ses genoux étaient douloureux d'être restés si longtemps sur le plancher de bois dur. Des mots du discours se détachèrent et parvinrent, limpides, aux oreilles bourdonnantes de Nicole : « Je n'ai jamais cru que vous étiez coupable, mademoiselle Charbonneau. Mais au procès vous sera posée une, et une seule, question : aimez-vous le père Fenner ? »

À cet instant, Nicole se réveilla en sursaut. La cloche sonnait déjà, et elle avait dormi une heure, tout au plus. En s'habillant, elle repensa à ce rêve étrange et elle comprit qu'il n'avait pas été anodin. En effet, elle se disait que Violaine, elle, avait pardonné à sa sœur d'avoir tenté de l'assassiner. Puis elle se faisait la réflexion que, aimer le père Fenner, c'était comme aimer Dieu. Violaine avait pardonné, parce qu'elle aimait Dieu. Nicole conclut que ce rêve lui était venu, comme un messager, pour qu'elle pardonne à celle qui lui avait fait du mal. Pendant qu'elle se préparait, elle sentait peser sur elle les yeux implorants de Lucie. Elle ne voulut pas la regarder – pas tout de suite. Elle se répétait encore et encore que, sûrement, Lucie n'avait pas prévu les conséquences de son geste somme toute puéril. Et qu'aussi il lui avait fallu du courage pour enfin tout avouer.

Alors, à la récréation d'après-dîner, Nicole écrivit sur un bout de papier : « Ma chère Lucie, je te pardonne », et le glissa discrètement dans la main de la jeune fille. Elle s'éloigna avant que Lucie eût le temps de le lire. Mais celle-ci la rattrapa en courant, lui prit la main et l'embrassa, baignant sa joue de larmes. « Merci, merci », était tout ce qu'elle parvenait à prononcer. Nicole l'embrassa à son tour en riant. « Arrête ! La surveillante va encore venir voir ce qui se passe…

— Oh, Nicole, tu es une sainte… Je… je ne mérite pas que tu me pardonnes… »

Nicole réprima un mouvement d'impatience. « Mais arrête ! Je suis pas une sainte… Et puis, ce n'est pas si grave, au fond…

— Non, je sais que c'est grave, je m'en voulais tellement… Ça m'a tellement torturée, tous ces mois, je pensais que j'allais exploser… Il fallait que je te le dise, à la fin, sinon je me serais tuée…

— Ne dis pas ça !

— Mais tu avais raison, quand tu me disais hier qu'on peut toujours réparer le mal qu'on a fait… Je vais aller voir mère supérieure, je vais lui expliquer que vous n'avez rien fait toi et… lui, que c'était nous, c'était moi qui étais stupide…

— Non, écoute, je pense que c'est mieux de laisser les choses comme ça… Ça ne servirait à rien… C'est mieux de pas revenir là-dessus, de pas insister… Qu'on n'en parle plus, c'est fini…

— Tu es sûre ?

— Oui, vraiment. C'est fini, Lucie… Je te pardonne, tu es pardonnée, c'est tout ce qu'il y a à dire… »

Nicole sourit et l'embrassa de nouveau, pour lui montrer que c'était bien vrai, qu'elle n'avait plus d'inquiétude à avoir. « Mais… et le père Fenner ?… Et ce que tu me disais hier, qu'il fallait que je répare…

— Je sais pas, la coupa Nicole. Fais ce que tu veux, mais pour moi, ce n'est plus important. Et puis hier, quand je t'ai dit ça, j'étais fâchée, et je disais un peu n'importe quoi… Nous, Lucie, on peut pas réparer notre mal… pas toutes seules. Je suis sûre de ça.

— D'accord… je vais faire ce que tu me dis… Mais, Nicole… On pourra rester amies, s'il te plaît ? Quand on sortira… on pourra se voir quelquefois ? »

À ces mots, Nicole se retint de soupirer, une nouvelle fois traversée par une bouffée d'impatience. Elle n'avait pas encore appris que les gens ont deux façons de réagir à un pardon accordé : il y a ceux qui vous vouent une reconnaissance de chien fidèle et se mettent à vous suivre à la trace en quémandant la moindre miette que vous pouvez leur jeter ; et il y a ceux qui vous en veulent pour toujours. Lucie était à n'en pas douter du premier type. Nicole toutefois l'assura que oui, elles se verraient, bien sûr, avec Marthe et les autres, lorsqu'elles seraient libres, ce serait facile. Au fond d'elle-même, pourtant, elle ressentait un certain malaise, presque un dégoût, et sans tout à fait se l'avouer, elle avait envie de s'éloigner de Lucie, de ne plus devoir supporter la présence de ce visage décomposé. Elle se détourna en faisant semblant de ne pas voir la main que sa compagne lui tendait. Des larmes lui brouillèrent la vue, dont elle ne comprit pas la raison. Pourquoi pleurer maintenant ? Tout était fini, ne l'avait-elle pas assuré à Lucie ? Et puis, c'était elle, finalement, qui avait reçu la meilleure part, celle de la victime. Malgré tout persistaient ce dégoût, cette amertume qui faisaient qu'elle aurait préféré ne rien savoir… Oui, garder son innocence, ne pas être obligée de se lier à la coupable par cette obscure complicité que confère le pardon… Nicole sentit qu'elle vacillait. Pourquoi avait-elle fait ce rêve stupide et pourquoi lui avait-elle obéi comme une idiote ? Cette histoire ne finirait-elle donc jamais ? On ne la laisserait jamais en paix ?

Elle pensa à la pièce d'hier, qui l'avait tant émue. Elle se demandait si quelqu'un d'autre avait été ému comme elle, avait compris. N'était-il pas drôle que mère Marie-Reine-des-Cœurs, cette religieuse froide et rigide, fût celle qui lui eût permis d'entendre de telles paroles ! Les êtres étaient bien surprenants, bien loin de ce qu'on pouvait imaginer d'eux, et ils cachaient parfois de curieux trésors sous leurs dehors repoussants. Et comme en ce moment, plus que jamais, elle était reconnaissante au père Fenner de l'avoir regardée comme il l'avait fait, sans même rien savoir d'elle ! Parce que, peut-être, il avait été le seul à voir le trésor caché en elle, et il l'avait soigneusement déterré, nettoyé, et que, sans lui, elle n'aurait même pas su qu'elle portait cela en elle. Alors nul doute qu'elle aussi aurait été une Mara ! De quel droit éprouverait-elle de la répugnance pour quelqu'un qui s'était arrêté aux apparences, comme tout le monde le faisait, comme elle-même l'avait fait, avant ?… Une sorte d'élan, un mouvement véritable du cœur la jeta en avant à la rencontre de Lucie qui s'éloignait d'un air un peu piteux, parce qu'elle avait perçu la sensation de dégoût qui s'était emparée de Nicole à son endroit, à peine une seconde plus tôt. « Lucie ! Attends ! Viens ! » *Viens, allons voir Marthe, la belle Violaine, pour la regarder rire de son rire joyeux… Allons humer l'air de cette douce journée de juin qui nous emmène tranquillement vers une nouvelle aventure, ou bien à la chapelle remercier Dieu de tout ce qu'Il nous a donné, puis enlevé… Viens, on sera amies ! Parce que, toi aussi, sous ta maigreur et sous tes os, tu es belle, tu es dans la lumière ! Oui, Lucie, toi et moi, nous sommes des sœurs, je te le dis, je le vois ! Tout à coup, je le vois, et tout devient clair ! Ne t'inquiète pas, tout est sauvé ! On est sauvées, Lucie !*

Deuxième partie

1
Été

Cet été-là, comme tous les étés, on le passa à Clarenceville, toute la famille réunie. Dans le souvenir de Nicole, il s'imposait comme un des plus torrides qu'elle eût jamais connu. La chaleur avait même poussé Lucien Charbonneau à abandonner quelques semaines son cabinet aux mains de son assistant pour venir profiter de la fraîcheur relative qu'offrait la campagne. Oh, quel été ils avaient eu ! Jacques et elle avaient montré aux deux petits à capturer des lucioles avec les mains, puis à les observer tandis qu'elles continuaient à briller en laissant juste un petit trou pour l'œil entre les doigts. Et Nicole, quand les orages les gardaient à l'intérieur, avait enseigné à Jacques des rudiments de piano sur le vieil instrument un peu désaccordé du salon, et dans ces moments-là le visage de son frère s'éclairait d'une lumière presque céleste. Pratiquement chaque matin, alors que toute la famille dormait encore, ils allaient tous les deux à la messe basse de six heures, sans rien dire à personne. Ils coupaient à travers les champs, en même temps que le soleil se levait, en courant et en se cachant des fermiers, qui ne plaisantaient pas avec la propriété et qui, quand ils les surprenaient, les chassaient en les traitant de vagabonds. Ils arrivaient juste à temps dans la petite église de campagne, seule jeunesse parmi les vieilles villageoises, dont certaines ronflaient doucement durant le prêche. Au début – comme chaque année d'ailleurs –, ils se faisaient regarder avec méfiance parce qu'ils venaient de la ville, puis on cessait de s'occuper d'eux. Après la messe, ils rentraient déjeuner à la maison, et Gilles accourait à leur rencontre dans l'allée poussiéreuse pour exhiber les sauterelles et les escargots qu'il avait déjà attrapés. Et leurs journées s'écoulaient, presque toutes semblables, mais, pour Nicole, pleines de lumière et de joie.

Nicole, Jacques, Suzanne et Gilles avaient pratiquement passé l'été dans le lac. Nicole avait réussi à apprendre à nager à Gilles, après des semaines d'efforts incessants. Le garçon avait une peur panique de l'eau depuis l'année dernière – depuis que leur mère l'avait jeté d'une barque pour le forcer à se mettre la tête dans l'eau, parce qu'elle disait que c'était de la paresse. « Gilles ! Tu nages, tu nages ! » avaient-ils hurlé tous ensemble, alors que Gilles barbotait vers Nicole comme un chiot maladroit, tout fier. Ah, certes, ça n'avait pas été facile ! Mais ils avaient usé de patience et avaient été récompensés. Pour les leçons, ils allaient sur « leur » quai, tout au bout du lac, un peu isolé des autres. Au début, Gilles ne voulait pas du tout entrer dans l'eau, il se contentait de s'asseoir sur le bord du quai et les regardait s'éclabousser. Mais si on l'éclaboussait, lui, il criait. Et il pouvait rester là des heures à les observer sans rien faire. Il avait tellement peur qu'on le laissât seul qu'il suivait toujours son frère et ses sœurs à la trace. « Je m'en vais ! criait-il quand Suzanne l'arrosait un peu trop, je m'en vais si c'est comme ça ! » Mais il revenait au bout de cinq minutes. Alors, un jour, Jacques eut une idée : « Tu sais, Gilles, commença-t-il après s'être hissé sur le quai – où leur petit frère patientait depuis deux bonnes heures, en lançant de temps en temps (à des intervalles de plus en plus rapprochés) : "Vous sortez bientôt ?" –, tu sais qu'on va partir en expédition ?

— C'est vrai ? Où on ira ?

— Où *on* ira ? Ben, de l'autre côté du lac, mais…

— Pour quoi faire ?

— Euh… Pour explorer le monde !

— Ah…

— Mais tu sais, Gilles, on ne pourra pas t'emmener…

— Comment ça ? »

La voix de Gilles tremblait déjà de crainte à l'idée de rester seul. « Parce que, pour se rendre de l'autre côté du lac, il faut y aller en barque, et on peut pas traverser le lac en barque si on sait pas nager… C'est trop dangereux.

— Mais moi, je veux venir !

— Tu peux pas, Gilles, je suis désolé… »

Sur ces paroles, Jacques plongea dans l'eau en faisant vibrer le quai. « T'es méchant ! » hurla Gilles à son frère, mais celui-ci n'en tint pas compte et il proposa aux filles de faire une course avec lui jusqu'à l'autre quai. « Nicole ! Nicole, vous allez m'emmener ? » Nicole avait pitié du pauvre Gilles, mais d'un regard Jacques lui intima de se taire, alors elle secoua lentement la tête. Elle était étonnée de le voir faire preuve d'une si grande fermeté, lui qui d'ordinaire se serait laissé passer sur le corps plutôt que de prononcer une parole dure, mais il savait mieux qu'elle comment procéder avec Gilles. Elle s'attendait à ce que celui-ci éclatât en sanglots, mais il resta songeur pendant quelques secondes, puis il dit : « C'est quand, l'expédition ?

— Eh bien… On peut t'attendre pour y aller… mais pour ça, il faudrait que tu apprennes à nager… répondit Jacques.

— Bon, d'accord ! Je vais apprendre, d'abord ! »

C'était comme ça qu'ils l'avaient convaincu. Ah, comme il fut fier quand il lâcha enfin le dos de Jacques, auquel il se cramponnait depuis deux semaines ! D'abord, il découvrit qu'il avait pied, l'eau lui arrivait à la poitrine ; il commença à bouger tout seul dans l'eau, puis, tenant les mains de Nicole, il immergea sa tête. Et Jacques, avec sa patience coutumière, lui apprenait à battre des pieds et des mains, à faire l'étoile, et au début Gilles devenait tout crispé, tellement qu'il ne pouvait pas bouger, mais peu à peu il avait laissé son corps le porter sans effort. Comme s'il avait cessé de penser à sa peur, ou plutôt comme s'il avait cessé de penser tout court, et Nicole s'était dit qu'au fond c'était comme la danse (et elle songea à ce réveillon où elle avait dansé avec Paul Bélanger au point d'oublier ce qu'elle faisait) et la musique : il fallait lâcher prise et sauter. Il lui semblait que Gilles s'était transformé, juste parce qu'il avait appris à nager : il était plus libre, plus joyeux, un vrai petit garçon heureux.

Ils commencèrent à préparer l'expédition, comme une entreprise très sérieuse. « Pourquoi on part en expédition ? » n'arrêtait pas de demander Gilles. En effet, ce qui au début n'avait été qu'une stratégie pour obliger leur petit frère à entrer dans le lac était devenu le point culminant de leur été, le centre de leurs préoccupations. « Parce que… on est des explorateurs ! répondait Jacques. On va découvrir l'Amérique, on va tout coloniser ! Il nous reste… presque la moitié du monde à découvrir !

— Mais on *est* en Amérique, disait Suzanne qui voulait montrer qu'elle connaissait sa géographie.

— Oui, c'est une façon de parler. »

Et Nicole, malgré ses dix-huit ans, malgré la maturité qu'elle pensait avoir, plongeait la tête la première dans ces rêves d'aventure. Ils partirent le 28 juillet au matin, très tôt ; le soleil se levait à peine. Nicole et Jacques portèrent la barque le long du chemin, chacun à une extrémité, et Suzanne avait pris le pique-nique. Gilles courait devant eux. Il n'y avait pas un souffle de vent pour troubler la surface de l'eau, et en quelques minutes ils parvinrent presque au milieu du lac. Avec le soleil qui se levait sur eux, tout autour seulement le ciel et l'eau qui s'étendaient au loin, et la pureté du silence, Nicole avait l'impression qu'ils étaient les premiers humains du monde.

❧

Ils ne découvrirent pas l'Amérique, ce jour-là, ni un nouveau continent, parce qu'ils n'arrivèrent pas au bout du lac : il était trop loin. Et puis Nicole commença à trouver que leur expédition était un peu folle : quatre personnes dans une barque, qui ne savaient où aller ! Ils rentrèrent donc avant midi, et ils firent bien, car leur mère les attendait devant la porte, les bras croisés. Elle ne leur demanda pas où ils étaient passés, elle leur dit simplement qu'en fin d'après-midi leur père arriverait avec des invités et qu'il fallait qu'ils fissent un grand ménage. À Jacques qui demanda qui devait venir, elle répondit que c'étaient les Bélanger. Les Bélanger ! Jacques aussi se souvenait de l'époque où ils séjournaient parmi eux comme d'un temps de félicité. Leur dernière visite remontait à plusieurs années, parce que Paul Bélanger était parti pratiquer du côté de Québec à la mort de sa femme, et il n'était revenu que l'année précédente avec sa fille. Son fils fraîchement marié les avait rejoints au mois de septembre passé, après ses études en droit aux États-Unis. Lucien Charbonneau espérait que Jacques suivrait ses traces, et peut-être qu'il les avait invités justement pour cela, pour lui mettre l'exemple à imiter sous le nez.

En fait, la principale raison du retour des Bélanger à Clarenceville, c'était Jacqueline. Quelque temps plus tôt, Paul Bélanger avait confié à son ami que sa fille avait besoin de la compagnie de jeunes filles de son âge. En effet, depuis un an, Jacqueline n'allait plus à l'école. Elle était allée au couvent des Ursulines à Québec et avait détesté cela, aussi avait-elle déclaré à son père qu'elle ne mettrait plus jamais les pieds dans un couvent. Et puis après elle avait décidé qu'elle en avait tout simplement fini avec l'école parce que, elle, ce qu'elle voulait faire, c'était jouer de la musique. Paul Bélanger, depuis la mort de sa femme cinq ans auparavant, ne savait trop que faire de cette enfant si étrange, qui semblait n'exister que pour la musique. Il croyait peut-être qu'en fréquentant d'autres jeunes gens Jacqueline deviendrait normale. Lucien Charbonneau les avait donc invités – lui, sa fille, son fils et la jeune épouse de celui-ci – à passer deux semaines dans la maison de campagne familiale. L'arrivée de tous ces visiteurs bouleversa un peu la tranquille routine dans laquelle s'étaient installés les enfants Charbonneau. Ils n'avaient besoin de personne d'autre, ils étaient très bien comme ça, tous les quatre, mais en même temps la venue des Bélanger mettait un brin de folie dans l'air. Jacqueline entra comme un coup de vent dans leur été, elle apporta son étrangeté et sa folie de la musique, ses partitions et ses improvisations. Nicole comprenait pourquoi la jeune fille n'avait pas supporté le couvent : elle était tout simplement toujours en mouvement, elle ne savait pas s'arrêter une minute. Comment avec une telle bougeotte avait-elle pu se plier pendant trois ans à la discipline de fer des religieuses ? Une des premières choses qu'elle avait faites en arrivant dans la maison des Charbonneau avait été d'essayer le piano. Elle l'avait trouvé mauvais, mais ce n'était pas grave, disait-elle, l'important était qu'il fût assez solide pour qu'on pût taper dessus aussi fort qu'on le voulait. Et elle n'avait que seize ans, mais elle en savait deux fois plus que Nicole sur la musique : elle connaissait d'autres genres que le classique. « C'est mon frère qui m'a montré », avait-elle expliqué en lui enseignant des rudiments de jazz. Car Jean-Paul Bélanger aussi était un peu musicien, et quelquefois le soir, au plus grand plaisir de Nicole et de Jacques, ils se lançaient ensemble dans des improvisations à quatre mains endiablées. La première fois, pourtant, Nicole avait trouvé cela affreux, tellement qu'elle avait été incapable d'écouter le morceau jusqu'au bout. Elle était sortie de la pièce et le lendemain matin, quand elle avait revu Jean-Paul, il l'avait regardée d'un œil moqueur et lui avait dit comme ça, l'air de rien : « Bien sûr, c'était pas du classique… vous avez sûrement l'oreille trop évoluée pour écouter cette musique de sauvages, hein, mademoiselle Nicole ? » Il la traitait tout bonnement de snob, et en un éclair Nicole revit le réveillon du Nouvel An où il l'avait qualifiée d'orgueilleuse. Et aussi de folle, plus tard. Bon : orgueilleuse, folle, snob, voilà comment il la voyait. Évidemment, ça n'avait pas d'importance, après tout mère Sainte-Jeanne-René l'avait bien considérée comme une dévergondée, alors qu'est-ce que ça faisait ce que les autres pensaient d'elle ? Mais Nicole se disait que, si la mère supérieure avait eu incontestablement tort, peut-être que Jean-Paul, lui, n'était pas entièrement éloigné de la vérité sous certains angles. Elle se promit ainsi qu'une prochaine fois elle écouterait mieux, et tout compte fait elle était parvenue à apprécier leurs improvisations. Jacques aussi, mais Jacques n'était pas très difficile de toute manière. Et puis Nicole se doutait que Jacques avait un faible pour Jacqueline, même s'il ne disait rien. Même à elle, il ne disait rien. Mais c'était peut-être à cause de Suzanne, qui dès le troisième jour s'était exclamée, comme découvrant un fait révolutionnaire : « Jacques et Jacqueline ! Ça va ensemble ! Ce sera drôle si vous vous mariez ! » Il n'avait pas répondu, mais ses joues avaient un peu rosi, et Nicole avait répliqué : « Arrête donc, Suzanne ! On ne dit pas des choses comme ça... »

Jacques n'était pas le seul à être embarrassé par la présence d'un des membres de la famille Bélanger. Nicole aussi ressentait un certain malaise, qui cependant n'avait rien à voir avec ses propres sentiments : seulement, plusieurs fois pendant la journée, elle sentait sur elle le regard lourd de Paul Bélanger. Elle s'efforçait d'agir très naturellement avec lui, mais il lui semblait qu'il était impossible que personne ne remarquât la façon dont il la regardait. Même le ton qu'il employait pour lui dire « Bonjour, Nicole » quand il la croisait lui donnait la nausée, et pourtant elle ne pouvait empêcher son cœur de battre plus vite. Juste ce regard – elle savait ce qu'il voulait dire, et ça la dégoûtait de lui, bien sûr, mais aussi un peu d'elle-même. C'était surtout à table, le soir, elle se mettait le plus loin possible de lui, mais elle ne pouvait quand même pas y échapper : par exemple, il était en train de parler à sa mère quand ses yeux se mettaient inévitablement à dévier vers elle, alors elle devait faire un effort pour garder les siens baissés. Et elle sentait une chaleur lui monter à la tête, ses joues devenir cuisantes comme si elle avait reçu une gifle en plein visage. Une fois Suzanne, qui était assise à côté d'elle, avait vu sa gêne et dans sa naïveté lui avait demandé : « Qu'est-ce qu'il y a, Nicole, tu es malade ?

— Non, non.

— Pourquoi tu regardes tout le temps ton assiette ?

— Chut!

— Mais…

— Maman va te chicaner si tu parles trop. »

Heureusement, à part aux heures des repas, elle ne le voyait pas beaucoup, parce qu'eux, les enfants Charbonneau et Jacqueline, restaient dehors presque toute la journée, tous ensemble, et se mêlaient le moins possible aux adultes.

Un matin, toutefois, après la messe quotidienne, Nicole dit à Jacques de rentrer sans elle à la maison. Elle voulait rester un peu toute seule, il y avait des jours que cela ne lui était pas arrivé. Dans le silence de la petite église vide, elle commença à prier. Quand elle priait, c'étaient les seuls moments où elle pouvait penser tranquillement à son secret. Son secret… Après le départ du père Fenner, il n'avait pas disparu, et quand elle était sortie du couvent, elle avait eu une idée. À la fin de juin, juste avant que la famille déménageât ici pour l'été, inventant une visite aux Monet, elle était allée jusqu'au Carmel de Montréal, dans Rosemont – autant dire à l'autre bout du monde pour elle. Parce que pendant tous ces mois où elle avait été isolée des autres, elle n'avait pas cessé de répéter la prière que lui avait montrée le père Fenner, moins une prière qu'une formule, en fait : que Jésus devienne tout dans sa vie. Et s'Il ne devenait pas tout, elle n'aimerait rien ni personne. Malgré tout, Nicole sentait bien qu'elle avait besoin de quelqu'un pour la guider, que le père Fenner n'avait été que le début… Elle avait en tête le destin de Violaine, retirée dans son antre de lépreuse, et elle pensait : *Et si, moi aussi, je partais là-bas ?*… Elle s'était donc résolue à demander une audience à la prieure. Celle-ci avait répondu par retour du courrier qu'il lui ferait plaisir de rencontrer Nicole le surlendemain à trois heures, à la veille de son départ pour la campagne. Elle s'y était rendue en grand secret, avait pris le tramway pour la première fois de sa vie. Elle avait eu peur de se perdre, mais c'était comme si un bon ange guidait ses pas dans la bonne direction. La prieure l'avait reçue dans le parloir, toujours derrière la grille. Nicole lui avait tout expliqué, depuis la rencontre avec le père Fenner jusqu'à la pièce de Claudel. La prieure n'avait pas dit un mot de tout le récit. Puis, quand Nicole s'était tue : « Quel âge avez-vous, ma fille ?

— J'ai dix-huit ans, ma mère.

— Dix-huit ans ? Vous êtes un petit peu jeune… Et vous sortez tout juste de l'école, en plus… Non, c'est trop jeune…

— Je vais bientôt en avoir dix-neuf…

— Oui, bon… »

Bref, elle aussi avait conseillé à Nicole d'attendre : « Un an, au moins… Faites quelque chose, sortez dans le monde, voyez des gens… Et si vous y pensez toujours, d'ici à un an, vous reviendrez nous voir… Vous ne voulez pas entreprendre des études universitaires ? Non ? Mais dites-moi, vos parents sont-ils au courant de vos intentions ?

— Non, ma mère. Le… le prêtre que j'ai connu m'avait dit de n'en parler à personne pour le moment.

— Je vous suggère pour ma part, peut-être, de leur en glisser quelques mots, juste pour les prévenir que vous vous sentez attirée par cette vie… Pour les préparer, éventuellement… Après tout, ils sont les premiers concernés. Mais vraiment, rien ne presse, mon enfant, vous avez tout le temps… En général, nous demandons aux candidates d'attendre au moins un an après qu'elles ont fini leurs études, le temps de connaître un peu le monde, de bien discerner…

— Mais je connais le monde, et il ne m'intéresse pas. Pardon, ma mère. »

La prieure avait eu un petit rire. Elle avait repris son sérieux pour dire : « Vous savez, mon enfant, s'engager au carmel ne signifie pas se retirer du monde… Ce n'est pas une fuite, n'est-ce pas ?

— Ma mère… excusez-moi pour mon impatience… C'est seulement que cette année a été tellement… dure et en même

temps tellement belle… J'ai vu le visage de Jésus… Jjjeee…
je veux rester avec Jésus, vous voyez ? »

Elle ravala les larmes qui commençaient à monter en elle.
La voix de la prieure se fit plus douce. « Ma chère enfant, ne
vous inquiétez pas… Jésus ne vous abandonnera pas… Mais
la vocation est une chose sérieuse, très sérieuse. Si vous l'avez,
vous entrerez ici. Mais pour le moment, vous êtes très jeune,
et… comme vous n'avez jamais travaillé, que vous venez tout
juste de sortir de l'école, vous n'êtes sans doute pas assez mûre
pour l'entrée au carmel… Et de plus… vous ne m'avez pas dit
ce qui vous attire chez nous. Avez-vous lu des écrits de sainte
Thérèse d'Avila ? Thérèse de l'Enfant-Jésus ?

— Non, ma mère, avait dû avouer Nicole. Juste la pièce
que j'ai vue…

— C'est une fiction », avait coupé la prieure. Mais tout de
suite après elle avait repris sa voix douce. « Je ne remets pas
en doute votre appel… Je vous demande simplement de passer
cette année à réfléchir tranquillement, à prier… Apprenez à
connaître le carmel, de loin, je vais vous prêter des livres…
Avez-vous un directeur spirituel ?

— Non, ma mère…

— C'est important, cela, ma fille. Vous avez besoin d'un
guide, pour mettre de l'ordre dans vos pensées.

— Oui, ma mère. »

La prieure avait mis fin à l'entretien en lui recommandant
de lire *Les chemins de la perfection*, de Thérèse d'Avila, et de sou-
ligner les passages qui lui sembleraient importants. Nicole
l'avait quittée bouleversée, presque atterrée. Elle avait à peine
écouté les conseils. *Un an !* Mais c'était une éternité, tout simplement ! Elle avait été assez folle pour s'imaginer qu'elle pourrait rentrer tout de suite, juste après un court entretien avec
la prieure. C'était à peine si elle n'avait pas apporté sa valise.
Un an, et à faire quoi ? À se faire traîner dans les soirées mondaines par sa mère, sa mère bien décidée à la voir épouser un
jeune homme le plus riche possible. Elle pensa à sainte Thé-

rèse de Lisieux. En neuvième année, elle avait étudié sa vie en cours d'histoire sainte. Le manuel titrait « La petite fleur de Jésus ». Nicole se rappelait la volonté de la jeune fille d'entrer au carmel à quinze ans (ou était-ce quatorze ?) et son pèlerinage jusqu'à Rome pour demander une permission spéciale au pape. Et elle avait réussi, finalement. *Et moi ? Pourquoi un an, ça me semble si loin ? En vrai, c'est rien…* Elle aurait voulu parler au père Fenner, lui demander ce qu'il fallait faire. Mais où était-il maintenant ? Elle n'avait pas la moindre idée de comment elle pourrait le joindre, ni même s'il était encore dans la province.

Nicole se rendit compte qu'elle était agenouillée là depuis plus d'une demi-heure. Il était temps de rentrer. Elle sortit de l'église et prit le chemin de la maison, en coupant à travers les champs. Elle se dépêchait parce qu'elle avait faim. À mi-chemin, elle croisa Jean-Paul Bélanger, qui marchait vers le village. Il n'était pas avec sa femme qui, depuis qu'ils étaient arrivés, s'était faite très discrète. Ethel — c'était son prénom — était une grande jeune femme très mince, blonde au teint pâle. Parlant à peine quelques mots de français, elle semblait timide, et sa pâleur accentuait sa transparence. En plus, elle était juive. Ce fait avait beaucoup intrigué Nicole, même si évidemment elle n'avait pas osé poser de questions. Elle essayait de comprendre comment c'était possible de se marier avec une juive. Elle se rappelait la promesse qu'elle avait faite à Jean-Paul au réveillon, d'aller la visiter. Elle avait complètement oublié, elle espérait qu'il ne lui en voulait pas. « Bonjour, monsieur Jean-Paul ! Où allez-vous si tôt ?

— Je me promène… Et vous ?

— J'étais à la messe.

— Ah oui, c'est vrai, j'oubliais… Vous êtes une grande mystique. »

Il avait encore cet air moqueur. Nicole ne savait pas comment réagir, alors elle changea de sujet : « Comment va votre femme ? Je ne la vois pas beaucoup…

— Elle va… bien, j'imagine. Elle est un peu malade, vous savez…

— Oh, c'est vrai ?

— Oui, elle a… enfin, peu importe. Je ne sais pas si c'était une bonne idée de venir, pour elle, je veux dire. Pour moi… il fallait que je vienne, pour discuter avec votre père de ma *carrière*.

— C'est dommage, j'aurais voulu lui parler… Vous vous rappelez, vous m'aviez dit qu'elle avait besoin d'amies ? Mais moi, je ne connais pas trop l'anglais…

— Oui, bon, ce n'est pas grave. Vous rentrez à la maison ? Je vais venir avec vous. »

Ils marchèrent en silence pendant un moment. Nicole se taisait de peur qu'il trouvât encore dans ses propos une occasion de rire d'elle. Mais Jean-Paul ne pensait plus à se moquer. Il regardait les champs. « C'est beau, ici, murmura-t-il. Je ne me souvenais plus combien c'était beau.

— Oui… Pourquoi vous ne venez pas au lac aujourd'hui avec nous, vous et… euh, Mme Bélanger ? Vous n'êtes pas venus encore.

— Je ne sais pas… Non, je dois travailler… »

Il regardait par terre, tout à coup, comme si la suggestion de Nicole lui déplaisait, comme si elle avait dit quelque chose de déplacé. Peut-être qu'il ne fallait pas mélanger ces deux mondes, celui des enfants et celui des adultes. Ils étaient arrivés près de la maison. Nicole se rappela qu'elle avait faim et commença à monter les marches de la galerie pour aller dans la cuisine, mais Jean-Paul ne la suivit pas. À mi-chemin des escaliers, il fit demi-tour et redescendit dans l'allée. Nicole s'arrêta, elle allait l'appeler, mais elle était trop gênée. Elle ne comprenait pas. Qu'est-ce qu'il avait soudain ? Pourquoi il s'enfuyait ? Elle eut l'impression d'avoir vu en lui comme une tristesse lourde et sourde, presque une violence contenue. Nicole resta immobile sur les marches à le regarder partir. Il avait encore la tête penchée en avant, comme pour ne rien voir de ce qui était autour

de lui. *Est-ce que c'est moi qui ai dit quelque chose de mal ?* « Nicole ! »
Elle vit Gilles qui l'appelait de loin, du côté du lac.

« Tu viens te baigner ?

— J'arrive, Gilles ! J'arrive dans cinq minutes ! »

༄

Lorsque les Bélanger retournèrent en ville, deux semaines
plus tard, l'été tirait à sa fin. À l'idée que Jacques repartirait
au collège en septembre, qu'ils seraient de nouveau séparés,
Nicole avait le cœur serré. Un soir de la dernière semaine, sa
mère surgit dans le salon pendant qu'elle essayait d'improviser
au piano, comme le lui avait montré Jacqueline. Elle n'y réussissait pas très bien. « Qu'est-ce que c'est que ce bruit infernal ?

— Oh, j'essayais juste…

— Je t'en prie, arrête, c'est insupportable ! Où sont tes
frères et sœur ?

— Dans le jardin. »

Depuis qu'elle avait douze ans, Nicole évitait le plus possible d'appeler sa mère « maman ». C'était à l'époque où elle
avait arrêté d'avoir peur d'elle. Elle avait longtemps espéré que
sa mère s'en rendrait compte, qu'elle en serait blessée, mais à
présent elle savait que probablement rien de ce qu'elle pourrait faire ne parviendrait à l'atteindre, en bien comme en mal.
« Nicole ? Regarde-moi. »

Nicole se tourna vers sa mère. Elle avait les bras croisés sur
la poitrine, le regard impénétrable. « Qu'est-ce que tu comptes
faire maintenant ?

— Je ne sais pas.

— "Je ne sais pas", je n'appelle pas ça une réponse… Si tu
crois, ma fille, que je vais te laisser perdre ton temps à la maison
à attendre que le ciel te tombe sur la tête, tu te trompes. Tu as
fini tes études, très bien. Mais maintenant, c'est terminé, et je
veux que tu commences sérieusement à penser à ton avenir.
Je ne veux pas d'une *bonrienne* chez moi… Tu me comprends ?

— Je comprends. Je n'ai pas l'intention de rien faire.

— Ah oui ? Et à quoi penses-tu occuper ton temps au juste ? Tu viens de me dire que tu ne savais pas…

— Je pourrais travailler.

— Travailler ?

— Oui, je pensais… donner des cours de piano, ou jouer dans des églises, accompagner des chorales… »

Au pensionnat, Nicole avait pris quelques cours d'orgue et elle pouvait se débrouiller. Cependant, elle venait à l'instant de concevoir cette idée de travailler. De cette manière, elle serait, comme l'avait souhaité la prieure, immergée dans le monde. Sa mère continuait de la regarder, comme si elle ne la croyait pas. « Tu n'es plus une petite fille, Nicole. J'espère que tu t'en rends compte. C'est fini, les courses dans les champs et les parties de baignade.

— Je sais. »

Nicole était surprise de découvrir que sa mère l'avait observée durant l'été. Il lui semblait toutefois qu'elle voulait ajouter quelque chose, que tout ce discours qu'elle venait de lui servir cachait une raison plus profonde, plus essentielle… Pourtant, elle n'était pas femme à hésiter ni à faire des mystères. Encore moins à remarquer un changement dans l'attitude de sa fille. Nicole la vit froncer les sourcils. « Tu ne… commença-t-elle.

— Quoi ? dit Nicole.

— Rien. » Mais elle la dévisageait d'un air suspicieux.

Si Nicole n'avait pas connu sa mère, elle aurait cru que cette dernière avait deviné. « Rien… » Dina Charbonneau s'approcha de sa fille, lui prit le menton et le dirigea vers la lumière. « Tu as un bouton… » Elle examinait la peau de Nicole pore par pore. « Ça ne te réussit pas, le soleil. » Nicole gardait les yeux baissés ; la lumière de la lampe l'éblouissait et elle ne voulait pas croiser le regard de sa mère. Celle-ci la lâcha finalement. « Et je t'en prie, ne touche plus à ce piano, tu me donnes mal à la tête. »

Dina Charbonneau sortit, sans doute pour soigner son mal de tête. Nicole referma le couvercle du piano, un peu trop violemment, peut-être. Elle éteignit la lampe (ainsi personne ne verrait son bouton, si elle en avait un) et resta un instant dans le noir, à penser. Sa mère. Nicole se souvint avec un pincement au cœur de l'époque où elle avait compris – vraiment compris – que sa mère ne l'aimait pas. Elle devait avoir cinq, six ans. C'était avant de commencer l'école. Si Nicole tombait et pleurait, sa mère disait : « Tu me donnes mal à la tête. » Alors Nicole avait cessé d'aller la voir quand elle se faisait mal ; elle allait voir Germaine, plutôt. Heureusement qu'il y avait Germaine... même si Germaine n'était pas une mère. Celles-là, c'étaient les années de peur, quand Nicole se cachait en entendant le bruit des pas de sa mère se rapprocher du coin où elle jouait. Jacques, lui, n'avait jamais eu peur, il ne se cachait pas. Mais c'était vrai que leur mère avait toujours eu un faible pour lui (et d'ailleurs, qui n'en aurait pas eu un ?). Pour Nicole, les années de peur avaient été suivies des années de colère. Une colère intérieure, bien entendu, mais qui parfois explosait, quand plus personne ne s'y attendait. Et puis le couvent, le piano. Sœur Marguerite-Marie qui la tutoyait et quelquefois l'appelait « ma petite Nicole ». Mère supérieure qui l'avait aimée et qui après l'avait traitée comme une lépreuse. Et dans ce monde sec, cette rencontre. Si elle l'oubliait, elle était perdue, perdue. Et maintenant, un an d'attente. Que c'était long, un an ! Un an avec sa mère, ce n'était pas comme deux semaines pendant les vacances de Noël, ou même deux mois pour l'été, quand au moins Jacques était là, quand on pouvait sortir tout le jour, faire semblant qu'on était libre, et le soir on n'avait qu'à baisser la tête. Alors c'était facile de prétendre qu'on avait une autre vie, par exemple qu'on était les enfants d'une paysanne ou d'une bouchère. Mais cette fois, il allait lui falloir prier beaucoup pour supporter cette année qui s'en venait et trouver la force d'aimer sa mère, même si elle n'en avait pas envie. *Mon Dieu. Donnez-moi la force.* Les paroles de la sœur – « On n'entre pas au carmel pour fuir le monde » – résonnaient dans sa tête.

Elle sortit dans le jardin à la rencontre de ses frères et de sa sœur. « Nicole ! dit Suzanne en courant à elle. Regarde, j'ai une luciole !

— Moi aussi ! cria Gilles. Oh non, je l'ai perdue… »

Nicole s'assit dans l'herbe pendant que Gilles et Suzanne faisaient un concours pour capturer le plus de lucioles possible. Elle sentait une boule se former dans sa gorge, et son âme se remplissait de nostalgie, car cet été – l'été magique – venait de s'achever. Jacques vint s'asseoir à côté d'elle. « À quoi tu penses ?

— À l'été… C'était l'été des lucioles, celui-là. »

Jacques ne répondit pas. Nicole prit soudain conscience qu'ils n'avaient presque pas discuté durant ces deux mois. La première fois qu'ils avaient réussi à se retrouver seuls, sans Suzanne ni Gilles collés à eux, Jacques avait finalement demandé à Nicole la raison de son long silence. C'était la première fois depuis des mois que la jeune fille pouvait ouvrir son cœur, briser le cercle de solitude qui l'enfermait depuis le départ du père Fenner. Et pourtant, elle se sentait presque embarrassée de relater cette histoire à son frère. Et si, lui aussi, il avait cette pensée ?… Mais non, pas Jacques ! Non, lui, il la connaissait trop bien. Malgré tout, elle s'était rendu compte que si elle devait lui raconter les accusations des sœurs, le renvoi du père Fenner et sa propre quasi-expulsion du pensionnat, il lui faudrait aussi parler de sa rencontre avec le père, de ce qui avait changé, de ce qu'elle avait décidé. Alors elle avait juste dit qu'elle avait été punie parce qu'elle avait eu des mauvaises notes. Jacques n'avait pas cherché plus loin, même s'il était peu probable qu'il l'eût crue. En effet, des deux, Nicole était de loin la plus douée. Cependant, par discrétion, sans doute, il ne l'avait pas interrogée davantage. Mais maintenant, en ce dernier soir de l'été, leur dernier soir, elle avait envie de tout lui dire. « Dis, Jacques…

« — Quoi ?

— Est-ce que tu dirais que tu es heureux ?

— Pourquoi tu me demandes ça ?

— Je ne sais pas… Comme ça.

— C'est bizarre… Je me suis jamais posé la question. Je fais les choses que je dois faire… Je vais à l'école, j'étudie parce qu'il le faut, pour devenir avocat, j'imagine… Pas comme toi.

— Qu'est-ce que tu veux dire ?

— Toi, tu as toujours fait tout ce que tu voulais. Mais… dis, Nicole…

— Quoi ? » Elle rit parce qu'il prenait le même ton qu'elle.

« On ne sait pas ce qui va nous arriver, nous… On n'en a vraiment aucune idée.

— C'est vrai.

— Je me demandais : est-ce que ça te fait peur ?

— Non… maintenant, non. Avant, oui, beaucoup… Mais maintenant, moins. Et toi ?

— Bof, moi, je suis censé savoir d'avance ce que je vais faire : je finis le collège, je fais mon droit, je deviens l'associé du cabinet de papa…

— Mais tu viens de dire…

— Oui, parce qu'en même temps c'est vrai, on ne peut jamais prévoir jusqu'au bout… Même si tu penses que le chemin est tout tracé, c'est jamais aussi simple… On ne peut jamais tout prévoir, peut-être qu'il y aura la guerre et que je vais devoir devenir soldat, ou…

— Tu es fou ?

— Je ne sais pas, je dis ça comme ça. C'est juste que… je pensais au destin, tu comprends ?

— …

— Je me disais, au fond, que personne ne connaît son destin, et moi non plus… »

Nicole tourna la tête vers lui pour le regarder. Il avait les yeux levés vers le ciel. Elle ressentit une bouffée d'amour pour ce petit frère si doux, si sage, si bon, et qui se posait tant de questions sur la vie, même s'il croyait qu'il ne s'en posait pas. « Tu es jeune », dit-elle. Elle se mordit la langue. Après tout, il n'avait qu'un an de moins qu'elle, et elle-même, n'avait-elle pas détesté qu'on lui répétât cela, qu'on lui dît d'attendre ? « C'est vrai, répondit Jacques, mais ça fait rien. » Elle lui prit la main – qu'y avait-il à ajouter ? Elle ne savait pourquoi, soudain, elle sentait des larmes lui monter aux yeux. Comme le ciel était beau, ce soir ! D'un bleu indigo, et les étoiles d'août commençaient à s'allumer comme des lucioles. L'été des lucioles, et de Gilles qui avait appris à nager, et du piano désaccordé, et des courses dans les champs pour aller à la messe, et des foins, et de la chaleur intense. Et elle ne savait pas que c'était le dernier été.

2

Début de septembre

Ma chère Nicole,

Comment vas-tu? Je sais que cela ne fait pas longtemps qu'on s'est quittés, mais je t'écris quand même parce que tu me manques déjà… J'ai retrouvé mes professeurs et mes camarades en forme. Plus en forme que moi, pour la plupart : ça ne te surprendra sans doute pas d'apprendre que j'ai échoué à mon premier contrôle de latin… Mon professeur, le père Savoie, qui est très juste et qui ne fait pas de favoritisme entre nous, m'a dit qu'il me fallait travailler le double si je voulais rattraper mon retard… Pour être honnête, je ne sais pas si je vais y arriver. Je sais bien que toi, même si tu n'as jamais fait de latin, tu serais capable ! C'est dommage que ce soit moi et pas toi qui doive l'étudier, parce que je sais que toi, tu serais douée… Tu as toujours été plus douée que moi.

Mais sinon je vais bien, seulement je dois étudier tout le temps si je ne veux pas être trop en retard sur les autres… même aux récréations. Je pense que père ne sera pas content quand il saura les premières notes que j'ai eues. Mais je vais arrêter de parler de cela, je suis sûr que je t'embête. Je t'en prie, ne pense pas que je suis malheureux ! Toi, comment vas-tu ? T'es-tu trouvé un travail ? Comment vont Gilles et maman ? J'espère pouvoir revenir la semaine prochaine, mais peut-être que je serai privé de sortie, je ne sais pas encore. Je t'écrirai pour te le dire.

Je pense toujours à cet été, le lac et la campagne me manquent… Tu te souviens quand Gilles a appris à nager ? C'était le meilleur jour de l'été. Joues-tu beaucoup de piano ? Si tu veux, tu joueras le nocturne de Chopin en pensant à moi. Maintenant, je dois vraiment aller étudier parce que j'ai une composition française demain. S'il te plaît, prie

121

pour moi, pour que je ne gâche pas tout et que je ne déçoive pas père…
Ton frère,
    Jacques

    Cher Jacques,
    Ce matin, dès que j'ai reçu ta lettre, je suis allée jouer le nocturne. J'ai pensé à toi très fort. J'espère que ta composition française s'est bien passée. Jacques, je suis sûre que tu exagères… En plus, je pense que je n'aurais sûrement pas fait mieux que toi en latin, tu sais comme je déteste les langues (et comme j'étais mauvaise en anglais…). Gilles va bien. Il a commencé l'école. À la dernière minute, maman a voulu le mettre pensionnaire, mais j'ai dit qu'il était trop petit et que c'était mieux qu'il reste encore un peu à la maison avec nous. J'ignore comment j'ai fait, mais j'ai réussi à la convaincre. Je vais le chercher tous les jours ou presque après la classe. Il dit qu'il aime son professeur qui n'est pas trop sévère et qui est gentil.
    Moi, je cherche du travail et je n'ai toujours pas trouvé. C'est difficile parce qu'il y a beaucoup de concurrence. Alors tu diras une petite prière pour moi, s'il te plaît… Avec maman… Tu connais maman, je ne vais pas m'étendre là-dessus. Demain soir, on fait un souper à la maison, pour les associés de notre père (et donc tes futurs associés…). La maison est sens dessus dessous depuis hier. Il y a d'autres invités qui viennent mais je ne me rappelle plus qui exactement. Les Bélanger y seront, ça je le sais. Tu te souviens à quel point je suis folle de ce genre d'événements… Déjà si tu étais là ce serait moins pénible… Je vais essayer de ne pas trop faire une face d'enterrement, parce que je sais que tu n'aimes pas ça quand je montre ma mauvaise humeur. Enfin, je ne perds pas espoir! Toi non plus, ne perds pas espoir… Je t'embrasse,
    Ta grande sœur

༄

Au début du mois de septembre, Nicole commença à consulter les annonces classées dans le journal que son père ramenait chaque jour à la maison. Lucien Charbonneau ache-

tait *La Presse* parce qu'il disait qu'il y avait moins de « bondieu-
series » dedans, comparé au *Devoir*. Ça énervait Nicole, que son
père parle de cette façon, mais elle, elle n'avait pas d'argent
pour acheter le journal qu'elle voulait. Et puis ce qui était bien
avec *La Presse,* c'était qu'il y avait beaucoup d'annonces classées.
Évidemment, la majorité d'entre elles ne la regardait pas, les
offres affichées concernant surtout des emplois de bonnes, de
cuisinières ou de secrétaires. Pas une seconde il ne serait venu
à l'esprit de Nicole qu'elle pourrait travailler comme bonne à
tout faire ; elle ne savait pas cuisiner, et pour être secrétaire il
fallait avoir fait son cours. Elle cherchait une annonce qui pro-
poserait un poste d'enseignante de piano, d'accompagnatrice,
de répétitrice ou même de chef de chœur, bref n'importe quoi
en lien avec la musique – ce qu'elle savait faire –, mais après
deux semaines de lecture attentive elle n'avait toujours rien
trouvé. S'il n'y avait pas eu le « scandale » du père Fenner au
début de l'année, elle aurait pu trouver à se placer facilement,
ne serait-ce que dans un des couvents ou une des écoles de
la congrégation, comme accompagnatrice ou répétitrice, mais
le souvenir de cet événement devait être trop frais dans les
mémoires des sœurs pour qu'elle pût y songer. Jamais mère
Sainte-Jeanne-René n'aurait accepté de cautionner la candi-
dature d'une de ses anciennes élèves soupçonnée d'immoralité,
même si rien bien sûr n'avait été prouvé contre elle. Un après-
midi, Nicole était assise à la table de la cuisine et parcourait la
dernière page des annonces quand Germaine entra pour laver
les planchers et lui dit : « Qu'est-ce que tu fais là, à lire le journal
comme si ta vie en dépendait ? Tu penses que tu vas te trouver
un mari dans les annonces ?

— Non… je me cherche un travail.

— Un travail ? Ah, moi, si j'avais pas besoin de travailler…
Je peux te dire que je me forcerais pas pour en trouver un !
Pourquoi que tu as besoin d'un travail, toi ?

— Parce que, Germaine… Je ne peux pas rester comme
ça à rien faire. Je vais devenir folle, sinon.

« — Ben tu pourrais m'aider à faire les planchers, pendant que t'es là ! »

Germaine travaillait chez les Charbonneau depuis vingt ans ; elle avait pratiquement élevé leurs enfants. C'était pour cela qu'elle se permettait de prendre ce ton de familiarité avec eux, alors qu'elle n'aurait jamais osé leur adresser la parole de la même façon si l'un des deux parents Charbonneau avait été là. « D'accord, Germaine, je vais t'aider. » Nicole prit le seau d'eau savonneuse des mains de la bonne et entreprit de passer la serpillière. « Bon, si tu fais ça moi je vais aller faire mes commissions. Mais fais-le bien, hein ! Ce soir tes parents ont des invités et il faut que tout soit ben propre.

— Attends ! Toi, en échange, est-ce que tu pourrais m'aider à me trouver du travail ? Je voudrais enseigner le piano, mais je ne trouve rien, dans le journal…

— Mais comment que tu veux que je t'aide ? Tu penses que j'ai ça, moi, un élève de piano dans mes poches ?

— Je ne sais pas, moi, si tu connaissais des gens…

— Ce qui faudrait que tu fasses, c'est de passer toi-même une annonce. Comme ça les gens pourraient t'appeler.

— Est-ce que tu sais comment faire ?

— Il faut que tu ailles toi-même au journal, je pense.

— Je vais y aller aujourd'hui alors.

— Bon, mais vas-y tôt, pour pas être en retard ce soir…

— Je sais, je sais…

— T'as pas trop envie, à ce que je vois.

— Non, ce n'est pas ça, c'est juste… Ce n'est pas tellement pour moi, ces affaires-là… Mais maman m'a dit que je devais y être, je n'ai pas le choix… Elle a dit qu'il y aura des jeunes gens et c'est une bonne occasion pour moi de faire des rencontres…

— Et ben c'est parfait ! Elle a raison, ta mère ! »

Quand elle eut terminé de passer la serpillière, Nicole se mit à rédiger son annonce. Elle l'écrivit en copiant le style de celles qu'elle avait lues dans les dernières semaines. Cela donna : « Pianiste cherche emploi enseignante, accompagna-

trice, répétitrice, tous âges, tous niveaux, salaire abordable. »
C'était court et précis ; elle trouvait qu'elle imitait très bien
le genre du journal. Satisfaite, elle la recopia au propre et se
dépêcha de sortir. La rédaction du journal n'était pas à la porte,
et si elle voulait avoir le temps d'y aller avant la soirée que ses
parents avaient organisée ce soir, elle devait se dépêcher…
Ce fameux souper auquel Lucien Charbonneau conviait toujours ses associés et amis, à la rentrée. Paul Bélanger serait
de la partie, ainsi que son fils. Il y aurait aussi d'autres jeunes
hommes « à marier » et elle devrait être aimable avec eux,
comme sa mère le lui avait dit.

Nicole marcha jusqu'à la Côte-Sainte-Catherine pour
prendre le tramway. Elle avait apporté 1,50 dollar et elle espérait que ce serait suffisant à la fois pour le tramway et pour
l'annonce. Il commençait à faire plus froid ; elle frissonnait
légèrement dans son fin manteau long. Mais l'air portait cette
espèce de transparence fraîche et figée des journées de début
d'automne. Nicole adorait ce temps. C'était toujours pour elle
annonciateur de sa fête : dans trois semaines elle aurait dix-
neuf ans. Son anniversaire ne signifiait rien, bien sûr, surtout
pas pour une famille comme la sienne. D'habitude, la seule personne qui s'en souvenait, c'était Jacques, donc elle n'attendait
rien d'autre qu'une lettre plus longue de lui, peut-être un petit
cadeau qu'il aurait eu le temps d'acheter, des bonbons ou
un minuscule bijou de pacotille. Cependant, elle ne pouvait
s'empêcher d'être plus agitée que d'habitude à l'approche de
ce jour, comme si sans vraiment le vouloir elle espérait quelque
chose de spécial cette fois, un événement…

Elle mit au moins une heure à arriver au journal parce
qu'elle se perdit, elle n'arrivait pas à trouver la rue Saint-
Jacques dans ce quartier inconnu. Elle marchait le long du
gros boulevard Dorchester avec tous les camions de marchan-
dise et les voitures qui semblaient rouler dans tous les sens et
elle se demandait ce qu'elle était venue faire là. Dans ce coin
de Montréal, Nicole se sentait encore plus dépaysée que dans

le quartier du Carmel. Les klaxons, les immeubles immenses et gris, les gens qui marchaient vite en la dépassant et qui savaient où ils allaient, tout cela l'étourdissait. Elle finit par demander son chemin à un homme arrêté à un feu rouge, mais il lui répondit en anglais et elle ne comprit pas ce qu'il disait. Elle erra encore un peu avant de trouver un agent de police qui lui expliqua où elle devait aller.

Finalement Nicole parvint à la rue Saint-Jacques et devant l'immeuble du journal. Elle hésita un peu avant d'entrer, puis pensa : « Allez, courage ! Je dois le faire… » Alors elle poussa résolument la porte. Elle s'avança jusqu'à l'accueil où une secrétaire qui parlait au téléphone lui fit signe de patienter. Nicole s'assit sur une chaise près du comptoir et regarda les employés aller et venir d'un air affairé ; ils étaient tous bien habillés et parlaient haut, et ils marchaient à grands pas en déplaçant beaucoup d'air. Quelques-uns lui jetèrent un regard curieux en passant devant elle, mais la plupart l'ignorèrent complètement. « Oui, madame, qu'est-ce que je peux faire pour vous ? » demanda la standardiste qui avait terminé de parler au téléphone, et à cette question Nicole eut presque envie de se retourner pour voir à qui elle parlait. C'était la première fois que quelqu'un l'appelait « madame ». « Je voudrais mettre une annonce.

— Vous devez aller au bureau des annonces, pour ça.

— Où est-ce que c'est, s'il vous plaît ?

— Vous prenez le couloir par là et c'est la première porte à votre droite. »

Dans le bureau des annonces régnait une grande agitation. Un téléphone n'arrêtait pas de sonner sans que quiconque prît la peine d'y répondre, trois hommes en chemise étaient debout au milieu de la pièce et riaient fort comme s'ils ne travaillaient pas. Ils se retournèrent d'un bloc quand ils l'entendirent arriver. Nicole rougit quand l'un d'eux lui demanda sur un ton qui lui parut moqueur : « Oui, mademoiselle ? Qu'est-ce qu'on peut faire pour votre service ?

— Je… je voudrais mettre une annonce.

— Mais certainement! N'importe quoi pour vous, chère demoiselle! »

Nicole avait l'impression que ses joues allaient prendre feu. Ils semblaient trouver cela drôle, qu'elle fût si gênée et confuse. « Euh… à qui je dois la dicter, s'il vous plaît ? Et payer, aussi ?

— Ici, mademoiselle. Arrêtez donc de déranger les clients, vous autres! » dit une voix féminine derrière les hommes.

Ceux-ci s'écartèrent pour laisser paraître un bureau où une secrétaire était assise et regardait ses collègues d'un air furieux. « C'est beau, Yvette, te fâche pas…, dit l'un d'eux.

— Ah, allez travailler! C'est des vrais enfants, ç'a pas de bon sens! » Elle fit signe à Nicole de s'approcher et les trois hommes retournèrent à leurs tâches sans plus s'occuper d'elle. « C'est quoi le texte de l'annonce ?

— Voilà, dit Nicole en déposant son papier sur le bureau.

— Bon, alors… Il y a douze mots, ça fait exactement deux lignes… Ça fera quatre-vingt-dix cents en tout. C'est trente-cinq cents la ligne, mais il faut compter vingt cents pour le service. Vous voulez qu'elle passe pendant combien de temps?

— Euh…

— On les garde deux semaines, d'habitude. Si vous voulez qu'elle passe pendant plus longtemps, il faut payer un supplément.

— Non, deux semaines, je pense que c'est correct… »

Quand Nicole sortit de l'immeuble du journal, il était déjà quatre heures et demie et elle eut peur d'être en retard pour le fameux souper. Elle commença à marcher à grands pas sur Saint-Laurent pour attraper le tramway 29 qui allait jusqu'à la Côte-Sainte-Catherine, quand soudain elle entendit qu'on l'appelait derrière elle : « Nicole ! *Nicole !* » Elle se retourna ; c'était son père qui courait presque pour la rattraper. « Nicole, enfin, qu'est-ce que tu fais là ? » Nicole avait oublié que le cabinet de son père ne se trouvait pas très loin d'ici. Elle y était allée tellement peu souvent que cela ne lui avait même pas traversé l'esprit. « Je suis allée mettre une annonce au journal *La Presse*… Pour travailler.

— Tu ne devrais pas sortir toute seule comme ça. Est-ce que ta mère le sait, au moins, que tu es ici ?

— Je ne sais pas, elle ne m'a rien demandé. Mais Germaine, oui. »

Il la regardait comme s'il ne la croyait pas, comme s'il la voyait pour la première fois. « Eh bien, tu vas pouvoir rentrer à la maison avec moi. Ma voiture est garée pas loin.

— Oui, merci beaucoup.

— Ne me remercie pas, voyons ! C'est normal, tu penses que j'allais te laisser courir la ville comme une mendiante ?

— Non, père. »

Lucien Charbonneau fit monter sa fille sur le siège avant et démarra. Il ne cessait de lui lancer des petits coups d'œil en coin. Puis il dit : « Tu aurais peut-être pu demander la permission, avant de mettre une annonce dans le journal.

— Je suis désolée, je peux aller leur dire de ne pas l'afficher.

— Non, bon, c'est fait, c'est trop tard. Mais quand même… Et puis, pourquoi au juste tu cherches du travail ? Pour faire quoi ?

— Je pensais donner des cours de piano, ou peut-être jouer dans des églises, quelque chose comme ça… quelque chose qui ait rapport avec la musique, parce que c'est tout ce que je sais faire, alors…

— Tu aurais dû me le dire avant, j'en aurais parlé autour de moi.

— Je ne voulais pas vous déranger.

— Tu ne me déranges pas ! »

À son tour, Nicole tourna la tête pour regarder son père. C'était la première fois de sa vie qu'elle avait une aussi longue conversation avec lui, et en plus il lui offrait son aide. D'ordinaire il ne faisait pas tellement attention à elle et Nicole se disait que sans doute c'était parce qu'elle était une fille, et une jeune fille ne va pas « faire carrière » et on ne peut pas parler avec elle des cas intéressants qu'on est en train de défendre. « Tu ne voudrais pas être pianiste, comme Jacqueline ? Paul m'a dit qu'elle allait essayer de passer des auditions pour une école à New York, au mois de mai, je crois. Tu n'aimerais pas tenter ta chance, toi aussi ?

— Je ne peux pas, je ne suis pas assez bonne.

— Mmm. Dis plutôt que tu as d'autre chose dans la tête… »

Nicole faillit sursauter en l'entendant parler ainsi, mais elle se retint à temps. Il ne pouvait pas avoir deviné, quand même ? Non, évidemment que non ! Bien sûr, il disait cela sans y penser. Il ne la connaissait pas. « Je voudrais travailler.

— Bon, si c'est ce que tu veux… répondit-il d'un ton qui était redevenu indifférent. Je vais faire le tour de mes connaissances, peut-être qu'il y en aura qui seront intéressées…

— Merci, père. »

La conversation retomba, son père cessa de lui lancer des regards en coin et se concentra sur la route. Nicole se demanda s'il se rappelait l'hiver précédent, quand il était accouru au couvent pour empêcher les sœurs de la renvoyer. Il n'avait pas pris la peine de venir la voir, alors, ne lui avait rien demandé, pas même si elle était coupable. Et pourtant, qui sait ce que mère Sainte-Jeanne-René lui avait raconté sur son compte… Mais lui, c'était à croire qu'il s'en fichait, de ce qu'elle avait pu faire ou pas. Il voulait seulement qu'elle termine son cours, sans problème ni complication, et, surtout, sans contrariété pour lui-même. Mais peut-être qu'elle était injuste d'avoir de telles pensées. En tout cas, elle n'était pas charitable, cela c'était certain. Ne venait-il pas de dire qu'il l'aiderait à trouver un travail ? Elle aurait dû lui en être reconnaissante, mais elle n'y parvenait pas. Le seul sentiment qu'il faisait naître en elle quand il lui adressait la parole était la nervosité, parce qu'elle ne savait jamais s'il était en colère ou non. Le silence devenait pesant. La voiture s'arrêta à un feu rouge et Lucien Charbonneau en profita pour allumer une cigarette. Il ne regardait plus Nicole, qui commença à fredonner entre ses dents un bout du deuxième concerto de Rachmaninov qu'elle avait entendu la veille à la radio. Elle voulait demander à Jacqueline de l'aider à l'apprendre ; elle se doutait que la jeune fille saurait le jouer mieux qu'elle. Enfin son père gara la voiture devant la maison. « Eh bien, vous voilà arrivée, mademoiselle.

— Merci.

— Ah, ne dis donc pas merci tout le temps ! »

Voilà qu'il se fâchait de nouveau. Nicole courut dans la maison pour aller se changer avant que sa mère ne lui dise qu'elle avait l'air d'une poche de patates. Elle faillit entrer en collision avec Gilles dans l'escalier. « Gilles ! Tu as bien fait tes devoirs ?

— Ouiii…

— C'est vrai, ça ? Je dois me dépêcher… Viens m'aider à me préparer ! »

Elle le prit par la main pour monter quatre à quatre les marches jusqu'à sa chambre. « Qu'est-ce que tu fais ? demanda Gilles.

— Il faut que je trouve quelque chose à mettre… Mais j'ai rien !

— Pourquoi ?

— Pour ce soir…

— Je vais pouvoir venir ?

— Non ! C'est seulement pour les *adultes*… »

Gilles éclata de rire. « T'es pas une adulte, toi ! » Il riait comme si c'était l'idée la plus ridicule qu'il eût jamais entendue. « Je sais… Mais je dois faire semblant. Bon, alors, Gilles, il faut que tu m'aides. Je mets laquelle entre ces deux-là ?

— Les deux sont laides.

— Ah, tu m'énerves ! Laquelle est la moins pire ?

— Je sais pas, je m'en sacre !

— Gilles ! Ne dis pas ça ! Mais comment tu parles ? Qui t'as appris à dire ça ?

— Je m'en sacre, je m'en sacre, je m'en sacre… »

Gilles s'enfuit en courant de la chambre de Nicole avant qu'elle ne réussît à lui mettre la main dessus. C'était un diable, un vrai diable en ce moment ! Et le pire était que personne d'autre que Nicole ne semblait s'en être aperçu. Il n'écoutait rien de ce que lui disait Nicole. Mais c'était vrai qu'il avait toujours été plus docile avec Jacques qu'avec elle. Elle, il l'aimait, bien sûr, tout autant que Jacques sinon plus, mais le problème était qu'il ne croyait pas à ses menaces. *J'irai le voir plus tard*, pensa Nicole. *Lui parler, lui expliquer que ça ne se fait pas de parler comme ça, que c'est très mal.* Pour le moment, il lui fallait se trouver une robe convenable. Sans enthousiasme, elle considérait les deux robes que sa mère lui avait fait confectionner l'année précédente pour « ses débuts » et elle était pleine de perplexité, puis elle se dit : *Qu'est-ce que ça fait ? Je vais rester comme ça et puis c'est tout ! C'est plus important de parler à Gilles que de m'arranger…* Elle sortit de sa chambre et commença à chercher son frère, mais il s'était caché. « Gilles ! Où tu es ? Sors de ta cachette, je veux te parler !

— Qu'est-ce que tu fais, à crier dans toute la maison ? »

Dina Charbonneau, majestueuse dans une robe noire qui accentuait sa sveltesse, juchée sur de hauts talons et les cheveux relevés pour laisser libre sa nuque fine et ciselée, surgit en face de sa fille. Nicole resta un instant figée devant cette apparition. Sa mère était tellement belle, dans la lumière pâle de fin d'après-midi, qu'elle en devenait presque irréelle. « Eh bien ?

— Je cherche Gilles.

— Je le vois bien, que tu cherches Gilles, mais est-ce que c'est le moment, selon toi ? Les invités de ton père vont arriver, et toi, tu vas rester comme ça ?

— Oui.

— Franchement, tu pourrais faire un effort… Laisse Gilles tranquille et va te changer. »

Le ton était sec, sans appel. Nicole avait envie de refuser juste à cause de ce ton, mais cela aurait été inutile de toute façon, et avec les invités sur le point d'arriver elle ne pouvait pas faire de scène. Elle retourna dans sa chambre et prit la première robe qui lui tomba sous les yeux. Pour Gilles – tant pis, elle lui expliquerait plus tard, ou demain. Elle entendit en bas la porte d'entrée s'ouvrir et des éclats de voix. Elle se mit du rouge en vitesse, n'importe comment – elle n'avait jamais su la technique –, se peigna les cheveux pour les faire bouffer, et descendit. Deux des associés de son père, Roland Jodoin et Fernand Rouleau, se tenaient dans l'entrée, tous deux bedonnants et vieillissants. Ils étaient venus avec leurs épouses. Des matrones typiques d'Outremont, manteau de fourrure et collier de perles, manières élégantes, mais déjà elles avaient perdu la grâce de leur jeunesse, et la beauté qui va avec. Dina Charbonneau, à côté d'elles, semblait une statue qui aurait conservé un âge éternel. En parfaite maîtresse de maison, elle ouvrit la marche jusqu'au salon, pour proposer l'apéritif que servait Germaine. « Vous connaissez ma fille Nicole, bien sûr ? disait-elle en souriant. Elle vient de terminer son cours Lettres-Sciences… Oui, juste cette année. » Mmes Jodoin et Rouleau acquiesçaient poliment, posaient des questions faussement intéressées, tandis que les hommes s'étaient retirés dans un coin de la pièce et parlaient politique. Nicole écoutait à peine ce que les femmes disaient, elle priait : *Mon Dieu, faites que ça passe vite! Faites qu'on en finisse avec ces discussions inutiles!* D'autres invités entre-temps étaient arrivés, dont les quelques « jeunes gens » que Dina Charbonneau voulait présenter à Nicole. Parmi eux, il y avait Roger Lépine, le fameux « fils du juge Lépine », qui, en jeune homme bien élevé, vint présenter ses respects à l'hôtesse et à sa fille. Aussitôt Dina prétexta une chose urgente à régler pour le laisser en tête-à-tête avec Nicole. Un malaise s'installa immédiatement, tout naturellement, sans que Nicole n'eût à faire quoi que ce fût pour cela. « Eh bien, vous… » commença Roger Lépine, avant de se taire parce qu'il ne savait pas quoi lui demander. Il regardait d'un côté puis de l'autre comme quelqu'un qui cherche une issue. « Oui ? dit Nicole pour l'encourager.

— Non, rien.

— Vous étudiez toujours, monsieur Lépine ?

— Oui… Euh, c'est-à-dire, non ! Non, non, je n'étudie plus.

— Ah bon… Et qu'est-ce que vous avez étudié ?

— Moi ? Le droit. À Harvard, ajouta-t-il avec une pointe de fierté.

— Oh ! Alors vous connaissez sûrement Jean-Paul Bélanger ? Lui aussi il a fait ses études à Harvard, il y était probablement en même temps que vous ! Il a fini l'année dernière, je pense…

— Bien sûr, Jean-Paul… Un bon ami, très bon ami… Parlant de lui, vous savez s'il vient ce soir ? Euh, lui et… sa sœur ? »

Ah, c'était donc pour cela qu'il restait à lui parler, malgré son évident manque d'intérêt pour elle ! C'était Jacqueline qui l'intéressait, voilà tout. « Je ne sais pas, monsieur. » Les traits de beau garçon de Roger Lépine s'assombrirent tout d'un coup ; sans doute ne pouvait-il pas supporter tant d'incertitude. Heureusement pour lui, Jean-Paul Bélanger pénétra dans le salon sur ces entrefaites. « Jean-Paul ! » appela Roger Lépine. Jean-Paul les vit et s'approcha d'eux. « Bonsoir, monsieur Jean-Paul, dit Nicole. Vous n'êtes pas venu avec Jacqueline ? continua-t-elle pour rendre service à Roger Lépine, qui par politesse ne voudrait sans doute pas le demander lui-même trop rapidement.

— Non, pas ce soir. Elle… enfin, vous la connaissez, elle voulait absolument finir d'apprendre une pièce ce soir, ça ne pouvait pas attendre selon elle, je ne réussissais pas à la décoller du piano… » Il eut un petit rire auquel Nicole se joignit de bon cœur, alors que Roger Lépine laissait échapper un bruit indéfini qui aurait pu passer pour un ricanement. « C'est quoi qu'elle apprenait ? demanda Nicole.

— Ah, je n'en sais rien, moi ! Moi, vous savez, la musique classique… Mais avant que j'oublie, elle m'a dit de vous dire qu'elle veut vous inviter à un concert la semaine prochaine… De Stravinsky, ou je ne sais plus qui… Mais elle va vous appeler pour vous le dire.

— Oh, merci ! Certainement, je vais y aller ! »

Dina Charbonneau invita tous les convives à passer à table. Jean-Paul s'excusa pour son père, qui était retenu par une urgence à l'hôpital et ne pourrait pas venir. Nicole se retrouva assise entre lui et Roger Lépine, selon le plan de table ingénieux que sa mère avait dressé. Cependant, ce stratagème risquait bien de ne pas porter ses fruits, car Roger semblait très affecté de l'absence de Jacqueline et ignorait soigneusement Nicole. Jean-Paul Bélanger non plus n'avait pas l'air de vouloir engager la conversation. Nicole se rendit compte tout à coup que sa femme n'était pas avec lui. Jusqu'à présent, elle n'y avait pas pensé. « Monsieur Jean-Paul, excusez-moi, mais… votre femme n'est pas venue ?

— Non.

— Et… Comment elle va ? Mieux, j'espère ? »

Il ne répondit pas tout de suite, elle crut qu'il ne l'avait pas entendue et elle n'osait pas répéter sa question. « Eh bien, pas tellement, pour vous dire la vérité.

— Oh ! Je suis désolée de l'apprendre… Est-ce que je peux faire quelque chose pour elle ?

— Ah, s'il vous plaît !

— Comment ?

— Non, rien… Je n'aime pas la politesse, c'est tout.

— Mais non, je… je voulais vraiment savoir, je vous assure !

— Bien sûr. Vous êtes une personne charitable, vous. »

Il parlait bas, si bien que personne d'autre qu'elle ne pouvait l'entendre. C'était déstabilisant de se voir attaquer d'une manière aussi directe. Chaque fois, Nicole était presque trop surprise pour lui opposer une réaction quelconque. En ce moment, il avait ce léger sourire que Nicole lui avait déjà vu, comme s'il savait tout plus qu'elle. Elle se tut, mais elle n'en continuait pas moins de penser que, oui, elle était quelqu'un de charitable (ou enfin elle s'efforçait de l'être), n'en déplût à Jean-Paul Bélanger. Ce fut lui qui relança la discussion, pendant qu'elle était perdue dans ses pensées et faisait semblant de s'intéresser à la conversation mondaine entre sa mère et Roland Jodoin, tandis qu'à sa gauche Roger Lépine en était à son troisième verre de vin. « Excusez-moi, mademoiselle Nicole…

— Pardon ?

— J'ai dit : excusez-moi. Je vous ai fâchée ?

— Pas du tout, mentit Nicole. Pourquoi je serais fâchée ?

— Je pense pas ce que je dis, la plupart du temps…

— Mais ça n'a aucune importance, voyons !

— Non, je sais… Ma femme fait une pleurésie. On attrape ça, souvent, en complication de la tuberculose… »

Nicole ne savait pas ce qu'était une pleurésie, même si elle avait déjà entendu parler de la tuberculose. Elle se contenta donc de hocher la tête. « Ça, ça veut dire que c'est grave, reprit le jeune marié, qui avait deviné qu'elle n'avait pas saisi l'importance. C'est une maladie qui va dans les poumons. On tousse beaucoup, on crache du sang… On en meurt, souvent.

— Mon Dieu ! C'est terrible !

— Oui, reconnut-il.

— Mais… est-ce qu'elle est à l'hôpital ?

— Non… ce genre de maladie, ça dure des années… Elle est dans un "sanatorium", qu'on appelle. Vous savez ? C'est une sorte de maison de convalescence, tout en blanc, dans les montagnes, parce que l'air là-bas est plus propre, plus pur. Tout est blanc et silencieux, là-bas. Et les gens vont s'asseoir dehors pour respirer l'air frais, ils se reposent et ils attendent de guérir.

— Je prierai pour elle, déclara Nicole. Je dirai une neuvaine pour elle. Pour qu'elle guérisse plus vite.

— Oui, faites donc ça… Vous aimez toujours autant Dieu, comme ça ? »

De nouveau ce sourire, presque imperceptible. Nicole eut un coup au cœur, car cette question lui rappelait celle que lui avait posée le père Fenner il y avait presque un an de cela déjà. La même question, mais prononcée sur un ton tellement différent, et avec des intentions probablement complètement opposées… Pourtant, elle répondit avec plus de fermeté qu'elle ne l'avait fait quand le père Fenner la lui avait posée : « Oui. Oui, j'aime Dieu. Et vous ?

— Quelle importance, si je L'aime ou pas ? Allez-y, dites votre neuvaine, on verra bien si c'est efficace… Ma femme est juive, après tout…

— Mais… Je vois pas…

— Vous voyez pas le rapport ? C'est donc que vous pensez que Dieu peut venir en aide aux Juifs, ces traîtres ?

— Mais bien sûr ! Je… Pourquoi dites-vous "ces traîtres" ? Enfin… Dieu aime tout le monde, de toute façon…

— Vraiment ? Alors dans ce cas, dites-moi pourquoi il n'a rien fait pour les sauver d'Auschwitz… Mais j'imagine que vous n'avez aucune idée de quoi je parle ? Comme j'imagine que vous n'avez jamais entendu le nom d'Hitler ? Il se disait chrétien, lui aussi, en passant… Il disait qu'il faisait cela pour le bien, ce qui équivaut à dire pour Dieu… votre Dieu…

— Évidemment que je sais qui est Hitler, vous me prenez pour une idiote ? Et qu'est-ce qu'il vient faire là-dedans, d'abord ?

— Il était chrétien, je vous dis.

— Non ! Comment un chrétien pourrait… C'est pas vrai…

— Oui, ça l'est. Mais c'est seulement pour vous dire que, moi, ces histoires de prières, de Dieu… Oui, je suis un mécréant, sans doute. Oh, mais on doit pas vous avoir appris ce qu'est un mécréant, au couvent… »

C'était vrai que Nicole ne savait pas ce qu'était un mécréant, mais elle se garda bien de le dire. « J'ai toujours l'impression que c'est factice… un moyen que les gens ont trouvé pour se donner bonne conscience. C'est pour ça, ce genre de commentaire que vous venez de faire, ça me donne de l'urticaire.

— Mais arrêtez ! Qu'est-ce que vous en savez, de l'utilité de la prière ? Des intentions des gens ?

— Les sœurs ont bien rempli leur mandat, avec vous… Elles vous ont bien lavé le cerveau, à ce que je vois… »

Nicole faillit se plaquer les mains sur les oreilles pour ne plus entendre les paroles qu'il déversait sur elle comme un venin. Elle avait envie de lui crier de se taire. *C'est pas vrai ! Vous savez pas ce qui m'est arrivé au couvent…*

Nicole ne trouvait rien d'autre à dire pour se défendre, que répéter « C'est faux » ou « Ce n'est pas vrai », ce qui n'était certes pas des plus convaincants. Elle était presque au bord des larmes à présent. Sa voix avait monté de deux tons au moins, et si ça continuait elle allait enterrer les autres conversations, et tout le monde s'arrêterait de parler et la regarderait. Lui, au contraire, parlait de plus en plus bas, presque en chuchotant. « Ah, ne commencez pas, avec votre histoire de conversion…

— Mais c'est vrai ! Dieu existe, monsieur ! »

Nicole ne se contenait plus. Quant à lui, quand il parla, ce fut si doucement qu'elle dut se pencher pour saisir tous les mots.

« Allez la raconter à quelqu'un d'autre, votre histoire… Mais pas à moi, parce que tout ça, ça me dégoûte… Ces curés, ces vieillards qui imposent à tout le monde leur morale débile… Quand les gens vont apprendre à penser par eux-mêmes, peut-être qu'on pourra discuter… Ça sert à rien de parler avec des gens qui croient qu'ils ont la vérité… Pff… Qu'est-ce que ça fait, la vérité ? Vous savez, ma femme… Toute la famille qui lui restait en Europe a disparu, sans laisser de trace… Tués, par des gens comme tout le monde, des chrétiens, qui priaient… Qui les a sauvés ? Dieu, s'Il existe, Il n'est pas mieux qu'un fantôme… »

Nicole n'en pouvait plus de ce fiel qui sortait de la bouche de cet homme. Il lui fallait se lever ou elle allait faire une scène. « Nicole… Nicole ! » C'était la voix de son père qui l'appelait, elle l'entendit comme dans un appareil téléphonique. « Comment, père ?

— J'ai dit : M. Rouleau demande si tu voudrais nous jouer quelque chose au piano. »

Nicole se leva sans même prendre la peine de répondre. Elle jeta un rapide coup d'œil autour d'elle : tous les convives avaient terminé de manger, elle était la seule à avoir à peine touché à son assiette.

Les invités se dirigèrent vers le salon, guidés par Lucien Charbonneau. Nicole les suivait sans trop se rendre compte de ce qu'elle faisait. Elle essayait de prier, mais les mots résonnaient dans sa tête, vidés de leur sens, de toute substance charnelle. La seule chose qu'elle pouvait penser c'était : *Mais qu'est-ce que je lui ai fait ?* Il avait suffi d'une phrase, et il avait déversé, presque vomi, toute sa hargne sur elle. Le pire, c'était qu'il n'avait même pas paru fâché, mais qu'il avait parlé comme s'il énonçait des évidences. Nicole aurait bien aimé faire l'indifférente et balayer ces remarques du revers de la main, mais elle sentait la colère bouillonner en elle. Qu'est-ce donc qu'elle lui avait fait ? Il était injuste, s'il la croyait une hypocrite. Elle aurait voulu lui raconter ce qui lui était arrivé l'année précédente, comme elle avait souffert de l'injustice des autres, de celles qui ne comprenaient pas… Évidemment, elle n'en était pas morte… Mais il ne savait pas comme c'était doulou-reux de n'être pas crue, d'être prise pour une dévergondée, de ne pas pouvoir se défendre, d'être ostracisée pendant des mois ! Il ne savait pas, il ne savait rien. Elle était furieuse contre lui, mais contre elle-même aussi, parce qu'elle ne compre-nait pas pourquoi elle s'efforçait d'être polie avec lui chaque fois qu'elle le rencontrait, alors que chaque fois il l'envoyait promener.

Ses mains tremblaient tellement elle était enragée, mais elle ne s'en apercevait pas. Pour arriver au piano il lui fallait passer devant Jean-Paul Bélanger ; elle lui lança le regard le plus noir dont elle était capable, mais il ne la voyait pas. Elle enleva les partitions qui traînaient et essaya de mettre de l'ordre dedans, sans rien voir de ce qu'elle faisait. « C'est un pas mal de bel ins-trument, ça, Lucien ! s'exclama Fernand Rouleau ou Roland Jodoin.

— Oui, c'était à ma mère, elle jouait un peu… Nicole a hérité de ses talents en musique. »

Nicole s'assit sur le banc. Elle avait désespérément envie de s'enfuir. Pas pour monter voir Gilles, mais pour se retrouver seule. Elle pourrait prétexter un mal de tête ou quelque chose du genre. Cependant elle savait que sa mère le lui reprocherait pour le reste de ses jours. Elle pressa ses mains l'une contre l'autre pour les réchauffer mais surtout pour arrêter leur tremblement. Elle ferma les yeux, essaya de faire le vide en elle, autour d'elle. Elle n'y arrivait pas. Elle avait toujours les paroles de Jean-Paul Bélanger dans les oreilles. *Mon Dieu. Je vous en prie, mon Dieu. C'est pas vrai, c'est pas vrai. Je ne suis pas une hypocrite.* Elle mit ses doigts au-dessus des touches, frémissants comme des pattes d'araignée, comme s'ils vivaient d'une vie à eux. Sans plus réfléchir, presque sans s'en rendre compte, elle attaqua l'étude de Chopin – celle qu'elle avait apprise deux ans plus tôt, qu'elle jouait rarement pour ne pas la gâcher en l'entendant trop souvent. Celle qu'elle avait appelée avec Jacques « l'étude-tempête ». La musique commençait doucement, l'air de rien, mais soudain elle explosait comme un orage au mois de juillet. Nicole tapait sur les touches de toute la force de ses doigts, pour faire passer sur elles l'énergie de sa colère. Elle ne l'avait jamais jouée aussi vite, ni aussi fort, sans doute pas très bien, mais elle s'en moquait ; elle ne pensait pas à corriger la raideur de sa main gauche et elle n'avait pas envie de faire l'élégante. Elle voulait montrer à Jean-Paul qu'elle n'était pas celle qu'il croyait, la gentille petite couventine stupide. Quand elle plaqua le dernier accord, il n'y eut aucun applaudissement. Un long silence suivit, que personne n'osa briser. Nicole resta là, les doigts suspendus au-dessus des touches, pour ce qui lui parut être une éternité. Puis elle se retourna et vit les convives qui, lui sembla-t-il, n'avaient pas bougé d'un pouce. Jean-Paul Bélanger aussi était à la même place, debout près de la bibliothèque. Mais il ne la regardait pas, et elle ne voyait pas ce qu'il regardait. Peut-être était-ce le vide.

3
Mi-septembre

Les Bélanger habitaient un peu à l'ouest du chemin de la Côte-Sainte-Catherine, tout près de l'École supérieure de musique et juste en bas de la montagne, sur le territoire de la paroisse Saint-Germain. La paroisse Saint-Germain était relativement jeune, et en résultat les paroissiens de Saint-Viateur se sentaient autorisés à snober leurs voisins. Paul Bélanger, à son retour de Québec, avait acheté une maison assez grande pour abriter lui-même, sa fille et le nouveau ménage formé par son fils et sa bru. Comparée à l'élégance sobre et presque austère que présentait la maison des Charbonneau (on n'aurait jamais pu dire, en pénétrant à l'intérieur, que des enfants y étaient nés), la demeure de Paul Bélanger incarnait le luxe le plus m'as-tu vu. Un imposant escalier de pierre menait à une porte en bois massif encadrée par des colonnes blanches imitant le style gréco-romain. La façade de pierre grise faisait contraste avec les briques simples des maisons voisines, et une excroissance allongeait l'un de ses côtés en une tour de château fort. C'était la première fois que Nicole mettait les pieds chez eux et elle se sentait intimidée avant même d'appuyer sur la sonnette. Jacqueline l'avait invitée à aller à un concert à l'Université McGill ce soir-là et lui avait donné rendez-vous chez elle avant. Le concert était à vingt heures, après elles iraient souper ensemble. Au téléphone, la voix de Jacqueline était vibrante d'excitation en annonçant à Nicole le programme du concert: « Stravinsky par le philharmonique de Boston ! Peux-tu croire, Nicole ?

— Oui, ça a l'air fantastique !

— Mais, Nicole ! rugit Jacqueline pour qui elle n'était pas assez enthousiaste, c'est historique, ça !

— Ah bon ?

— Oui ! Et mon père nous a trouvé de très bons billets !

— Ah, il vient avec nous, ton père ?

— Évidemment, qu'est-ce que tu crois ? Comment tu veux qu'on y aille, sinon ? À pied ?

— On aurait pu, oui. Ça nous aurait fait une promenade.

— Mais non, tu es folle ! Bon, alors, tu vas venir ? Sinon mon frère va prendre ton billet, mais ce serait dommage, il déteste Stravinsky. »

Évidemment Nicole avait accepté. Pourquoi avait-elle dit oui ? Parce qu'une fois, une seule, quelqu'un d'autre lui avait parlé de Stravinsky, et c'était le père Fenner. Jamais avant elle n'avait entendu sa musique – au pensionnat, les cours d'histoire de la musique finissaient avec Wagner –, elle s'imaginait qu'il devait y avoir des échos de Bach dedans ; le père Fenner n'avait-il pas dit que Stravinsky était un grand admirateur de Bach ?

Mais maintenant, devant la porte, elle pensait à Paul Bélanger qu'elle n'avait pas vu depuis l'été, et elle se trouvait bien imprudente d'avoir accepté l'invitation. Elle se souvenait de son visage qui devenait brûlant comme sans raison à toute heure du jour, et de Suzanne, la moqueuse Suzanne, qui n'avait pas manqué de le remarquer. Elle se décida tout de même à appuyer sur la sonnette. Elle entendit le carillon résonner de l'intérieur, puis des pas étouffés, *mon Dieu, pardonnez-moi et aidez-moi*, pria-t-elle en silence. Elle faillit pousser un soupir de soulagement en voyant devant elle Jean-Paul Bélanger. Puis elle se rappela leur terrible dispute de la semaine précédente – enfin, *sa* terrible dispute avec lui. Parce qu'il avait à peine bronché, lui, tout le temps qu'ils parlaient, jamais il n'avait haussé le ton ni ne s'était énervé. C'était elle qui était montée sur ses grands chevaux. Après coup, quand sa colère était retombée, elle s'était dit qu'elle n'aurait pas dû s'énerver autant. Bien sûr, il ne comprenait pas, mais ce n'était pas sa faute. Il était malheureux, il souffrait, voilà pourquoi il l'avait attaquée ainsi. Il était seul et sa femme était très malade. Nicole s'était fait des reproches : comment avait-elle pu lui répondre sur ce ton-là ? Ne pas voir à quel point il était triste ? Ne pas lui donner des paroles d'espoir ? Quand Jacqueline l'avait appelée pour l'inviter au concert, Nicole n'avait pas pu s'empêcher de l'interroger sur son frère – comment il allait, s'il n'était pas trop désespéré... Mais c'était difficile d'interroger Jacqueline sur quoi que ce fût d'autre que la musique. « Je ne sais pas, moi, comment il va, disait-elle. Il travaille, il étudie pour son examen du barreau. Il est tout le temps enfermé, je ne le vois jamais.

— Comment ça, tu ne le vois jamais ? Vous habitez dans la même maison !

— Oui, mais des fois il ne sort pas de sa chambre pendant deux jours, et il ne veut pas qu'on le dérange... Mon père dit qu'il doit travailler plus, sinon il ne sera pas accepté au barreau... »

Nicole, malgré ce qu'elle en disait, comprenait qu'on pût habiter dans la même demeure et ne jamais se croiser : sa propre maison était beaucoup plus petite que celle de Jacqueline et pourtant elle ne voyait sa mère qu'aux heures des repas. « Jacqueline ! s'écria-t-elle. Tu dois l'aider, il est malheureux !

— Qu'est-ce que tu racontes ?

— Jacqueline, sa femme est malade, peut-être qu'elle va mourir... et lui, il ne croit en rien, alors tu imagines si sa femme meurt pour de vrai ? Il a besoin... qu'on lui donne de l'espoir, ou je ne sais pas quoi...

— Hein ? »

Dans l'esprit de Jacqueline, on ne pouvait pas être malheureux si on disposait d'un piano à domicile. Elle ne comprenait pas, et d'ailleurs personne ne pouvait l'en blâmer. Pour Nicole, c'était comme si la tristesse de Jean-Paul l'avait accrochée, parce que cela lui faisait penser à sa propre tristesse de l'année précédente. Il la portait comme un vêtement inconfortable ou trop petit, il la traînait, et finalement c'était comme si elle était devenue lui. Sa tristesse, elle était aussi évidente que le nez au milieu de la figure. Alors Nicole avait résolu de prier pour lui, même s'il lui avait presque défendu de le faire pour sa femme… Bien sûr, elle ne le lui dirait pas – et d'abord ce n'était pas des choses qui se disaient. Mais le soir dans sa chambre, elle se mettait à genoux sur le plancher, elle commençait par prier pour le père Fenner où qu'il fût, puis pour sa famille (et le double de prières pour sa mère), enfin elle arrivait à Jacqueline et à la toute fin c'était au tour de Jean-Paul. Elle demandait à Jésus de venir à sa rencontre, comme il l'avait fait pour elle avec l'arrivée du père Fenner, car elle se disait que c'était la seule chose qui pourrait le rendre heureux. Elle pensait : *Peu importe s'il me hait ou s'il croit que je suis folle… Tant mieux si c'est le cas… Moi je vais l'aimer et prier pour son âme, même si ça le rend furieux et s'il me déteste encore plus pour ça…* Et elle repensait à ce qu'elle avait vécu lors de sa dernière année de couvent, et alors elle chuchotait, avec une audace qui la faisait frémir : « Ça ne me dérange pas de souffrir si c'est ce qu'il faut pour qu'il Te rencontre, Jésus, pour qu'il T'aime. Même s'il doit me détester, moi, ça n'a aucune importance… » Parfois Nicole restait agenouillée ainsi au pied de son lit pendant plus de trois quarts d'heure, et elle ne s'en rendait compte que lorsqu'elle se mettait à piquer du nez. Alors tout à coup elle ouvrait les yeux et se rappelait où elle était, et réalisait combien il faisait froid dans la pièce. Elle se glissait vite sous les couvertures et s'endormait en une seconde, l'âme en paix.

Jean-Paul avait ouvert la porte mais ne regardait pas Nicole, ou plutôt il faisait comme s'il la regardait, mais ses yeux fixait un point à un centimètre au-dessus de sa tête. Il dit : « Bonsoir, je vais chercher ma sœur », d'un ton neutre, comme s'il parlait à une étrangère. La première pensée de Nicole devant cet accueil glacial fut : *Mon Dieu, il me déteste !* Mais tout de suite après elle se dit, avec une espèce d'abandon furieux :

Ah! Qu'est-ce que ça fait? Qu'est-ce que j'ai à perdre? Jean-Paul se détournait déjà pour appeler Jacqueline, mais Nicole le retint de la main : « Attendez, monsieur Bélanger !

— Pardon ?

— Je vous en prie, je veux vous demander… Excusez-moi pour l'autre soir, je me suis énervée, je n'aurais pas dû vous parler sur ce ton-là… Je sais comme ce doit être pénible pour vous, tout ça, et… Je m'en veux tellement !

— Je ne vois pas… » dit Jean-Paul.

À présent, cependant, il la regardait, même si c'était avec des yeux qui semblaient s'interroger sur sa santé mentale. « Au souper chez mes parents, samedi dernier…

— Oui, je sais… Mais je ne comprends pas, vous vous en voulez pour quoi ?

— Parce que… Eh bien, parce que j'ai manqué de charité !

— Ne vous en faites pas pour ça, moi, je n'ai pas demandé votre charité. »

Pourquoi il refusait tout ? C'était à devenir folle ! Quelque chose toutefois la poussa à poser cette question qui pour elle était d'une hardiesse inouïe : « Alors… est-ce que vous voudrez de mon amitié ? »

Il laissa passer un silence et Nicole crut voir l'ombre d'un sourire se dessiner sur son visage, mais il n'eut pas le temps de répondre car derrière lui M. Bélanger père arrivait. Lui, il souriait pour de bon. « Ah, Nicole ! Dépêche-toi d'entrer, Jacqueline trépigne d'impatience, depuis une demi-heure elle n'arrête pas de dire qu'on va être en retard… »

Le « toi » éclata à l'oreille de Nicole comme un bruit incongru. Elle emboîta le pas à Paul Bélanger dans l'entrée pendant que Jean-Paul refermait la porte derrière eux. Il ne les suivit pas, mais les dépassa pour prendre l'escalier qui menait au premier étage, dont on voyait, du rez-de-chaussée, grâce à un long balcon le surplombant et en faisant le tour, une rangée de portes fermées abritant sans doute chacune une chambre. Nicole en compta six, trois de chaque côté. Elle suivait Paul

Bélanger de quelques pas ; il se retourna et lui sourit de nouveau. Tout le courage dont Nicole s'était sentie investie pendant qu'elle parlait à Jean-Paul, à peine une minute plus tôt, s'était envolé, faisant place à un amas de sentiments confus, étranges, une sorte de peur mêlée à de la honte. Au fond du couloir, on entendait la rumeur d'un piano. Ce n'était donc pas vrai que Jacqueline était en train de trépigner d'impatience à l'attendre. Paul Bélanger cogna à la porte de la pièce d'où sortait la musique, et on entendit la voix de Jacqueline crier « Qu'est-ce qu'il y a ? » sans que la musique ne cessât. « Jacqueline ? Il faut partir, dépêche-toi ! Nicole est là !

— Quoi ?

— On y va, Jacqueline ! »

L'ombre d'un instant, Nicole craignit que la jeune fille répondît qu'ils feraient mieux d'y aller sans elle, ensemble, parce qu'elle devait absolument réussir à jouer cette pièce à la perfection avant le lendemain. C'était bien pour cette raison-là qu'elle n'était pas venue au souper la semaine dernière, non ? Mais la musique cessa au beau milieu d'un accord et Jacqueline ouvrit la porte à la volée. « Je suis prête ! Tu te rends compte, Nicole ! Stravinsky ! »

༄

Les Noces, c'était le titre de l'œuvre qu'ils allaient voir. Jamais de sa vie Nicole n'avait assisté à un spectacle aussi étrange. C'était une sorte de croisement entre un ballet et un opéra, avec quatre pianos qui se partageaient la scène (« Quatre ! », s'était exclamée Jacqueline, au comble du ravissement) et une quantité impressionnante de percussions. Tout était chanté en anglais traduit du russe. Et au début, Nicole ne comprit rien de ce qui se passait. Bien sûr, avec le titre, elle pouvait bien se douter qu'il s'agissait de la célébration d'un mariage ; simplement, toute la cérémonie qui se déroulait sur la scène ne correspondait pas du tout à l'idée qu'elle se faisait d'un mariage.

D'abord, il y avait une sorte de danse sur la scène, où une jeune fille vêtue comme une paysanne courait et sautait d'un bout à l'autre et finissait par se faire trancher la tresse par ses compagnes. Et puis cette absence totale de mélodie, ce chant qui parfois ressemblait à un cri ou même à un glapissement, et surtout ce rythme qui de traînant passait sans discontinuer à effréné, au point d'étourdir complètement l'oreille ; tout cela donnait une impression de chaos, de violence prête à se déchaîner. Nicole sentait son cœur s'emballer en même temps que les roulements des percussions. La pièce ne durait qu'une demi-heure, même pas, pourtant c'était déjà presque plus que ce que pouvait supporter Nicole. À la fin, elle faillit se lever et sortir de la salle, non pas parce que la musique discordante la dérangeait, mais parce qu'il lui semblait qu'elle allait s'écrouler sous la pression qui s'en dégageait. Elle voyait cette chanteuse hurler quelque chose qu'elle ne comprenait pas, et pourtant son cri venait se répercuter en elle et lui donner des frissons incontrôlables. Au dernier tableau, la jeune paysanne à la tresse coupée rejoignait son fiancé et ils exécutaient une sorte de pas de deux sous les hurlements de la chanteuse et les grondements des percussions, avec les invités de la « noce » qui les encerclaient en battant la mesure, et Nicole fondit en larmes. Elle ne pouvait plus s'arrêter ; elle était presque secouée de sanglots. Même quand les applaudissements polis des spectateurs anglais de la salle de concert de McGill se déclenchèrent, Nicole ne réussit pas à donner le change. Elle voyait, du coin de l'œil, Paul Bélanger qui la regardait, mais cela ne suffisait pas à la faire cesser. Jacqueline, assise entre eux deux, n'avait rien remarqué et applaudissait avec enthousiasme. « C'était fantastique ! s'exclama-t-elle d'une voix claironnante en sortant de la salle. Il faut absolument que je m'achète la partition, tu as entendu au deuxième tableau le contrepoint avec le chanteur ?

— Oui, oui, c'était bien…

— Bien ? C'était irréel, tu veux dire !

— Oui… Tu as compris quelque chose de l'histoire ?

— Quelle histoire ?

— Ben, l'histoire de la pièce…

— Ah, oui, l'histoire, très amusant. »

Mais avant que Nicole eût pu lui demander ce qu'elle avait trouvé au juste d'amusant, Jacqueline repartit sur son commentaire du contrepoint entre le piano et le chanteur dans le deuxième tableau, puis elle enchaîna avec le dialogue entre les percussions et les chanteurs dans le dernier tableau, affirmant qu'elle n'avait jamais entendu un tel rythme. Elle n'était pas intéressée par l'histoire, ni par le sens de tous ces contrepoints et de ces rythmes qui se succédaient à une vitesse étourdissante. Nicole pensait à la tresse coupée. « Est-ce que tout va bien, mademoiselle Nicole ? demanda Paul Bélanger près de son oreille, alors qu'ils retournaient tous les trois à la voiture.

— Oui, merci. » Elle fit un pas de côté et prit le bras de Jacqueline qui continuait à jacasser. Pour une fois, il lui semblait qu'elle comprenait mieux que son amie ce qui venait de se passer.

Ce soir-là, Nicole rentra chez elle fatiguée. Elle avait prétexté un mal de tête pour échapper au souper qui devait suivre le concert parce qu'elle savait que Jacqueline ne se tairait pas tant qu'elle n'aurait pas fait un commentaire complet sur la structure musicale de la pièce, et Nicole n'aurait pas pu le supporter, pas plus que les regards inquisiteurs de Paul Bélanger, qui savait qu'elle avait pleuré. Il insista pour la raccompagner en voiture, et Jacqueline s'assit avec elle sur la banquette arrière. Nicole, pour couper court à ses analyses musicales, lui demanda si c'était bien vrai qu'elle allait passer des auditions pour une école de musique, et Jacqueline répondit que oui, qu'elle irait à New York au mois de mai dans une école qui s'appelait Juilliard pour essayer parce que son père connaissait quelqu'un qui connaissait quelqu'un qui enseignait là-bas, et que d'ailleurs Nicole devrait essayer aussi. « Je ne suis pas assez bonne, dit Nicole machinalement.

— Qu'est-ce qu'il ne faut pas entendre ! Ce n'est pas ça, c'est juste que tu te retiens… Allez ! Essaye, au moins.

— Non. Ça ne me dit rien, ces affaires-là. »

Jacqueline insista tellement que Nicole finit par dire qu'elle allait y penser, pour avoir la paix. La voiture de Paul Bélanger s'arrêta devant la porte. Elle remercia et sortit, après que Jacqueline lui eût fait promettre de venir lui rendre visite cette semaine pour essayer une nouvelle pièce à quatre mains. Quand elle entra dans la maison, Nicole vit que la lumière était encore allumée dans la cuisine ; c'était Germaine qui avait attendu toute la soirée son retour. Nicole s'émut que la bonne se fût souciée d'elle de cette façon. « Oh, Germaine, il ne fallait pas ! Tu devais aller te coucher.

— T'inquiète pas pour moi. Je voulais être sûre que tu rentrerais bien.

— Je suis là, maintenant.

— Tu reviens plus tôt que je croyais. Tu t'es bien amusée ?

— Oui, Germaine, je me suis bien amusée. Bonsoir.

— Bonsoir, ma petite fille. Oh ! j'ai oublié de te dire : Marthe a téléphoné juste après que tu es partie, elle a dit qu'elle rappellerait demain.

— Est-ce qu'elle a dit pourquoi ?

— Non, je pense qu'elle voulait juste te parler… »

Nicole monta dans sa chambre, s'assit sur son lit pour défaire sa coiffure. Elle se sentait bizarrement vide. Elle pensait à Marthe qui était entrée à l'École normale au début du mois et qui avait essayé de la convaincre de venir avec elle, comme Jacqueline venait juste de le faire. Sauf qu'elle, elle avait un autre plan, un plan secret que seul le père Fenner connaissait, et maintenant aussi la prieure du carmel, qui certes n'en avait pas fait grand cas. Mais pourquoi cela lui apparaissait-il comme un rêve, et non plus comme quelque chose de vrai, depuis quelque temps ? *C'est à cause du concert, c'est juste ça qui m'a énervée… Il faut que j'arrête d'y penser, c'est tout.* Mais elle n'était pas capable d'arrêter d'y penser. La voix de Paul Bélanger quand il lui avait parlé à l'oreille, celle de Jacqueline qui jacassait sur le contrepoint rythmique, celle de Jean-Paul quand il lui avait ouvert la porte se mélangeaient toutes dans sa tête. Elle était fatiguée, mais elle savait qu'elle n'arriverait pas à dormir, et elle n'avait pas envie de répondre à la dernière lettre de Jacques même si cela faisait cinq jours qu'elle était censée le faire. Elle avait… Elle avait… Elle aurait voulu voir le père Fenner, lui parler. Alors elle prit une plume, fouilla dans ses tiroirs pour trouver du papier, commença à écrire sans savoir d'avance ce qu'elle allait dire.

Père Fenner,

Il y a tellement de temps que je ne vous ai vu… Je sais bien que cela n'a aucune importance – au moins j'aimerais que cela n'en ait pas –, mais parfois je me demande si j'ai rêvé… Je ne me censurerai pas, je vais tout vous dire… J'ai l'impression que vous êtes la seule personne à qui je puisse tout dire. J'espère que cela n'a pas changé, même si vous êtes parti et que je ne sais pas où vous êtes. Père Fenner, est-ce que c'était vrai ? Vous m'avez dit de prier, de prier beaucoup. Parfois, je dois vous le dire, je n'ai pas du tout envie de prier. J'ai envie, je sens que je pourrais détester tout le monde, à commencer par ma mère (j'ai honte d'écrire cela), mais aussi mes amis et tous les gens que je rencontre. Au début de l'été, je suis allée voir la prieure du monastère des Carmélites, à Montréal. Elle m'a dit qu'il fallait que j'attende un an avant de retourner la voir, parce que j'étais trop jeune et pour d'autres raisons… Mais parfois, je ne sais pas si je pourrai supporter… Je ne veux pas retourner dans ce «cercle vicieux» où j'étais, avant… Quand je ne savais pas qui j'étais, quelle était ma place dans l'existence… Mais vous, vous m'avez appelée Nicole.

Après toute cette histoire, les autres pensionnaires, même mes amies, et les sœurs qui me connaissaient depuis toujours, elles me détestaient toutes… Mais j'étais contente quand même, sachant que ce n'était pas vrai, pourquoi elles me détestaient… À la fin de l'année, les grandes ont joué une pièce, et je pense que vous l'auriez aimée : L'Annonce faite à Marie, de Paul Claudel, un écrivain français. J'aurais voulu en parler avec vous : la pièce m'a beaucoup touchée, presque bouleversée. Tout cet amour… Est-ce que c'est possible ? Après, j'ai pensé que je voulais vivre comme Violaine, exactement comme elle, retirée du monde, et rester seule avec Jésus toute ma vie. Est-ce que je suis folle ? Et alors, pourquoi, certains jours comme aujourd'hui, cela m'est tellement difficile de prier ? Et puis je pense… seulement Lui et moi, sans rien ni personne d'autre… Peut-être que c'est égoïste, mais il me semble que s'il n'y a pas que Lui, plus rien n'est pur ni vrai autour de moi, en moi.

Père Fenner, parfois, j'ai l'impression d'être complètement seule dans le monde. Comme si vous aviez été une oasis et que maintenant je me retrouve de nouveau à marcher dans le désert. (Et c'est terrible, parce que cela veut dire que ma foi est tellement faible…) Je voudrais vous dire : « Revenez ! » mais je sais que c'est à Jésus que je dois dire : « Reviens ! » Je sais que je L'aime. Quand je suis allée la rencontrer, la prieure m'a dit que j'étais jeune, elle voulait dire immature, je crois. Elle a utilisé le terme « impressionnable ». Et elle a dit que la vie au carmel n'était pas aussi facile que j'avais l'air de le penser… Mais moi, je n'ai jamais dit que je voulais une vie facile ! Ou que je m'attendais à une vie facile…

Parfois j'ai l'impression que vous êtes mon seul ami. Avec Jacques, bien sûr. Mais il y a des choses qu'on ne confie pas à un frère. Je dois être folle, de vous raconter tout cela, personne ne pense ces choses. Mais je ne sais pas pourquoi, je crois que vous me comprendrez toujours. Depuis que je suis sortie du couvent, j'ai commencé à fréquenter la famille Bélanger, que peut-être vous connaissez. Leur fille Jacqueline est un peu plus jeune que moi. Je ne sais pas pourquoi elle tient à être mon amie — je suis tellement différente d'elle. Elle est ambitieuse, elle veut conquérir le monde en jouant du piano, et elle ne comprend pas que moi, je ne veuille pas. Elle a un frère, Jean-Paul, qui est marié. Je pense qu'il ne croit pas en Dieu. Je ne sais même pas s'il va à la messe. Il est méchant et triste, surtout triste. En plus, sa femme est malade. Je ne sais pas pourquoi je vous parle de lui, c'est peut-être parce que sa tristesse est tellement évidente et on dirait qu'elle me heurte aussi. Il est triste à cause de sa femme, mais surtout je pense que c'est parce qu'il ne connaît pas Dieu. Il Le connaît tellement peu qu'il Le déteste. C'est la première fois que je rencontre quelqu'un comme lui, qui déteste Dieu autant, Dieu et les croyants. Et je voudrais faire quelque chose pour lui, même si je ne sais pas quoi. Enfin, je sais bien : je dois prier pour lui. Mais vous savez, père Fenner, j'ai compris en vous rencontrant ce qui délivre de cette haine et de la tristesse : pour moi, c'était de trouver quelqu'un comme vous…

Dites-le-moi, si vous croyez que c'est fou, ce que je vais dire… Mais moi, je voudrais être pour lui ce que vous avez été pour moi… Je comprends que pour cela je dois donner tout, donner ma vie comme vous le faites en ce moment même probablement, comme l'a fait Violaine dans la pièce de Paul Claudel. Donner tout de moi-même, c'est la seule façon de sauver ceux qui n'espèrent rien. S'il vous plaît, dites-moi si c'est vrai, si je ne me trompe pas… Je vais parier ma vie sur cela.

Je vais essayer de trouver votre adresse, je prie pour la trouver. Je vous en prie, pardonnez-moi mes épanchements, j'espère que vous n'allez pas y voir un manque de respect, j'ai simplement besoin de votre aide et je voulais tout dire, comme à la confesse. Je joue encore Bach, et chaque fois, c'est pour vous que je joue — j'espère que vous ne serez pas offensé que je vous dise cela.

Nicole Charbonneau

4
Mi-septembre

Gilles attendait devant la grille du collège que Nicole vînt le chercher. Elle lui avait dit de l'attendre aujourd'hui, car elle avait une surprise pour lui pour sa fête. C'était sa fête à elle, mais c'était elle qui faisait la surprise. Il se sentait stupide de rester planté là sur le trottoir, et par deux fois le maître lui avait demandé ce qu'il attendait comme ça. Finalement, il vit, de l'autre côté de la rue, le chapeau de feutre brun que Nicole posait sur son épais chignon chaque fois qu'elle sortait dans la rue, le long manteau noir un peu trop grand qu'elle serrait à la taille avec une ceinture en faux cuir, et son cœur tressaillit de joie. Nicole traversa la rue sans porter attention aux flaques d'eau où ses pieds pataugèrent et qui éclaboussèrent le bas de sa robe marron. Elle courut embrasser son petit frère. Mais elle ne lui demanda pas s'il avait passé une bonne journée ou s'il avait été sage, comme elle le faisait d'habitude. Elle le prit par la main et l'entraîna : « Viens, Gilles ! Il faut se dépêcher… »

Gilles risqua un « C'est quoi, la surprise ? » mais Nicole ne l'écoutait pas. Elle marchait très vite et il peinait à la suivre. Il lui serrait très fort la main. Il espérait un cadeau ; un bonbon acide ou peut-être une gomme baloune, mais ils passaient devant les devantures des boutiques sans s'arrêter. Finalement, ils traversèrent la Côte-des-Neiges et s'arrêtèrent au pied de la montagne, en haut de laquelle trônait l'oratoire Saint-Joseph. « On va monter là ? demanda Gilles.

— Oui… Parce que tu sais, Gilles, aujourd'hui c'est ma fête… J'avais envie de faire quelque chose de spécial, pour ça, avec toi… Alors on va faire un mini-pèlerinage…

— Pourquoi ? »

Gilles était déçu : la surprise n'en était pas une, ce n'était pas un cadeau pour lui. Il ne pensait pas à ce qui pouvait faire plaisir à sa sœur ; il était encore trop petit pour se rendre compte qu'elle aussi avait des désirs et des joies. Mais Nicole ne remarqua pas sa déception : « Parce que… on va prier Jésus, lui demander de rester avec nous…

— Oh, pas encore ça ! On le fait déjà à la maison… protesta le petit frère, en pleurnichant un peu.

— Ce n'est pas pareil, ici… Il y a le frère André…

— C'est qui, le frère André ?

— C'était un saint… Il guérissait les malades. Il aimait beaucoup Dieu, et Dieu aussi l'aimait parce qu'Il lui donnait le pouvoir de guérir les gens.

— Comme Il t'aime, toi ?

— Seigneur, bien plus que moi, Gilles… Qu'est-ce que tu vas chercher ! Alors c'est mon cadeau de fête, d'aller voir le frère André à l'Oratoire… et que tu viennes avec moi !

— Ah…

— Mais, Gilles, il y a aussi une autre surprise qui t'attend… Tu vas voir… »

Ils commencèrent la montée, mais Gilles n'était plus aussi excité de voir sa surprise. Il n'avait pas envie de gravir toutes ces marches pour aller voir le frère André, qu'il ne connaissait même pas. Il avançait vite quand même parce qu'il ne voulait pas que Nicole lui lâche la main. Ils pénétrèrent dans la crypte ; en cette fin d'après-midi, un jeudi, il n'y avait pas beaucoup de pèlerins. Nicole tira Gilles derrière elle et le fit asseoir sur l'un des premiers bancs, sous le vitrail qui représentait la Sainte Famille au travail dans la maison de Nazareth. « On va faire une prière à Marie…

— C'est ça, la surprise ?

— Chut ! Répète après moi : Je vous salue, Marie…

— Je vous salue, Marie… »

Cette prière, c'était au couvent que Nicole l'avait apprise ; sa mère ne la récitait jamais. Germaine pourtant récitait le chapelet, mais jamais avec les enfants, comme si elle avait peur que sa patronne le vît d'un mauvais œil. Quelqu'un s'agenouilla à côté de Nicole pendant qu'elle disait « maintenant et à l'heure de notre mort ». Jacques, en uniforme de collégien : c'était lui, la surprise. Gilles poussa une exclamation de joie, aussitôt étouffée par Nicole qui lui mit la main sur la bouche. Mais il se dégagea et lui écrasa les pieds pour venir se serrer contre son frère. Ils étaient à nouveau réunis ; il ne manquait que Suzanne qui évidemment ne pouvait sortir du couvent. Jacques lui-même n'avait reçu qu'une « permission » d'une heure. Ensemble, ils allèrent faire la file pour prier sur le tombeau du frère André. Il y avait autour d'eux des éclopés, des vieillards pauvres et des malades, qui parfois les frôlaient, et Nicole se retenait de s'écarter d'eux dès qu'ils la touchaient. Il était rare qu'elle fût témoin de la pauvreté – pire, de la misère –, et cela la rendait mal à l'aise, même si bien sûr elle savait que le frère André était le religieux des pauvres. Cependant, elle, si peu coquette et qui se croyait si simple, ne pouvait s'empêcher de frissonner de dégoût quand elle venait à sentir de près l'odeur de la misère. Elle se força à regarder Jacques et à calquer sa propre attitude sur la sienne. C'était lui, le saint, et non pas elle. Lui, il souriait à tout le monde, son visage d'ange comme un livre ouvert. Elle les observait, lui et le petit Gilles, et elle trouvait que, des deux, c'était Jacques qui ressemblait le plus à un enfant. Lui ne reculait pas devant l'odeur humide et un peu surie des pauvres gens qui les entouraient, sans doute parce qu'il savait, lui, qu'il n'était pas différent d'eux. Enfin, la file avança, et ils purent parvenir au tombeau. « C'est qui ? chuchota Gilles quand ils entrèrent dans la pièce exiguë et sombre qui conservait les relents fétides de tous les visiteurs qui s'y étaient pressés ce jour-là.

— C'est le frère André », répondit Jacques sur le même ton. Impressionné par l'air solennel de son aîné, Gilles se tut. Ils ne dirent plus rien, mais restèrent là, à respirer cet air lourd, à prier en silence. Nicole se sentait bizarrement intimidée, elle n'osait pas s'approcher de trop près. Puis un nouveau groupe de pèlerins envahit la pièce, et ils furent obligés de sortir pour ne pas se faire écraser. Ils quittèrent l'oratoire et commencèrent à descendre la montagne. Jacques devait bientôt retourner au collège. « Jacques, tu vas venir à la maison avec nous ? ne cessait de demander Gilles.

— Non… Je suis juste venu une heure, parce que c'est jeudi… Je dois retourner à l'école après… J'ai un devoir à rendre demain. »

Cette dernière phrase était destinée à Nicole. « Mais Jacques, il fallait me le dire ! Tu n'aurais pas dû venir… » Il était venu quand même, pour elle. « Ne t'en fais pas… J'ai un cadeau pour toi, tiens. »

Nicole prit le paquet qu'il lui tendait. « Ouvre-le.

— Maintenant ?

— Oui. »

Elle déchira le papier journal qui enveloppait le cadeau en se demandant quand Jacques avait pu trouver le temps d'acheter un livre, et où il l'avait fait. Elle lut le titre. Ce n'était pas un livre, mais un recueil de partitions : le livre I du *Clavier bien tempéré* de Bach. « Je sais que tu aimes Bach maintenant… alors, voilà… je l'ai commandé de France…

— Oh, Jacques ! Mais… comment tu as pu ? »

Les enfants Charbonneau ne recevaient presque jamais d'argent. « J'ai économisé sur l'argent de mon dîner. Et puis j'ai emprunté à deux ou trois amis… pas beaucoup, hein, t'inquiète pas ! Mais apprends-les vite, comme ça, quand je viendrai à Noël, tu m'en joueras ! »

Nicole sourit. « Je penserai à toi quand je vais les jouer… » Mais elle ne penserait pas seulement à lui, elle penserait à quelqu'un d'autre aussi. Elle eut un pincement au cœur, mais moins douloureux qu'il ne l'avait déjà été, et elle se dit : *Faites que la douleur ne s'en aille jamais.* Car la douleur, c'était l'empreinte de sa présence, la présence de celui qui était parti.

❧

Le lendemain de son anniversaire, Nicole se réveilla tôt, même si elle n'avait nulle part où aller. Elle se levait toujours tôt, pour assister à la messe. Elle partit alors que la maison était encore endormie. L'église aussi semblait endormie, comme toujours à la messe de sept heures, et Nicole était parmi les seuls fidèles. En allant prendre la communion, elle pensa : *J'aurais dû me confesser.* Il y avait déjà deux semaines qu'elle ne l'avait fait. Agenouillée sur le prie-Dieu, tout au fond de l'église, elle essayait de prier, mais ses pensées revenaient principalement aux péchés qu'elle avait commis ces derniers jours : ce froncement imperceptible du nez, hier à l'oratoire, en se faisant frôler par les pèlerins malades, une impatience avec Gilles, sur le chemin du retour. Trois jours plus tôt, elle avait mal répondu à sa mère, provoquant ainsi une scène qui aurait facilement pu être évitée. Bien sûr, elle avait été poussée à bout, mais… Jacques n'aurait pas répondu comme cela, lui. Le doux, l'obéissant, le patient Jacques… Il n'aurait pas dit ce qu'elle avait dit. Nicole se rappelait comme elle le trouvait mou, à peine un an auparavant. Maintenant elle comprenait qu'il était simplement meilleur qu'elle. Après le dernier évangile, elle resta longtemps dans l'église sombre et froide, la tête dans les mains. Quand elle se décida à sortir, elle faillit se heurter au curé sur le pas de la porte. À force de la voir chaque jour à la messe, il avait fini par la reconnaître. C'était à lui, aussi, qu'elle se confessait. Elle aurait pu dire qu'il était devenu son « directeur spirituel », selon l'expression qu'avait employée la prieure du carmel. Il était habillé pour sortir. « Mademoiselle Nicole, bonjour ! Vous rentrez à la maison ?
— Oui, monsieur l'abbé.

« — Vous saluerez bien votre mère de ma part… Tout le monde va bien chez vous ?

— Oui, merci, et vous ?

— Je vais très bien, très bien… Maintenant, vous m'excuserez, j'ai une extrême-onction à administrer… »

Il tint la porte à Nicole pour qu'elle sortît avant lui. Il était très apprécié des dames d'Outremont pour ses manières galantes et plus raffinées que celles de la majorité des prêtres. Mais à Nicole, les mots qu'il utilisait sonnaient creux et sans intérêt, comme si sous la couche de vernis de bonne éducation il n'y avait rien, pas de vraie source de réconfort pour ses fidèles, qui ne le demandaient probablement même pas. Au fond d'elle-même, elle sentait bien qu'elle se montrait injuste envers le pauvre homme. Sans doute faisait-il de son mieux pour satisfaire une « clientèle » réputée difficile parce que peu encline à la piété. Nicole le regarda tourner le coin de la rue pour aller administrer son extrême-onction, se demandant ce qu'il pouvait bien penser en ce moment, alors qu'il marchait à la rencontre de la mort, après en avoir parlé de manière presque désinvolte.

Elle se dirigea sans hâte vers la maison, à deux pas de l'église, espérant ne pas tomber sur sa mère… mais à cette heure, celle-ci n'était sûrement pas levée. Et en effet la cuisine était déserte : Gilles était déjà parti pour l'école et Germaine était Dieu savait où. Nicole remarqua le courrier sur la table ; le facteur était passé tôt aujourd'hui. Par curiosité, ou peut-être mue par une sorte de prémonition, elle regarda à qui les lettres s'adressaient : presque toutes à son père, qui parfois recevait son courrier professionnel ici. Mais il y en avait une pour elle, et elle ne reconnut pas l'écriture de Jacques à la façon dont avait été tracé son nom sur l'enveloppe. Ni celle d'aucune de ses anciennes camarades de couvent. Il n'y avait pas non plus d'adresse de destinataire. Son cœur fit un bond dans sa poitrine. Et si c'était… Elle pensa à la lettre qu'elle avait rédigée une semaine plus tôt, qui était restée dans son tiroir. Avait-elle jamais eu l'intention de l'envoyer ? Ses mains

tremblèrent un peu quand elle saisit l'enveloppe pour la sou-
peser. Elle n'était pas très épaisse. Nicole la glissa dans la
poche de son manteau sans l'ouvrir. Elle retourna dehors ;
elle sentait qu'elle ne pourrait pas s'asseoir tranquillement et
décacheter l'enveloppe, en sortir la lettre, la lire. Faire tous ces
gestes, c'était au-dessus de ses forces pour le moment. Alors
elle commença à marcher sur la Côte-Sainte-Catherine, sans
regarder devant elle, touchant de temps en temps l'enveloppe
pliée dans sa poche droite. Son cœur battait à toute allure, elle
marchait vite pour ne pas l'entendre.

Elle croisa des femmes juives avec leurs ribambelles
d'enfants qui ne la regardèrent pas, des femmes de notables
d'Outremont marchant à petits pas rapides sur leurs hauts
talons, quelques ménagères égarées portant leurs sacs de
courses. Elle avait emporté son chapelet, comme chaque fois
qu'elle sortait, mais elle en comptait les grains sans remuer les
lèvres pour formuler la prière usée. Quand elle arriva à la Côte-
des-Neiges, l'environnement devint soudain plus animé : c'était
là que la vraie ville commençait. Il était tôt encore, vers les huit
heures, et quelques travailleurs pressés, en retard, la dépas-
sèrent en la bousculant. Nicole, elle, avait tout son temps. Elle
continuait à marcher sans savoir où elle se rendait, puis elle vit
l'entrée du cimetière devant elle, avec ses arbres aux feuilles rou-
gissantes, presque la campagne en plein milieu de la ville. Elle
ne savait pas ce qu'elle allait chercher là-bas – peut-être un peu
de paix. Un peu de tranquillité, une présence, que dans l'église
sombre elle n'avait pas trouvée. Il n'y avait personne dans le
cimetière, à cette heure matinale. C'était un lieu où on allait
quand on n'avait nul autre endroit où aller. Elle monta la côte
du chemin principal en regardant les inscriptions sur les tombes.
Au détour de toutes les allées, elle cherchait quelque chose ou
quelqu'un, et quand elle vit l'homme devant elle, elle sentit son
cœur s'emballer spontanément dans sa poitrine. C'était Jean-
Paul Bélanger qui marchait, se promenant au lieu d'étudier pour
son examen du barreau. Elle allongea le pas pour le rattraper.

Ce fut facile, car il allait lentement, les mains dans les poches et le regard par terre. Elle ne l'appela pas, mais le bruit du pas solitaire derrière lui le fit se retourner. Il s'arrêta pour l'attendre quand il la reconnut. « Mademoiselle Charbonneau ? » Ce fut son seul salut. Il ne lui demanda pas ce qu'elle faisait là, toute seule loin de chez elle, essoufflée et transpirante, à huit heures du matin. « Je vous ai vu, j'ai couru pour vous rejoindre, dit Nicole en guise d'explication.

— Vous vous promenez toute seule ici, mademoiselle Charbonneau ? Vous n'avez pas peur ?

— Ne vous inquiétez pas. Je n'ai peur de rien, moi.

— Il ne faut pas dire ça. »

Il la dévisagea, presque avec colère. « Vous ne devriez pas faire ça, vous savez…

— Faire quoi ?

— Me suivre, comme vous le faites.

— Je ne vous suis pas ! Je ne pouvais pas savoir que vous seriez ici, quand même…

— Vous auriez dû vous retourner de bord quand vous m'avez vu et rentrer chez vous. »

Mais lui, il ne partait pas non plus, il restait là planté devant elle à lui dire de s'en aller. Soudain, des petites étoiles se dessinèrent devant les yeux de Nicole et lui rappelèrent qu'elle n'avait rien mangé ni bu depuis quelque douze heures, mis à part l'hostie de la messe matinale. Elle dut s'asseoir sur un banc pour n'être pas prise de vertige, elle sentait des picotements dans ses doigts et ses pieds. « Bon… qu'est-ce qu'il y a encore ? entendit-elle Jean-Paul lui demander, comme s'il s'était trouvé à cinq cents mètres d'elle.

— Oh, rien, ne vous en faites pas… Seulement je n'ai pas encore mangé ce matin, je me sens un peu faible… Je ne suis pas habituée de faire ça, excusez-moi… »

Il paraissait prêt à s'en aller, à la laisser se débrouiller toute seule sur ce banc, et elle ne lui en aurait pas voulu de le faire. « Eh bien… venez, alors. »

Elle pensa qu'il la conduirait chez lui, et elle allait refuser : ce n'était pas convenable de se présenter chez des gens sans s'annoncer, à une heure aussi saugrenue, même s'il s'agissait d'amis de ses parents. Mais il la prit par le bras, la fit sortir du cimetière et tourna à droite dans une petite rue, vers le nord, au lieu de se diriger vers la maison des Bélanger. Ils entrèrent dans un petit restaurant d'allure populaire, de ceux qu'on ne trouve pas dans Outremont. D'ailleurs, Nicole n'avait jamais mis les pieds dans un endroit pareil. Il s'installa sur une banquette à côté de la fenêtre sans attendre qu'elle fût assise elle-même. L'endroit était désert : les travailleurs venus déjeuner avant de commencer leur journée étaient partis et aucune autre sorte de clientèle ne les avait remplacés. Jean-Paul commanda deux cafés et des rôties à une grosse serveuse d'âge mûr qui ne jeta pas un seul regard en direction de Nicole. Pourtant, celle-ci se sentait vaguement en faute d'être attablée en face d'un homme presque inconnu. Qu'est-ce que la serveuse allait bien penser ? *Mais rien... Elle va rien penser, parce qu'il n'y a rien.* La serveuse apporta d'abord deux verres d'eau et Nicole but le sien d'une traite, à longues gorgées, avant de se souvenir que ce n'était pas poli d'agir ainsi, mais Jean-Paul ne parut pas s'en formaliser. « Vous aviez soif, dites donc, remarqua-t-il simplement. Pourquoi vous n'avez rien mangé ce matin ?

— Parce que le matin, je vais à la messe.

— Ah, c'est vrai, j'oubliais que vous étiez une sainte... Mais pouvez-vous me dire ce que vous êtes venue faire par ici, après ? Flâner comme ça, dans les chemins du cimetière... »

Au mot « sainte », Nicole réprima une moue d'impatience. C'était ce mot que sa mère avait utilisé durant l'été quand elle avait voulu rire d'elle. « J'avais besoin d'air, de me changer les idées... comme vous, j'imagine.

— ...

— Vous venez souvent ici ?

— Oui. Non... Qu'est-ce que ça fait ? Mangez vos toasts, elles vont être froides. »

Elle croqua dans la croûte chaude de pain blanc, puis trempa ses lèvres dans le café noir amer. Comme c'était étrange de se retrouver ici, en face de cet homme, hors de toute occasion mondaine ! Pourtant, au-delà de l'extraordinaire de la situation, Nicole ne se sentait pas mal à l'aise ou intimidée comme elle l'aurait été en présence de n'importe qui d'autre. Il lui semblait plus ou moins se trouver en compagnie d'un enfant, comme un petit frère vulnérable et capricieux. Même si c'était lui qui l'avait prise par le bras et emmenée ici avant qu'elle ne tombât d'inanition, elle savait qu'il était bien plus perdu et plus démuni qu'elle. Le silence s'installa, et finalement ce fut Jean-Paul qui le brisa.

« Vous allez mieux ?

— Oui, merci. Vous êtes très gentil.

— Pas tellement, non. Je ne pouvais quand même pas vous laisser mourir de faim… Mais peut-être que vous êtes pressée ?

— Pressée, moi ? C'est vous qui devriez l'être… Avec tout ce que vous devez étudier… pour le barreau…

— Le barreau… Oui… » Il se tut de nouveau, puis lança hors de propos : « Qu'est-ce que vous allez faire, aujourd'hui ? »

Nicole porta involontairement la main à sa poche. Elle sentit l'enveloppe qu'elle y avait glissée se froisser sous ses doigts. « Vous savez, je ne fais jamais grand-chose… En ce moment, je me cherche du travail. J'ai essayé de me trouver des élèves en piano, mais pour le moment je n'ai personne, alors… Si vous connaissez quelqu'un…

— Je ne connais personne, moi. Vous avez fini vos toasts ? Est-ce que vous voulez quelque chose d'autre ? demanda-t-il, toujours de la même manière brusque.

— Non, merci. C'était très bon, merci.

— Voudriez-vous vous promener un peu ? Je n'ai pas trop le cœur à retourner m'enfermer chez moi, pour étudier…

— Euh, je ne sais pas…

— Vous ne savez pas si ça se fait, c'est ça ? Vous promener avec un homme comme moi, une jeune fille comme vous… »

Comme c'était étrange qu'il pût lui dire toutes ces choses, et elle ne se choquait même pas ! Parce qu'elle savait qu'il racontait n'importe quoi, qu'il faisait exprès de la provoquer. « Voyons donc ! Arrêtez ça… Non… C'est juste que je ne veux pas vous enlever du temps d'étude… »

Il haussa les épaules et fit un geste de la main, comme pour balayer ce qu'elle venait de dire. « Vous savez… Je déteste ça. Moi je n'ai jamais demandé d'être avocat, c'est mon père qui a tout décidé pour moi. Ça ne me ferait rien de le rater, son examen du barreau…

— Et qu'est-ce que vous allez faire, si vous le ratez ?

— Je ne sais pas. Rien.

— Et votre femme ?

— Ma femme… Elle fera bien ce qu'elle voudra ! »

Nicole sursauta à ce ton dur, à l'hostilité qu'il affichait. Cette fois, il était parvenu à la choquer, même s'il ne l'avait pas calculé. Cependant, elle fit comme si de rien n'était. « Depuis combien de temps vous êtes mariés ?

— Un an, presque, maintenant… On s'est mariés dans sa famille, aux États-Unis… À New York. Et puis on est venus ici. On m'a proposé de rester là-bas pour travailler dans l'entreprise familiale… Je veux dire de sa famille à elle. Mais je ne sais rien faire, comment j'aurais pu ? En plus ses frères travaillent là aussi, et moi je ne voulais pas… être l'employé de ma belle-famille. »

Il lui jeta un rapide coup d'œil, comme pour sonder ce qu'elle en pensait. « Mais je vous parle de tout ça, et vous ne pouvez pas comprendre, bien sûr.

— Ah non ? Et pourquoi ?

— Parce que vous connaissez rien de la vie. »

Nicole haussa les épaules, vaguement vexée, mais ne répondit rien. C'était devenu un refrain connu pour elle, maintenant, qu'il lui fît ce genre de commentaire. Elle se leva et il l'imita. « Alors, vous venez ? » dit-il d'un air qui affectait l'indifférence. Nicole hésita, comprenant qu'il pouvait changer d'avis en une seconde. « D'accord. »

Jean-Paul paya et ils sortirent du restaurant. Jean-Paul se mit à marcher à côté de Nicole et il ne la regardait pas ; il contemplait le trottoir. Puis il se mit à parler, mais Nicole ne savait pas si c'était à elle qu'il s'adressait ou à lui-même ou à quelqu'un d'autre. « Des fois, vous savez, j'aimerais bien retourner aux États… Là-bas, j'étais… bien. J'ai jamais été aussi heureux, je pense. Vous êtes déjà allée à Boston ? C'est là que j'ai étudié.

— Non.

— Et aux États-Unis, vous y êtes allée ?

— Non.

— Vous devriez voir comment c'est, là-bas. Les gens, ils ne sont pas comme ici. Ils sont… Ils savent ce que c'est, de vivre. »

Nicole ne comprenait pas ce qu'il voulait dire, mais elle se tut et le laissa continuer. Pour la première fois, il semblait avoir envie de s'ouvrir à elle. Peut-être avait-il pris au sérieux sa proposition de la semaine précédente, quand elle lui avait demandé s'il voudrait bien de son amitié. « Bien sûr, quand j'étais à Boston, je devais étudier, et souvent il fallait que je rentre à Québec pour voir mon père et ma sœur. Mais une fois… à ma troisième année, je ne suis pas rentré. Roger Lépine – vous le connaissez, je crois –, Roger et moi on avait décidé de partir, comme ça, visiter les autres États et jusqu'au sud. Mais lui au dernier moment il a changé d'avis, il s'était fait une amie, vous comprenez ? Enfin, je ne devrais pas vous parler de ça, mais peu importe… Alors, moi, je suis parti quand même, tout seul. De toute façon, je n'ai jamais aimé Roger Lépine.

— Voyons, ne…

— Ah, je sais ce que vous allez me dire, qu'il faut aimer tout le monde, et cetera… Mais dans la vraie vie, ça ne marche pas comme ça. C'est juste que lui et moi, on venait du même monde. Et lui non plus il ne m'aime pas, et je le comprends de ne pas m'aimer.

— Pourquoi vous dites ça ?

— Parce que je ne suis pas aimable, c'est tout. Et ne commencez pas à protester ! Vous ne me connaissez pas, d'accord ? »

Nicole avait effectivement voulu répliquer, lui dire qu'il se trompait et qu'elle le connaissait mieux qu'il ne le croyait (il lui semblait qu'elle le connaissait bien, aussi bien qu'elle-même peut-être), mais elle se tut pour le laisser continuer son histoire.

« Bref, j'étais content de partir tout seul… Mais peut-être que ça vous dérange que je vous parle de tout ça ?

— Pas du tout ! Continuez à me raconter, je vous en prie.

— Ce n'est pas que j'aie quelque chose de très intéressant à dire… Seulement, cet été-là aux États, c'était quelque chose, vous auriez dû voir ! Je suis allé jusqu'en Louisiane, vous connaissez ?

— Oui » dit Nicole. Elle savait que les gens là-bas parlaient français.

« Eh bien, je n'ai jamais vu un endroit comme ça. On dirait que les gens vivent dehors, et puis ils passent leur temps à jouer de la musique, comme ça, dans la rue, n'importe où.

— C'est Jacqueline qui aurait été contente !

— Oui… Mais je ne sais pas si Jacqueline… Enfin, elle est tellement jeune ! Mais vous aussi vous êtes jeune. »

Et il disait cela comme si lui-même avait été d'un âge vénérable, alors qu'il devait avoir à peine deux ou trois ans de plus qu'elle. « Qu'est-ce que vous voulez dire ? Qu'est-ce que ça fait d'être jeune ?

— Rien, sauf que dans la musique, dans les chansons de là-bas, il y a quelque chose de différent… Ah, je ne sais pas comment l'expliquer, mais c'est comme une douleur, quelque chose qui crie même si c'est censé être joyeux, et pour l'entendre, il faut… Il faut savoir ce que c'est, pour l'entendre.

— Je comprends.

— Vous comprenez, vous ? »

Nicole pensa aux *Noces* de Stravinsky, aux larmes incompréhensibles qu'elle avait versées ce soir-là et que Jacqueline n'avait pas remarquées. « Je crois que oui. » Jean-Paul lui jeta un petit coup d'œil incrédule (le même qu'il lui avait souvent jeté). Mais il ne lui demanda pas ce qu'elle pouvait bien en savoir, elle, de ce genre de douleur qui criait même quand on était joyeux. Peut-être que cela ne l'intéressait pas de le découvrir. Et Nicole – comme elle aurait voulu lui montrer qu'il existait un remède à cette douleur ! « Ah, si je pouvais, vous savez ce que je ferais ? J'y retournerais, et pour de bon. Je le ferais encore une fois, je partirais jusque dans le sud, mais là, je ne reviendrais pas, vous pouvez me croire.

— Mais pourquoi ? Vous n'êtes pas heureux ici ?

— Non, répondit-il sans ambages, et vous ?

— Mais… oui.

— Bien sûr, c'est parce que vous avez Dieu. Donc tout va bien, dans ce cas-là. Vous pouvez vous convaincre que c'est lui qui le veut ainsi, et qu'il faut accepter ce qu'il nous donne… Peut-être que ces histoires-là, ça vous console, vous. Mais moi, non. Qu'est-ce que ça me donne, ces élucubrations ? »

Il recommençait avec ça. Nicole trouvait qu'il parlait comme un enfant, lui qui se croyait si vieux, et en même temps dans sa voix il y avait une amertume terrible. C'était bizarre, cette amertume mêlée à ces paroles d'enfant. « Ne vous en faites pas », commença-t-elle, mais il ne l'écoutait plus. « Mademoiselle Nicole, parfois vous n'avez pas l'impression d'avoir gâché votre vie ? Non, qu'est-ce que je raconte, vous n'avez rien gâché du tout, vous n'avez pas encore eu le temps. Mais moi, j'ai trop écouté les autres, ce qu'ils voulaient, alors que j'aurais dû faire à ma tête… Parce que tout le monde pense que la vie, c'est de faire carrière, ils ne savent pas quoi faire d'autre, et moi je pensais comme eux, mais maintenant… »

Nicole ne savait pas trop à quoi il faisait référence, s'il parlait de sa carrière d'avocat ou de sa décision de revenir dans la province ou d'autre chose. « Non, monsieur Jean-Paul, écoutez-moi, s'il vous plaît ! Ce n'est jamais trop tard ! Croyez-moi ! »

Elle s'arrêta en plein milieu du trottoir, sans savoir ce qu'elle allait lui dire. Elle ne voulait pas lui montrer qu'il se trompait (comme l'autre soir au souper, quand elle avait perdu tout contrôle d'elle-même) mais plutôt lui prouver qu'elle comprenait, que cette douleur-là, elle la connaissait elle aussi. « Croyez-moi, monsieur Jean-Paul, je comprends ! Je comprends ce que vous voulez dire, parce que moi aussi je l'ai vécu, j'étais triste et découragée moi aussi, et puis…

— Et puis ?

— Et puis je vous dis qu'il y a quelque chose de plus ! Il ne faut pas désespérer, jamais…

— Je vous en prie, ne me dites pas que Dieu m'aime et qu'il veut mon bien, je ne serais pas capable de le supporter.

— Monsieur Jean-Paul… Ne vous inquiétez pas, parce que vous n'êtes pas seul.

— Oui, je suis seul, répliqua-t-il d'une voix passionnée, je suis seul, comme tout le monde, et vous aussi vous l'êtes même si vous essayez de vous convaincre que non ! »

À ses paroles, Nicole se sentit envahie par la pitié. En disant cela, il ne la regardait pas et contemplait un point à l'horizon, et son visage était dur et fermé. « Monsieur Jean-Paul… » Il tourna enfin la tête vers elle et elle profita de l'occasion pour lui sourire. Elle pensait à ce soir-là, quand elle lui avait dit : « Laissez-moi être votre amie » et qu'il avait presque répondu à son sourire. Il n'était pas seul. « Regardez, je suis là avec vous. » Il détourna les yeux mais elle eut le temps de voir que, là encore, elle avait presque réussi à le faire sourire. « Vous savez, je suis… commença-t-il. Vous ne me connaissez pas, mais moi, je suis fou…

— Mais non, vous n'êtes pas fou !

— Oui. Oui, je suis fou, taisez-vous, vous ne savez rien du tout, je vous dis que je suis fou… »

Il répétait cela, « Je suis fou, je suis fou », avec une violence sourde, et il avait mis une main sur son front, si bien que Nicole ne pouvait plus voir ses yeux. « Et je suis là à vous parler, vous n'êtes qu'une écolière, c'est bien la preuve que je suis fou. » Et soudain, sans le moindre avertissement, il fit brusquement volte-face et partit dans l'autre direction. C'était la deuxième fois qu'il agissait ainsi. Mais aujourd'hui, Nicole ne le laisserait pas faire. Elle n'allait pas rester plantée là comme une cruche à le regarder s'éloigner, oh non ! Il avait traversé la rue et elle courut derrière lui, au risque de se faire renverser par un camion de la poste qui passait au même moment. Le bruit du klaxon le fit se retourner. « Mais que faites-vous, vous voulez vous faire tuer ?

— Monsieur Jean-Paul, ne partez pas ! Vous n'êtes pas fou ! Pourquoi donc vous pensez ça ? Ne parlez plus comme ça ! »

Soudain, c'était comme si tout éclatait autour d'elle – la belle journée d'automne et le soleil qui perçait entre les arbres rouges et dorés, et le fait qu'elle avait couru pour le rattraper, et puis qu'il lui avait parlé comme jamais auparavant (même si c'était seulement de son désespoir). *Ah, Jean-Paul, vous ne comprenez pas ? Ne soyez pas triste ! Ou bien oui, soyez triste si vous voulez, mais regardez le monde et le parc de ce matin d'automne, et comme tout est beau ! Ou peut-être que c'est parce que vous m'avez souri !* Elle le regardait et elle fut prise d'un rire. Elle riait un peu d'elle-même, de son audace (mais elle ne s'inquiétait pas de ce qu'il pouvait penser d'elle), et un peu de cette situation absurde dans laquelle elle se trouvait. « Monsieur Bélanger ! Jean-Paul ! Regardez comme il fait beau… ! Regardez le soleil ! C'est déjà assez pour n'être plus triste ! » À présent il la fixait comme si c'était elle, la folle. « Le soleil… Le soleil me tue.

— Mais non, monsieur Jean-Paul ! C'est juste que vous ne regardez pas !

— Ah, laissez-moi donc tranquille, vous et vos divagations ! Continuez à vivre dans votre petit conte de fées, si vous voulez… Mais je ne vous ai rien demandé, d'accord ? Rien ! Ne vous inquiétez pas pour moi. »

Et il s'en alla en la plantant là, toute seule avec sa joie. Elle ne le suivrait plus, si c'était ce qu'il voulait. *Mais moi, je ne vous abandonnerai pas. Je m'en fiche bien de ce que vous pensez, mais je ne vous laisserai pas. Je resterai là pour vous.*

Nicole partit de l'autre côté, pour rentrer chez elle. Elle avait complètement oublié la lettre dans sa poche, qui avait été l'objet principal de ses pensées tout le long de la matinée. Elle avait complètement oublié qu'elle s'était rendue au cimetière juste pour se calmer. À présent, Jean-Paul Bélanger avait pris toute la place dans son esprit. Et puis elle se dit que c'était vrai, quand on est très, très triste, c'est peut-être encore plus dur de voir tout ce qui est beau, alors on ne regarde plus rien. *Mais moi, je vais lui montrer. Je vais lui montrer qu'il y a plus que sa tristesse. Il verra bien.* Ce fut seulement quand elle pénétra dans l'entrée et enleva son manteau qu'elle se souvint de la lettre, et son cœur manqua un battement. *Mon Dieu ! Comment j'ai pu oublier ?* Elle décida qu'elle avait assez attendu : il lui faudrait l'ouvrir tôt ou tard. Elle monta jusqu'à sa chambre et ferma la porte derrière elle. Elle sortit l'enveloppe de sa poche et la décacheta sans regarder ce qu'elle faisait. Mais elle ne put entretenir l'illusion plus longtemps. Dès les premiers mots, elle sut que la lettre ne venait pas de celui qu'elle espérait.

Mademoiselle,

J'ai lu dans le journal votre annonce pour les cours de piano. Ma fille a dix ans et elle n'arrête pas de nous tanner pour prendre des cours. J'ai vu sur l'annonce que vous n'habitez pas trop loin de chez nous. On voulait qu'elle prenne l'option musique quand elle serait pour allé au couvent, mais elle avait trop peur de s'ennuyer, ça fait qu'elle est resté à la maison, et dans l'école où qu'elle va, les sœurs ne font pas de musique. Je vous écris pour savoir si vous êtes disponible pour lui apprendre le piano. Si oui, j'aimerais vous rencontrer. Ma fille a dix ans et elle s'appelle Simone. Si vous êtes intéressé à lui donner des cours, vous pouvez venir au 1280 de la rue Lajoie, Outremont, entre 3 heures et 5 heures n'importe quel jour sauf le dimanche parce qu'on n'est pas là. On pourra parler du salaire et de combien d'heures vous pouvez lui donner. Merci pour votre considération,

Madame Jeanne Laplante

Nicole laissa tomber la lettre sur le plancher. Elle était tellement déçue qu'elle n'avait même pas remarqué les fautes d'orthographe. Elle essaya pourtant de se remonter le moral, de faire comme si elle était contente : après tout, elle avait publié cette annonce sans nourrir le moindre espoir qu'on y répondît, et voilà qu'un mois plus tard, contre toute attente, quelqu'un lui écrivait… De toute manière, comment avait-elle pu croire que le père Fenner lui écrirait ? Il ne lui écrirait jamais, qu'allait-elle donc imaginer ? Il n'avait même pas le droit, peut-être.

Oh, père Fenner ! Pourquoi fallait-il que vous veniez et que vous creusiez cette plaie ? Il aurait mieux valu, peut-être, que je ne vous rencontre jamais. Mais alors je n'aurais pas pu rester en face de Jean-Paul Bélanger, je n'aurais pas pu supporter de le regarder, avec sa souffrance. C'est grâce à vous que tout est arrivé. Grâce à vous, et à cause de vous.

Troisième partie

1

Octobre

De la fenêtre de sa chambre, Ethel voyait la forêt. Et en ce début du mois d'octobre, les couleurs de l'automne flamboyaient au soleil. Les arbres paraissaient si près d'où elle était, il lui semblait que ses doigts auraient pu les toucher. Mais ce n'était qu'une illusion, en réalité, ils étaient loin. Ethel sortit de sa chambre, et le silence feutré du couloir la frappa, comme chaque fois. Il y avait des gens allongés sur les chaises longues en face de la grande baie vitrée, une couverture sur leurs genoux. Un vieil homme dont les poils lui sortaient des oreilles, à côté d'une petite fille minuscule qu'Ethel entendait quelquefois pleurer la nuit, et plus loin un jeune homme aux yeux doux et tristes. Les infirmières marchaient à pas pressés et discrets, pour ne pas troubler le repos des malades. « Mrs. Bélanger, how are you today? » C'était le vieil homme aux poils dans les oreilles qui lui parlait. Il était un des seuls patients à connaître l'anglais. Les infirmières et les médecins, heureusement, le parlaient tous très bien, certains avec un accent, mais ils se faisaient tous comprendre. « I am well, thank you. And you, monsieur Roche? » Il répondait toujours qu'il allait bien, très bien, même s'il maigrissait de jour en jour et que son visage prenait une couleur de cendre. Ethel connaissait assez la maladie pour deviner qu'il était trop tard pour lui, qu'il allait probablement mourir bientôt. Et elle ? Son médecin lui disait qu'elle allait mieux. Son poumon gauche guérissait tranquillement, et elle n'avait presque plus de bacilles.

Et le Dr Parent la félicitait comme si elle y était pour quelque chose.

L'année de ses seize ans, Ethel fit une pleurésie. Un mois seulement après la mort de sa mère, elle commença à être souffrante. Son père crut qu'elle était malade de chagrin, parce que lui-même se laissait aller à la tristesse. Ce fut seulement quand il se rendit compte qu'elle ne pesait plus que cent livres qu'il fit venir le médecin. Ethel avait toujours été une enfant maladive, fragile et pâle. En cela, elle était comme sa mère. Et son père, ce gros homme brun qui mangeait et buvait trop et qui semblait prendre toute la place quand il entrait dans une pièce, il était désarmé devant sa fille, seule derrière quatre garçons qui, eux, avaient hérité de leur père sa constitution robuste. La mère d'Ethel, grande femme mince et nerveuse, arborant en permanence un air angoissé et légèrement hagard, était morte d'une maladie compliquée qu'elle avait traînée pendant des années. Sa fille ne se rappelait pas l'avoir jamais vue en bonne santé. Pourtant, Ethel adorait sa mère qui, pour sa part, l'entourait d'une affection fébrile et inquiète. Elle avait désiré de toutes ses forces une fille et finalement l'avait reçue, petit oiseau maigrichon et déplumé dont on ne savait pas s'il vivrait. Mais Ethel avait su vivre, en suçant les dernières énergies de sa mère, qui les lui avait données sans compter. Peut-être était-ce pour cela que son père l'avait négligée, après, parce qu'il la croyait responsable de la mort de sa femme. *Oh, maman ! Si tu voyais ta fille maintenant.* Qu'est-ce donc qu'elle faisait ici, dans ce pays étranger, loin de tout ce qu'elle avait connu ?

Les médecins avaient trouvé des bacilles dans les poumons d'Ethel. Elle était porteuse de la tuberculose. On ne savait pas comment cela avait pu arriver, comment elle avait pu contracter cette maladie d'ouvriers, de pauvres. Elle avait été mise en quarantaine pendant quatre ans, traitée comme une bombe à retardement, puis on l'avait brutalement poussée hors de son univers aseptisé pour qu'elle fît son « entrée dans le monde ». Il était plus que temps, à vingt ans ! Ethel était revenue à New York, où toutes ses amies d'enfance s'étaient entre-temps casées, et elle avait immédiatement été happée par le tourbillon de la vie urbaine. Son père était mort deux ans avant son retour, de ses excès. Enfin, c'était ce qu'on disait dans la famille, mais d'autres versions circulaient, même deux ans après son décès. Par exemple, certaines mauvaises langues avançaient qu'il s'était suicidé. Ethel, dans sa bulle d'exil, avait reçu un télégramme de son frère aîné : *Père mort dans la nuit.* Pas un mot de plus, pas d'annonce de funérailles, auxquelles bien sûr elle n'aurait pu se rendre de toute manière. Cette mort, comme tout ce qui se passait à l'extérieur de sa chambre, lui avait paru irréelle. Mais peut-être que c'était elle qui était irréelle, qui devenait de plus en plus transparente à mesure que le temps passait, une sorte de fantôme blanc ou une ombre grise. Mais ensuite, contre toute attente, on l'avait déclarée guérie, elle avait pris le train avec Mariska, la vieille gouvernante hongroise, qui était venue la chercher dans le Vermont. Et Ethel avait retrouvé cette vie fébrile du temps de sa mère, cette vie de papillon affolé, où elle courait et dansait et s'étourdissait. Ses frères étaient tous mariés à présent, et c'était le plus vieux, Joel, qui s'occupait d'elle. Mais il ne savait que faire de cette enfant déjà vieillie, cassée en morceaux et qui cognait ses frêles membres au détour de ses courses. La solution, c'était de la marier au plus vite. Ainsi, on habilla Ethel des toilettes les plus somptueuses, on la farda outrageusement pour camoufler ses joues blêmes, on la jucha sur de hauts talons qui lui firent perdre un peu plus l'équilibre. Ses cheveux fins et ternes furent frisés et teints pour leur redonner un peu de vie. On savait qui elle était : Ethel Rosenthal, fille benjamine de Daniel Rosenthal. La fortune que son père lui avait laissée à sa mort aidait peut-être les prétendants de la jeune femme à oublier son aspect déjà presque fané, enveloppé dans un nuage d'artifices. Cependant, un an après son retour de quarantaine, Ethel n'avait toujours pas de fréquentation sérieuse. On commençait à se méfier de ce qu'on avait appelé « l'hérédité » des Rosenthal. Et d'abord, se demandait-on, d'où sortaient-ils donc, *exactement* ? On s'était mis à poser des questions embarrassantes sur la mort d'Elsa Rosenthal. On notait la maigreur d'Ethel et ses yeux peut-être un peu trop brillants, ses pommettes trop saillantes, ses joues trop creuses. Ses frères prétendaient qu'elle avait passé quatre ans en Californie, dans la famille éloignée, mais qui connaissait des Rosenthal en Californie ? Tous, juifs et non-juifs, avaient fini par considérer Ethel Rosenthal avec une certaine méfiance, malgré l'attraction qu'exerçait sur eux son argent.

« Je ne me marierai jamais », se plaignait-elle à Mariska, la seule qui lui témoignât un peu d'affection. Celle-ci, superstitieuse, répliquait : « Patience, ma chérie… Ne décourage pas la chance… » Mais Ethel ne croyait pas à la chance. On était à la fin de 1952, deux ans après la mort de son père. L'ampleur des atrocités commises en Europe avait été mise au jour depuis quelque temps déjà, mais la stupeur passée, un étrange silence s'installa en Occident, dans la communauté juive new-yorkaise comme ailleurs. Était-ce que les gens se sentaient responsables, eux qui s'étaient mis à l'abri à temps, de n'avoir pas au moins tenté de porter secours à leurs frères éprouvés ? Toujours est-il qu'Ethel, dont une grande partie de la famille était restée en Europe, eut l'impression que la bulle dans laquelle elle avait été placée pendant quatre ans, sans qu'aucune nouvelle lui parvînt de l'extérieur, s'était élargie pour envelopper l'Amérique entière. Elle-même était sans doute la dernière personne à New York à comprendre ce qui se passait, ce qui s'était passé. Cependant, partout autour elle percevait un malaise, qui la rongeait, elle aussi, qui semblait la consumer. Elle voulut à tout prix sortir à nouveau de cet enfermement. Elle dit à son frère qu'elle avait envie de voir du pays, de se promener, de connaître le monde. Celui-ci fut ravi de l'envoyer passer un mois chez son oncle maternel, un Juif assimilé établi à Harvard. C'est là qu'elle fut présentée à Jean-Paul Bélanger, lors d'une réception du Nouvel An. L'oncle l'avait introduite dans les cercles étudiants, et elle avait fait bonne impression, on lui avait trouvé un air précieux, sa raideur et sa pâleur mortelle avaient été confondues avec de la distinction ou de la noblesse ou même une espèce de majesté.

Ethel ne se rappelait pas comment ils s'étaient rapprochés ce soir-là, ni même qui les avait présentés. Elle se souvenait seulement qu'à un certain moment, quelque temps après minuit, ils étaient assis côte à côte sur un fauteuil et qu'ils se parlaient – enfin, lui parlait et elle essayait de l'écouter, cependant qu'une sorte de brume enveloppait son esprit, comme si elle avait trop bu. Il lui racontait des choses de sa vie (c'était ainsi qu'elle avait su que sa mère aussi était morte), mais Ethel aurait été bien incapable de répéter ce qu'il lui avait dit. Parce qu'au fond d'elle-même elle sentait quelque chose bouillonner, comme si elle reprenait vie tout d'un coup, ou plutôt comme si elle naissait enfin, à vingt-deux ans. Et ce sentiment envahissait tout son être et la soûlait. Était-ce possible qu'il s'intéressât à elle ? Insensiblement elle s'était rapprochée jusqu'à s'appuyer sur lui, et il n'avait pas reculé. C'était la première fois depuis des mois que quelqu'un touchait son triste corps, et pendant qu'il continuait de lui parler, elle sentait des larmes lui mouiller les yeux. « Vous comprenez ? Vous comprenez ce que je veux dire ? » continuait-il à lui demander, et elle répondait : « Oui, oui » alors qu'elle n'avait pas la moindre idée de ce dont il parlait. Il lui semblait vaguement que c'était d'une musique, quelque chose de bien trop loin d'elle. Ethel avait presque envie de l'interrompre pour lui dire franchement : « Alors, vous voudrez bien vous marier avec moi ? » mais même si elle ne savait rien, bien sûr elle savait que ce n'était pas à elle de poser une question pareille.

Pourtant, c'est bien ce qu'il fit : il l'épousa. Ce qui se passa exactement entre eux ce soir-là, nul ne le sait, mais un mois plus tard ils étaient fiancés. Peut-être que ce fut l'oncle qui poussa, ou bien le père de Jean-Paul qui trouvait qu'Ethel était un bon parti. Peut-être que Jean-Paul crut reconnaître en elle, jeune orpheline perdue, une sœur d'infortune. Ethel n'était pas certaine de comprendre ce qu'il pensait – elle-même ne savait pas trop ce qu'elle pensait. Tout se passa comme dans un tourbillon, avec plein de gens autour d'eux, une agitation constante, et un jour ce fut réglé. Pour le mariage, il fallut attendre que Jean-Paul atteignît sa majorité et terminât ses études, et entretemps Ethel retourna à New York pour les préparatifs. Tout le temps que durèrent les fiançailles, ils s'écrivirent très peu, Jean-Paul devant se concentrer sur ses examens. « Tu vois, la félicitait Mariska, tu as fini par te trouver un homme ! » Ethel acquiesçait ; elle n'en revenait pas de sa chance. Elle était soulagée d'avoir enfin trouvé quelqu'un et elle croyait que cela suffirait. Plus jamais elle ne serait seule. Après tout, elle avait vingt-deux ans déjà. Lui en avait seulement vingt, au moment des fiançailles, mais deux ans de différence, ce n'est rien. C'était ce qu'elle se répétait, essayant de se persuader du bien-fondé de son choix. Quand Jean-Paul eut vingt et un ans, ils se marièrent. Et Ethel se rendit compte qu'elle ne connaissait rien de l'homme qu'elle épousait.

Alors rien n'alla comme elle l'avait espéré. Elle ne savait pas comment agir avec lui, et lui ne savait pas comment agir avec elle. Il la traitait comme une porcelaine qui va se casser, et elle se rendit compte que lui-même était tout aussi fragile. Pendant leur voyage de noces, il la fixait parfois avec effroi, comme s'il avait vu un fantôme, et sous son regard elle se sentait elle-même monstrueuse, sans comprendre au juste ce qu'elle avait de rebutant. Elle restait là, sous ses yeux effrayés, ne sachant que faire pour lui échapper. Et soudain elle se jetait à ses pieds et pleurait, elle lui prenait les mains et les serrait entre les siennes, elle lui demandait pardon, pour rien, pour qu'il s'attendrît. Alors lui aussi lui demandait pardon d'une faute inconnue d'elle, il disait : « Pardonne-moi, je suis fou, je suis fou... Jamais je n'aurais dû te faire ça, t'épouser... Je suis fou, tu comprends ? » Et comme elle secouait la tête, rendue à moitié folle elle-même par son discours incohérent, il lui signalait de s'en aller, et si elle faisait mine de ne pas comprendre, il lui criait avec une violence d'où perçait un accent de supplication : « Va-t'en ! Sauve-toi, pars ! Laisse-moi, laisse-moi… » Elle s'enfuyait à l'autre bout de la maison, pour ne plus lui mettre devant les yeux sa présence qui le poussait à un désespoir incompréhensible. Elle avait peur de lui, à cause de la douleur qu'il portait et qu'elle ne comprenait pas. Parfois, il allait bien et lui souriait, il la prenait dans ses bras, et alors elle pensait que ce ne serait pas trop mal. Mais jamais il ne lui disait « Je t'aime », c'était toujours « Pauvre, pauvre Ethel », après qu'il l'avait vue pleurer à cause de lui – même si elle essayait de ne pas le lui montrer. Et ils étaient comme deux enfants, deux orphelins fragiles, mais malgré tout, quand ils revinrent au Canada un mois après leur mariage, Ethel tomba enceinte. De santé déjà précaire, elle fut contrainte de s'allonger dès le troisième mois, et le médecin lui interdit de se lever sous aucun prétexte. Elle restait au lit toute la journée, à regarder le plafond, elle imaginait comment serait son bébé. Mais elle le perdit au cinquième mois. C'est à ce moment qu'elle retomba malade : la fatigue, l'angoisse, le chagrin de la perte eurent raison d'elle et de ses poumons atteints. Cette fois, Ethel ne se retint plus de pleurer, ses larmes coulaient jour après jour avec une régularité de métronome. Elle pensait à une faute terrible, dont elle se sentait vaguement responsable, mais elle avait beau chercher elle ne parvenait pas à se rappeler en quoi elle était coupable, tout comme d'ailleurs elle ne se souvenait pas de la nature de la faute elle-même. Elle appelait quelqu'un parmi les morts : sa mère, son père, son enfant inconnu. Qui lui répondrait ? Elle ne pouvait se retenir de mourir, des mains la tiraient. Peut-être que cela aurait été mieux ainsi.

Et son mari était venu dans la chambre, sans la toucher ni lui parler, sans même la regarder. Est-ce qu'il l'avait déjà touchée ? Elle ne s'en souvenait plus. Il restait là sans rien dire, le visage dur et fermé. Il semblait incapable de faire le moindre geste vers elle. Ethel voulait dire : « M'en veux-tu ? C'est ma faute, je sais. Mais est-ce que tu pourrais m'aimer quand même, juste une fois ? » Elle avait toutefois l'impression confuse que parler serait pire que se taire. Les médecins lui recommandèrent un séjour à la campagne, et son beau-père eut l'idée de l'envoyer quelque temps au lac Champlain, dans une famille de ses amis. Il espérait en même temps accroître le réseau de connaissances de son fils. Mais l'état d'Ethel empira et il n'y eut bientôt plus d'autres solutions que de la placer en sanatorium.

La jeune femme ne savait pas pourquoi il lui faudrait guérir, *pour qui* elle devrait guérir. Et pourtant elle était bien en train de guérir. *Que se passerait-il si je m'enfuyais ? Si je retournais à New York ? Qu'est-ce qui m'attendrait là-bas ?* « Rien. Personne ne t'attend », lui soufflait une petite voix à l'intérieur d'elle, qui disait toujours la vérité. Mais Ethel savait bien que si elle s'enfuyait ce ne serait pas pour retourner à New York, non. Elle n'avait aucune chance là-bas. Non, si elle s'enfuyait, elle passerait par la montagne, par la forêt de toutes les couleurs, elle irait se perdre dedans. Peut-être même que personne ne la chercherait.

2
Octobre

Aujourd'hui, fête de saint Viateur, c'était jour de procession dans les rues qui délimitaient le territoire de la paroisse Saint-Viateur. On était déjà à la fin d'octobre – le 22 –, mais depuis deux jours le temps s'était adouci et on se serait presque cru en été. La veille, à la radio, le commentateur avait affirmé que la province connaissait l'automne le plus chaud depuis dix ans. Et il avait conseillé à ses auditeurs d'en profiter, car on ne savait jamais quand l'hiver allait nous tomber dessus. Nicole s'était mise en queue de peloton avec Gilles et Germaine. Ses parents n'étaient pas là. Ils étaient partis tout de suite après la grand-messe parce qu'ils étaient invités à dîner chez un client important du cabinet. Le curé et ses cinq vicaires marchaient en tête, suivis de leurs paroissiens, dont aucun n'auraient voulu manquer la fête patronale. C'était un grand événement, qui permettait aux femmes de se mettre sur leur trente et un et aux hommes de les regarder à loisir. Les jeunes gens de la paroisse avaient été choisis pour porter les bannières derrière les prêtres, qui eux se relayaient pour tenir le saint-sacrement. L'abbé Roland avait proposé à Nicole de faire partie des heureux élus, mais elle avait refusé parce qu'elle voulait rester avec Gilles. Elle s'était donc mise derrière, comme le commun des mortels. On était au milieu d'un chant à la Sainte Vierge, entre deux mystères du rosaire. Nicole l'avait enseigné à Gilles la veille au soir. Il faisait tellement chaud, malgré la petite brise qui soufflait tranquillement sur la ville, que Nicole sentait des gouttes de sueur perler sur son front. Elle peinait à se concentrer sur la procession, tant elle avait envie d'arracher de sa tête son chapeau qui, décidément, était de trop par un temps pareil. Gilles aussi, qui pourtant s'était tenu tranquille toute la matinée, commençait à s'agiter. « Nicole… *Nicole !*

— Qu'est-ce qu'il y a ? chuchota-t-elle.

— J'ai envie, Nicole…

— Ce n'est pas le moment. Retiens-toi.

— Je peux plus…

— Tu es grand, Gilles… Tu es capable d'attendre un peu. C'est presque fini, mentit-elle pour le faire taire.

— Nooon… Je suis pas capable…

— C'est correct, Nicole, je vais le ramener à la maison, on n'est pas loin, intervint Germaine. On va courir pour vous rejoindre, si on a le temps. »

Nicole acquiesça d'un signe de tête, et Gilles se laissa emmener par Germaine sans se rebeller à la perspective d'une séparation d'avec sa sœur, ce qui prouvait l'urgence de son état. Nicole resta seule à la queue de la procession, au milieu des familles et des personnes âgées. Certains des vieillards l'aimaient bien ; ils l'appelaient « la petite Nicole » et la complimentaient toujours parce qu'elle prenait bien soin de son petit frère. Depuis le début de l'automne, ils essayaient de lui trouver un mari, « un petit gars sympathique de la paroisse », qui irait bien avec elle. Mais Nicole n'avait pas envie de jouer à ce jeu-là. C'était même ce qui l'exaspérait le plus. En ce moment, elle voyait au loin le saint-sacrement qui se balançait dans les airs, comme s'il flottait dans le ciel et n'était pas porté par des mains humaines. Elle essayait de prier, mais le départ subit de Gilles et Germaine avait fait s'écrouler ses pieuses intentions. Elle ne priait pas, non, elle ne réussissait pas à chasser ses soucis de son esprit. La veille, elle avait eu une altercation avec sa mère, tout cela parce que Jacqueline lui avait téléphoné un peu après midi. Comme tous les jours, Gilles était venu dîner à la maison, et Nicole venait de rentrer après l'avoir raccompagné à l'école.

Elle pensait qu'il n'y avait personne dans la maison. Jacqueline l'appelait pour l'inviter à souper, car son père ne serait pas là et elle disait qu'elles seraient tranquilles pour essayer un nouveau morceau de musique. « Je ne peux pas venir, Jacqueline, je m'excuse… Je suis un peu malade depuis deux jours, et, euh, ma mère ne veut pas que je sorte, c'est plus prudent… » Jacqueline avait insisté, mais Nicole, une fois n'est pas coutume, était restée ferme : « C'est pas possible, vraiment pas… Ma mère veut que je reste ici… » Elle avait raccroché en espérant qu'avec un peu de chance Jacqueline ne lui téléphonerait plus jamais. La jeune fille se lasserait vite de ses excuses et changerait d'amie. Nicole se félicitait déjà de lui avoir tenu tête, mais en remontant le couloir elle se heurta à un obstacle de taille : sa mère. « Menteuse ! avait soufflé Dina Charbonneau, un sourire ironique aux lèvres, montrant par là qu'elle avait tout entendu. Tu fais moins la fière, là, menteuse ! À qui tu parlais ?

— À… à Jacqueline.

— À Jacqueline… Tu mens à tes amies maintenant ? Je croyais que c'était ton amie, Jacqueline Bélanger… Et en plus, tu associes ta mère à tes mensonges ! Tu n'as pas honte ? »

Dina Charbonneau se tenait au milieu du couloir pour empêcher sa fille de passer. Il lui arrivait quelquefois de s'acharner sur elle pour la raison la plus futile, et alors elle ne lâchait pas. Nicole ne savait pas ce qu'elle préférait : son indifférence glacée habituelle ou cet intérêt aussi soudain qu'explosif. « Nicole ? Regarde-moi. Qu'est-ce qu'elle voulait, Jacqueline Bélanger ?

— M'inviter chez elle ce soir, c'est tout.

— Et pourquoi tu as dit non ?

— Je voulais rester ici, je… je suis fatiguée, je me sens pas bien…

— Menteuse !… Comment tu pourrais être fatiguée, tu ne fais rien ?

— Je ne fais pas rien ! Je dois partir cet après-midi, encore, pour donner un cours… »

Sa mère s'était tue un moment, mais Nicole aurait préféré qu'elle continuât de parler, car elle observait maintenant sa fille avec une attention accrue. Dina Charbonneau, quand elle s'en donnait la peine, faisait preuve d'une perspicacité effrayante. Nicole se souvenait que sa mère lui avait décoché ce même regard, un des derniers jours de l'été, une des rares fois où elle lui avait parlé… Elle avait presque deviné, alors. Et si elle devinait bel et bien cette fois-ci ?

« Tu n'es pas comme les autres jeunes filles. Elles, elles aiment ça sortir, danser, aller aux vues… Toi, non. Depuis qu'on est rentrés du lac Champlain, tu as dû sortir deux fois, maximum. Tu n'as donc pas d'amies ?

— Oui, j'en ai. Mais Marthe est à l'école normale, Lucie est…

— Ah, c'est correct, je n'ai pas besoin de savoir leurs noms ! Je suis sûre qu'elles font quelque chose d'utile, elles, et pas juste pianoter par-ci par-là. Mais ça ne change rien à ce que je disais : je n'ai jamais vu ça, une fille qui ment pour *pas* sortir. C'est bien le contraire d'habitude. Qu'est-ce que tu as dans la tête, veux-tu me le dire ?

— Je n'ai rien dans la tête.

— Menteuse ! Moi, je te dis, ma fille, que tu vas y aller, chez Jacqueline ce soir !

— …

— Tu m'as comprise ?

— Oui, maman… Mais je ne peux pas y aller… Je n'irai pas.

— Qu'est-ce que tu as dit ?

— S'il vous plaît, maman… Je ne peux pas y aller…

— Tu ne me feras pas croire que tu es malade ! Je sais très bien que tu mens.

— C'est vrai, ce n'est pas pour ça… C'est parce que… j'ai fait un vœu…

— Un vœu ? C'est quoi, cette histoire-là encore ? Qui t'a mis cette niaiserie-là dans la tête ? Comme je te connais, tu y as sûrement pas pensé toute seule. »

C'était vrai que Nicole avait fait un vœu. Mais la raison profonde de ce vœu, elle la garderait cachée, enfouie au fond d'elle. « Réponds, Nicole. C'est quoi, cette histoire ? » Et sa mère avait une lueur inquiétante dans le regard. Il fallait bien répondre quelque chose. « C'est un vœu… de ne plus sortir.

— Qu'est-ce que ça veut dire, "un vœu de plus sortir" ? Tu veux t'enfermer ici comme dans un cloître ? »

Nicole avait pris une grande inspiration. Elle ne pouvait plus repousser l'aveu. « Maman… C'est vrai ce que vous dites… C'est vrai que je veux aller dans un cloître… Je veux pas me marier, c'est pour ça que je veux pas que vous me fassiez rencontrer d'autres jeunes hommes. Parce que je veux entrer chez les sœurs… Elles ont dit que je pourrais y aller dans un an seulement…

— Qui ? Qui a dit ça, les sœurs de ton école ?

— Non, pas ces sœurs-là… C'est… la prieure au carmel… »

Pour la première fois de sa vie, Nicole voyait sa mère trop abasourdie pour penser à la rabrouer. Elle avait écarquillé les yeux et contemplé sa fille en silence pendant deux bonnes secondes. Puis elle avait éclaté de rire, une réaction qui était, de l'avis de Nicole, bien pire que si elle avait choisi de lui crier des injures. « Seigneur, toi, au carmel ? Mais tu ne tiendrais pas trois jours, ma fille ! Veux-tu me dire où tu as pêché ça ? Tu as eu une vision de sainte Thérèse, peut-être ? »

À ces mots, Nicole faillit bousculer sa mère, qui lui barrait toujours le passage, pour s'enfuir en courant. Ses commentaires lui semblaient un blasphème. Mais voici qu'elle continuait : « Eh bien, je vais te dire une chose, ma petite fille, peu importe les visions que tu as eues. Ouvre grand tes oreilles : tu n'es pas une sainte, Nicole. Arrête de te faire des accroires. Fais confiance à ta mère, je te connais plus que tu crois… Et certainement plus que les sœurs qui t'ont mis ces idées de fou dans la tête. Tu n'es pas une sainte. Et sais-tu qui s'en va au carmel ? C'est les saintes, ou bien les folles. Alors tu dois être folle.

— Maman… Maman…

« — Ah non, tu vas pas pleurer, maintenant ? Pour une idée stupide comme celle-là ?

— Maman !…

— Est-ce que je pleure, moi ? Non, et pourtant, ce ne sont pas les malheurs qui ont manqué dans ma vie ! Mais le carmel, regarde-moi ça ! Oh, et puis vas-y si tu veux, ce n'est pas moi qui vas t'en empêcher ! Mais ne compte pas sur moi pour te reprendre, quand tu vas te rendre compte que tu t'es trompée… »

Heureusement, l'aveu de Nicole avait eu pour effet d'éclipser le pieux mensonge fait à Jacqueline. Sa mère ne lui en avait plus reparlé, et Nicole ce soir-là avait donc pu rester tranquillement chez elle. Car ce que Nicole avait raconté à sa mère, même si c'était la vérité, en cachait en fait une autre. Elle n'avait pas dit pourquoi elle faisait ce vœu maintenant, pas plus que ce n'était pas seulement son désir de se faire carmélite qui motivait sa résolution. Il y avait une autre raison derrière, et c'était celle-là qui ne cessait d'aller et venir dans la tête de Nicole, alors qu'elle aurait dû concentrer son attention sur le saint-sacrement devant elle.

En effet, Nicole s'était rendue chez les Bélanger pas plus tard que la semaine précédente. Elle avait assisté à un « concert intime » que donnait Jacqueline dans la somptueuse maison de son père, pour préparer ses auditions à la « prestigieuse école de musique Juilliard ». Nicole avait reçu le carton d'invitation adressé à « la famille Charbonneau », ce qui laissait deviner que le concert serait tout sauf intime. Ce n'était pas le genre de Jacqueline d'organiser un tel événement, et Nicole soupçonna qu'il s'agissait d'une idée de son père.

Quand Nicole et ses parents étaient arrivés chez les Bélanger, la majorité des invités étaient déjà là, au nombre d'une trentaine environ, et s'agglutinaient dans l'entrée en se racontant les derniers potins. Nicole cherchait Jacqueline des yeux, mais son amie demeurait introuvable. Ses parents tombèrent sur des connaissances et parurent oublier aussitôt son existence. Nicole ne savait pas comment cela avait pu se produire, mais presque immédiatement après Paul Bélanger s'était retrouvé à côté d'elle. « Mademoiselle Nicole, bonsoir ! Vous allez bien ?

— Oui, merci, monsieur Bélanger. Et vous ?

— En pleine forme… Vous nous jouerez bien un petit quelque chose vous aussi, non ?

— Euh, je ne sais pas…

— Allez ! Ne nous privez pas de ce plaisir ! Vous êtes trop modeste, voilà ce qu'il y a ! »

Nicole ne savait que répondre à ce commentaire qui ressemblait à un compliment, mais qui peut-être n'en était pas un, en raison de la façon dont il le disait, avec une sorte de petit sourire ironique en coin. Ce sourire qu'elle avait vu si souvent sur la bouche du fils, c'était la première fois qu'elle le voyait sur celle du père. « Oui, vous êtes trop, beaucoup trop modeste. » Elle fit un mouvement pour s'éloigner de lui – elle se sentait secouée d'un frisson chaque fois qu'elle se trouvait dans la même pièce que lui – et il le remarqua : « Vous vous sauvez ? Vous n'avez pas peur de moi, quand même ?

— Non, non, je veux seulement trouver Jacqueline, excusez-moi… »

Elle ne voulait plus qu'il lui parlât, jamais, plus jamais qu'il la salît avec ses yeux. Et Jacqueline, où elle était ? Il ne fallait pas rester plantée là, à tourner au milieu du salon, sinon il risquait de revenir près d'elle. Où se cacher, et vite ? Elle se dépêcha de sortir de la pièce et trouva refuge dans un coin sombre en dessous de l'escalier qui menait au premier étage. Personne n'irait regarder là et, dans l'ombre, elle pourrait passer complètement inaperçue jusqu'au concert. « Qu'est-ce que vous faites là ?

— Monsieur Jean-Paul ! Vous m'avez fait peur !

— Qu'est-ce que vous faites là ? répéta-t-il en chuchotant. Vous vous cachez ?

— Comment ? Mais… non, pas du tout…

« — On dirait que vous vous cachez.

— Mais non, pourquoi ?… Qu'est-ce que je ferais à me cacher ?

— Sortez de là, alors.

— Je… je préfère rester ici, merci… Mais, s'il vous plaît, vous n'êtes pas obligé de rester avec moi, vous pouvez me laisser, je suis très bien comme ça… »

Elle eut un petit geste involontaire de la main, comme pour le congédier. Et puis le ridicule de la position dans laquelle il l'avait surprise la fit pouffer de rire. S'il avait su pourquoi elle se cachait ! Il aurait peut-être trouvé la situation drôle, lui aussi. Mais il ne riait pas : il la regardait. Et il ne partait toujours pas, au risque de la faire repérer. « Vous riez toujours », dit-il dans un murmure, tellement bas que Nicole n'était pas certaine d'avoir bien entendu. Mais elle n'osait pas lui faire répéter ses paroles. « La dernière fois aussi, vous riiez… de moi, ou je ne sais pas de quoi. »

Nicole sursauta presque en l'entendant parler de la dernière fois, cette fois où elle lui avait juré dans sa tête : *Je ne vous abandonnerai pas.* Cela, bien sûr, il ne le savait pas. Peut-être qu'il pensait qu'elle ne s'inquiétait pas de lui. Peut-être qu'il lui en voulait de sa légèreté, qu'il avait pensé qu'elle se moquait de lui et de sa tristesse ou de sa présumée folie. « Vous savez, je riais pas de vous, la dernière fois. C'était pour ça que vous étiez fâché, vous pensiez que je riais de vous ?

— Non, mademoiselle Nicole… Ce n'était pas pour ça. Et puis je n'étais pas vraiment fâché.

— Et moi, je riais… parce qu'il faisait beau et que j'étais contente… Je ne sais pas pourquoi je riais. »

Cela semblait absurde de chuchoter tandis qu'autour d'eux le ton montait, à mesure que les invités arrivaient. Dans le noir, elle ne le voyait pas bien. Alors il fit une chose étrange : il allongea la main et toucha la joue de Nicole, dans une caresse maladroite. Puis, sans lui laisser le temps de réagir, il se détourna et disparut.

Tout se passa si vite que Nicole crut un instant qu'elle avait rêvé. C'était la première fois que quelqu'un la touchait de cette manière, comme c'était la première fois qu'elle s'apercevait que jamais personne, avant, ne l'avait touchée ainsi. Ni sa mère, ni son père, ni Germaine – pas même Jacques –, en tout cas, pas du plus loin qu'elle se souvînt. Puis après la stupeur vint la frayeur. *Mon Dieu, qu'est-ce que j'ai fait, qu'est-ce que j'ai fait, qu'est-ce que j'ai fait? Il faut plus que je le revoie, c'est fini. Cette histoire-là, de «je vous abandonnerai pas», ça arrête tout de suite. Ou peut-être que c'était rien, c'est moi qui m'invente des idées. Ou peut-être que c'est parce que... Mais non, je suis folle! Tais-toi, tais-toi! Ce n'est rien du tout, ça, rien!* Les voix autour d'elle s'étaient tues, le concert devait commencer. Nicole sortit donc de sa cachette et retourna au salon, en espérant que personne ne remarquerait le rouge dont elle sentait ses joues se colorer. Elle s'assit sans regarder qui que ce soit et écouta le concert de Jacqueline dans un état second qui dura toute la soirée, et jusqu'au lendemain matin.

3
Octobre

Et voilà qu'à présent Nicole marchait derrière le saint-sacrement, et une semaine après, c'était encore à lui qu'elle pensait, à la main de Jean-Paul Bélanger sur sa joue. Même si elle avait résolu de ne plus le voir, et qu'elle ne reviendrait pas sur sa décision – *oh non, jamais !* Elle n'irait plus rendre visite à Jacqueline, elle trouverait bien une excuse chaque fois, elle pourrait dire tout simplement qu'elle était malade. C'était la chose à faire – la seule chose à faire –, ne plus le voir. *Jean-Paul Bélanger : vous êtes entré dans ma vie, eh bien maintenant vous allez en sortir, c'est aussi simple que ça.* Oui, c'était très simple en fait. Un an auparavant, il n'était pas là. Trois mois auparavant, elle ne pensait jamais à lui. Rien n'avait changé depuis trois mois, elle était toujours la même. Et puis, aussi, sans doute qu'elle exagérait, que si elle venait à raconter à quelqu'un le geste de Jean-Paul (mais elle n'oserait jamais), elle ferait certainement rire d'elle. Elle avait pensé un instant le dire à Jacqueline, mais elle avait rejeté cette idée presque aussitôt. Jacqueline était bien trop jeune, bien trop hors du réel pour comprendre quelque chose à ça, pour s'y intéresser tout simplement. Déjà Nicole enfouissait cet événement qui n'en était même pas un au fond de son cœur, autant parce qu'elle en avait honte que parce qu'elle pressentait que, si elle en parlait, alors ce ne serait plus à elle et ça ne resterait pas. Ou plutôt ça perdrait toute sa saveur et son mystère, et Nicole ne l'aurait jamais avoué mais, sous son malaise et sa panique, elle sentait un frémissement d'excitation totalement nouveau qui lui indiquait qu'elle ferait mieux de se taire. Car elle était bien consciente que ce genre de sentiments n'était pas complètement innocent. Ainsi, elle n'était plus tout à fait la Nicole naïve et pure du couvent – si jamais elle l'avait été. Quelqu'un l'avait touchée, et elle ne l'avait pas repoussé, mais le pire, c'était ce sentiment dont elle ne voulait pas et qu'en même temps elle cherchait à conserver.

La procession avait tourné le coin de la rue Laurier et revenait vers l'église. Gilles et Germaine n'étaient toujours pas de retour, ou peut-être traînaient-ils derrière… Sans s'en rendre compte, Nicole avait accéléré le pas et se trouvait maintenant au milieu du cortège, et elle ne réussissait pas à les apercevoir à cause de la foule qui l'entourait. Les fidèles chantaient un dernier hymne, et Nicole joignit sa voix aux leurs, même si le cœur n'y était pas. Une fois devant l'église, le curé monta les marches, suivi de ses vicaires, et étendit la main sur ses paroissiens pour une bénédiction solennelle. Nicole, sans trop savoir pourquoi, sentit ses yeux se remplir de larmes. Elle aurait dû être attentive, prier saint Viateur pendant la procession (quoiqu'elle n'eût pas la moindre idée de qui il pouvait bien être), sinon à quoi donc cela servait ? Comme tout était terminé, les femmes de la paroisse se rassemblaient en petits groupes pour jacasser et se montrer les unes aux autres leurs chapeaux ou leurs gants. Nicole vit parmi elles la mère de Marthe Monet, qui la salua joyeusement de la main. La femme s'éloigna du groupe des autres mères et s'approcha de Nicole. « Nicole Charbonneau ! Comme tu es belle ce matin ! Qu'est-ce qui te rend si belle, dis donc ? Tu as trouvé un fiancé ? » Et elle regardait autour d'elle comme si ledit fiancé allait soudain surgir aux côtés de Nicole. La jeune fille se contenta de sourire poliment. « Vraiment, tu as l'air d'une belle jeune femme ! Mais écoute, pourquoi tu ne viendrais pas à la maison ? Marthe va venir cet après-midi nous faire une petite visite. Je suis sûre qu'elle serait contente de te voir.

— Merci, madame Monet, je sais pas si je vais pouvoir. Je dois m'occuper de mon frère Gilles aujourd'hui. D'ailleurs, il serait censé être ici, mais je n'arrive pas à le retrouver. Vous l'auriez pas vu, par hasard ?

— Gilles, le petit ? Non…

— Bon, il est peut-être à la maison, je dois retourner voir. Je suis désolée, madame Monet, ce sera pour une autre fois… Vous direz bien bonjour à Marthe de ma part, d'accord… et que je lui écrirai bientôt… Ou peut-être que je pourrais passer, je sais pas encore… Je vous appellerai tout à l'heure pour vous le dire… »

Nicole sourit une nouvelle fois pour se faire pardonner ses manières brusques et s'enfuit. Elle avait envie de voir Marthe, mais… que dirait sa mère quand elle saurait que Nicole avait renié le vœu qu'elle venait à peine de faire ? Elle triompherait, elle s'exclamerait : « Je te l'avais bien dit », avec le même sourire ironique que la veille.

Elle marchait vers la maison pour rejoindre Gilles et Germaine, qui devaient l'y attendre, quand soudain elle vit son petit frère un peu plus loin sur le trottoir, arborant son air perdu de toujours et ne paraissant pas remarquer les gens autour de lui. « Mais, Gilles, qu'est-ce que tu fais là tout seul ? Où elle est, Germaine ?

— J'sais pas.

— Mais tu n'es pas revenu avec elle ?

— Oui.

— Mais alors, où elle est ?

— J'sais pas.

— Gilles, s'il te plaît…

— Nicole ?…

— Quoi ? Viens, on rentre à la maison. Je vais parler à Germaine.

— Nicole, j'ai vu un monsieur…

— Qu'est-ce que tu racontes ? Quel monsieur ?

— Il y a un monsieur qui est arrivé, et il m'a parlé.

— Qu'est-ce qu'il t'a dit ? »

Elle commençait à s'impatienter des réponses absurdes de son frère. « Il m'a demandé si j'étais tout seul, et moi, j'ai dit oui. Et j'ai dit que j'attendais ma sœur Nicole, et il a dit : "Nicole, je sais qui c'est", et j'ai dit que je te trouvais pas, et il m'a dit d'aller voir par là, et puis il m'a donné ça, et il a dit que c'était pour toi.

— Pour moi ? Mais voyons, qui… Bon, ne t'en occupe pas.

— C'est ton amoureux ? demanda Gilles d'un air suprêmement indifférent.

— Je n'ai pas d'amoureux, Gilles.

— Je le dirai à personne, si t'as un amoureux.

— Oui, eh bien, j'en ai pas. Va jouer, je dois parler à Germaine. »

Mais Nicole n'alla pas retrouver Germaine, elle monta plutôt directement à sa chambre et ouvrit fébrilement l'enveloppe froissée que lui avait remise Gilles. Elle avait peur et en même temps tremblait d'excitation.

Mademoiselle Nicole,

Pardonnez-moi d'avance de vous écrire parce que je sais que je ne devrais pas et que vous allez être choquée de ce que je vais vous dire. Je me déteste d'avoir à vous dire ça. Je suis tombé amoureux de vous. C'est depuis cet été, quand je vous ai vue au lac Champlain un matin, vous alliez vous baigner et vous m'avez parlé, je ne sais pas si vous vous en rappelez. Mais ce n'est pas très important, à quel moment s'est arrivé. Je ne voulais pas vous le dire mais finalement il fallait que je le fasse, même si je devais mourir tout de suite après. Et puis maintenant, ça fait une semaine que je ne vous ai pas vue et je pense que je vais mourir si je ne vous vois plus. Je sais que ça ne se fait pas de parler comme ça (pas dans votre monde), et vous n'avez pas besoin de me rappeler que je suis marié, mais c'est comme ça. Et quand je pense à ce que vous allez penser de moi en lisant cette lettre-là, vous qui êtes tellement pure, j'ai envie de me tuer. Vous êtes tellement pure et je ne voudrais jamais vous blesser ou vous faire peur. Je voulais seulement vous dire que je ne peux pas vivre si vous n'êtes pas à côté de moi. Je veux seulement que vous soyez là, vous n'avez pas besoin de rien faire, juste de rester comme vous êtes, et c'est

déjà assez pour me donner l'impression que je suis vivant. Tout le temps je pense que je ne suis rien, rien. Je suis pire que rien. Je suis juste un corps mort et mon esprit est vide, et vous êtes vivante, vous êtes la vie. Maintenant je sais que vous pensez que je suis fou. Mais, si vous n'êtes pas trop dégoûtée de moi, je vais vous attendre ce soir à 8 heures, devant le théâtre Outremont. Je ne sais pas trop ce que je veux vous dire parce que je vous ai déjà tout dit ici, il n'y a plus rien d'autre à dire. Je veux juste tellement vous voir. Je sais que je suis horrible, dégoûtant. Mais je t'aime, Nicole, tu comprends ça ? Tu es la seule personne qui me comprend, qui m'ait jamais compris. Je t'aime et je vais me tuer, parce que je t'aime trop.
J.-P. B.

Alors ce pressentiment qu'elle avait eu durant toute cette semaine (*et avant, Nicole, avoue-le ! Tu savais bien avant qu'il te touche, menteuse !*), c'était vrai. Elle relisait la lettre pour la troisième fois et des mots lui sautaient aux yeux : *Mort. Vide. Fou. Dégoûtée. Dégoûtant. Pure.* Et puis elle se rappelait la phrase de sa mère, la veille : « Tu n'es pas une sainte, Nicole. » *Mon Dieu, c'est vrai, que je suis pas une sainte. C'est ma faute, c'est moi qui l'ai forcé à m'aimer. Je faisais semblant d'être une petite fille, mais au fond je m'accrochais pour… Mon Dieu, c'est terrible. Je suis terrible, terrible.* Jean-Paul Bélanger avait justement prévu qu'elle serait dégoûtée à la lecture de sa lettre, mais c'était d'elle-même qu'elle l'était, et pas de lui. Puis elle relut la lettre une quatrième fois : *je vais vous attendre ce soir à 8 heures, devant le théâtre Outremont.* Il ne savait donc pas que, le dimanche soir, toute la ville se retrouvait au théâtre Outremont ? Et elle, elle pouvait tomber sur quelqu'un qui la connaissait ou bien qui connaissait ses parents, le monde était petit, surtout à Outremont. Et lui aussi, il devait connaître des gens d'ici, non ? Il n'y avait pas pensé, à ces considérations-là ? Oh, et puis qu'est-ce que ça pouvait faire, puisqu'elle n'irait pas ? Évidemment qu'elle n'irait pas ! Qu'est-ce qu'il pensait, mon Dieu, il était fou, un vrai pécheur ! Il était marié ! Nicole se souvint de l'histoire de la femme adultère dans les évangiles. C'était ça quand on avait été élevée chez les religieuses, on trouvait pour chaque événement de sa vie un épisode des évangiles correspondant. Même si personne ne lui avait jamais expliqué ce que signifiait le terme « adultère », elle savait qu'on l'employait pour les femmes de mauvaise vie, et que ces femmes, ce sont celles qui vont avec les hommes. *Oui, mais moi je n'ai rien à craindre, je suis pure.* Et elle avait encore moins à craindre parce qu'elle n'irait pas, voilà. Parce qu'elle ne l'aimait pas. C'était pour qu'il fût heureux qu'elle avait prié pour lui, c'était pour qu'il rencontrât le Christ. Et lui, il avait tout embrouillé et il pensait que c'était elle qu'il devait rencontrer. Il croyait en elle au lieu de croire en Dieu. Il n'avait rien compris, le pauvre ! *Il faudrait que je lui explique. Je pourrais lui écrire pour lui expliquer. Non, il vaut mieux rien faire ! C'est mieux de rien faire et d'attendre… Je peux attendre que ça passe. Ça va passer. Mais s'il meurt ? Mon Dieu !* Nicole eut envie de se boucher les oreilles et de fermer les yeux, de se recroqueviller dans un coin sans bouger, tellement la pensée du suicide l'épouvantait. Le suicide, c'était trop. Le péché sans pardon. *Et s'il meurt, Nicole, qu'est-ce que tu vas faire ? Mais il mourra pas. C'est des mots comme ça. Peut-être qu'ils écrivent tous la même chose, quand ils écrivent une lettre… une lettre comme ça.* Nicole n'arrivait même pas à formuler les mots « lettre d'amour ».

La journée passa et Nicole se rendit à peine compte qu'il y avait encore des gens qui lui parlaient, qui vivaient autour d'elle. Bientôt six heures sonnèrent, et elle dit l'Angélus, comme on le lui avait appris au couvent. Pendant qu'elle récitait la prière toute seule (sa mère ne devait même pas la connaître, et Gilles et Germaine étaient au diable vauvert), elle suppliait la Sainte Vierge de lui indiquer quoi faire. *Dites-moi s'il faut que j'y aille et je vais y aller. Si je dois pas y aller, j'irai pas. Je veux seulement faire la volonté de Dieu. Si j'y vais, ce sera juste pour lui dire qu'on doit plus jamais se voir, mais qu'il doit pas… se désespérer, parce que, même si on est séparés, on peut être ensemble en union de prière, que je vais prier chaque jour de ma vie pour lui pour qu'il rencontre Notre Seigneur et qu'il soit heureux… Mais donnez-moi un signe si c'est ce que je dois faire, d'aller le voir pour lui dire ça, seulement ça…* Et la prière de Nicole devenait peu à peu une sorte d'argumentaire où elle présentait une à une ses raisons d'aller au rendez-vous en essayant de les montrer sous leur meilleur jour. Cependant, le signe qu'elle espérait lui arriva alors qu'on s'apprêtait à se mettre à table. La mère de Nicole, qui était rentrée avec son mari vers la fin de l'après-midi, s'aperçut à cet instant de l'absence de ce dernier et appela Germaine : « Savez-vous où est passé M. Charbonneau, Germaine ? Il faudrait lui dire qu'il vienne souper.

— Oh, madame… M. Charbonneau m'a dit qu'il ne souperait pas ici. Il a dit qu'il devait rencontrer M. Bélanger ce soir, qu'ils souperaient au centre-ville et qu'il reviendrait très tard, et de ne surtout pas l'attendre. »

Dina Charbonneau prit le départ de son mari comme un affront et alla s'enfermer dans sa chambre sans même s'asseoir à table avec ses enfants. Nicole en conclut que quelque chose avait dû se passer chez leurs amis cet après-midi, qui avait énervé son père. Il se vengeait à présent. Pourtant, depuis quelques semaines, il n'y avait eu aucun signe d'orage entre eux, sans doute parce que la présence permanente de Nicole à la maison permettait à sa mère de passer son humeur sur quelqu'un d'autre que son époux. Il était six heures et demie : Nicole savait que sa mère ne sortirait plus de sa chambre avant le lendemain matin. Elle avait donc le champ libre, et avec un peu de chance sa mère ne saurait pas que sa fille avait brisé son vœu. Germaine n'était pas une femme bavarde, encore moins avec Mme Charbonneau, qu'elle évitait autant qu'elle le pouvait.

Ainsi Nicole s'imagina que c'était Dieu qui lui signifiait qu'il lui fallait aller rencontrer Jean-Paul Bélanger au théâtre Outremont, pour lui dire tout ce qu'elle avait sur le cœur, pour lui donner les explications qu'elle échafaudait dans sa tête depuis des heures, et qui étaient bien entendu très raisonnables et très vraies. À huit heures moins le quart, n'y tenant plus, elle prévint Germaine : « Germaine, je dois sortir, je vais… J'ai rendez-vous pour aller aux vues avec des amies du couvent, Marthe Monet et d'autres… Marthe est en congé pour quelques jours… Je suis en retard…

— Nicole, attends ! À quelle heure tu rentres ?

— Euh, pas tard, Germaine, je rentre tout de suite après… Bonsoir, là ! »

Elle eut du mal à se retenir pour ne pas dévaler les marches de l'entrée, se força à marcher posément dans la rue. Elle se répétait mentalement tout ce qu'elle devrait lui dire, pour ne rien oublier… Enfin elle arriva à la rue Bernard et, comme elle l'avait prévu, il y avait plein de monde autour du théâtre. Pourvu qu'elle n'y rencontrât personne qui la connaissait ! Elle avait mis un chapeau qui lui cachait le haut du visage et relevé le col de son manteau, malgré la chaleur qui sévissait toujours. Elle se sentait comme une criminelle. *Mais je n'ai rien fait de mal… Je ne fais rien de mal… Je dois juste lui dire ces choses très importantes…* Et en même temps elle se sentait ridicule et elle avait honte d'être venue. Et son cœur battait si fort qu'elle n'arrivait pas à respirer. Elle sentit une main lui prendre le coude. « Mademoiselle Nicole !

— Monsieur, monsieur Jean-Paul… On peut pas rester ici… Je suis venue juste pour vous parler… seulement pour vous expliquer…

— D'accord, venez. »

Il l'entraîna vers Park Avenue. Là, la rue était encore plus animée. *Et si je rencontre quelqu'un… Qu'est-ce que je vais dire ?* Mais non, c'était plein d'Anglais par ici, personne ne saurait qui elle était. Jean-Paul Bélanger la tenait toujours par le coude, et elle n'osait pas se dégager. Il marchait très vite. Sa tête à elle était devenue vide et Nicole se sentait molle comme de la mélasse. Elle ne savait pas où il l'entraînait. Mais c'était elle qui devait lui parler, c'était elle qui devait décider. Elle s'arrêta à une intersection, et il fut bien obligé de faire de même. Elle tourna dans l'autre rue, où il y avait moins de monde et de lumière. À quelques pas d'eux se trouvait un grand arbre qui cachait la lumière des maisons, et Nicole se mit dessous. Ils étaient ainsi un peu dissimulés, et si un passant venait il ne les verrait pas tout de suite. « Monsieur Jean-Paul, je… Écoutez… »

Il la regardait et semblait prêt à l'écouter. Nicole se lança dans ses explications qu'elle était en train d'oublier, en gardant les yeux fixés sur le trottoir. « J'ai lu votre lettre, je… C'est pas vrai que je suis pure… » Non, ce n'était pas ça… « Ce que je voulais vous dire, c'est… C'est très important, vous devez m'écouter, pas m'interrompre… » Mais il continuait de se taire, c'était elle qui s'embrouillait. « Je pense que vous vous trompez… Vous confondez… Je suis pas Dieu, vous savez… Je ne peux rien faire pour vous… Vous n'avez pas besoin de moi, vous avez besoin de Dieu…

— Comment vous savez, de quoi j'ai besoin ?

— Parce que je *sais* ! S'il vous plaît, attendez avant de m'interrompre… On ne peut pas, on ne doit pas se voir, vous comprenez, parce que…

— Je comprends… je suis horrible…

— Vous n'êtes pas horrible ! Attendez ! Ce n'est pas ça… Je ne vous trouve pas horrible du tout, c'est moi… Je priais toujours pour vous, vous savez ? Depuis que je vous connais. Parce que… c'est important pour moi que vous soyez heureux, en paix… Je sais pas pourquoi… Je veux vous dire que je suis liée à vous, par la prière… Ne soyez pas triste… Ne… ne vous désespérez pas… Vous ne serez pas seul, je vais toujours prier pour vous… Mais il faut être raisonnable, il faut… être raisonnable…

— C'est pour me dire ça que vous êtes venue ? Me dire d'être raisonnable ?

— Oui, enfin… je veux que vous soyez heureux… mais je ne peux rien pour vous…

— Ah, ne me dites pas des choses comme ça ! Qu'est-ce que vous en savez ? »

Il s'apprêtait à partir rageusement, et elle se mit à pleurer parce qu'il ne comprenait pas. « Monsieur Jean-Paul, s'il vous plaît ! Moi, je voudrais tout faire pour que vous soyez heureux et en paix… Mais on doit être raisonnables…

— Qu'est-ce que ça veut dire, pour vous, être raisonnable ?

— Ça… ça veut dire de plus se voir… »

Les larmes roulaient sur ses joues, et même son nez commençait à couler. C'était une chose de se dire dans sa tête : *je le verrai plus*. Mais maintenant qu'elle avait formulé l'idée à haute voix… cela lui apparaissait comme une tâche insoutenable, et elle sentait ses larmes l'étouffer. Tout cet automne, il avait été là. Nicole avait essayé de l'apprivoiser, y était parvenue, et voilà qu'elle devait l'abandonner pour toujours. Elle croyait qu'il allait se fâcher encore, aussi fut-elle surprise de l'entendre parler d'une voix douce, ce qui la fit lever les yeux vers lui. « C'est vrai, Nicole, excusez-moi… J'étais fou de vous envoyer ça… Un vrai fou…

— Vous n'êtes pas un fou, je… vous jure que non… »

Nicole n'osait pas lui dire ce qu'elle pensait, mais au fond d'elle-même elle espérait qu'il comprendrait qu'elle ne le trouvait pas fou… tout simplement parce que pour elle c'était la même chose, elle ressentait la même chose… Mais maintenant c'était lui qui avait les yeux baissés et il ne la voyait plus. « Vous avez raison, Nicole, pardonnez-moi… pardon. Brûlez cette lettre, ou déchirez-la… Il ne faut plus qu'on se voie, c'est vrai… Vous êtes tellement… Au revoir, Nicole. Excusez-moi… »

Il prit sur lui de s'en aller, il la laissait tranquille, il acceptait ses raisons. Tout aurait pu finir là, très raisonnablement. Cependant Nicole, inexplicablement, pensa tout à coup au prologue de *L'Annonce* de Paul Claudel, quand la sainte Violaine embrasse Pierre de Craon par pitié. Juste comme Jean-Paul partait, elle l'appela : « Monsieur Jean-Paul », et il se retourna plein d'espoir.

« Vous m'appelez ?

— Oui… Venez ici. »

Il s'approcha d'elle. « Monsieur Jean-Paul… » Était-ce de la pitié qu'elle ressentait pour le pauvre Jean-Paul Bélanger, qui s'en allait seul dans la nuit obscure ? Elle lui prit la main. Elle se rappelait les gestes de Marthe sur la scène comme si c'était hier. Il avait penché son visage tout près du sien, comme si c'était la seule chose qu'il attendait. Alors elle posa ses lèvres quelque part sur sa joue, ce n'était pas vraiment un baiser, plus un effleurement. *C'est pour lui donner du courage ! Seulement pour ça... Pour lui montrer que je veux partager sa tristesse...*

« Oh, Nicole...

— Oui, on doit être raisonnables...

— Nicole... »

Il ne bougeait toujours pas, il ne faisait pas un geste, mais il la regardait seulement. « C'est... pour vous donner du courage...

— Oui, pour me donner du courage... Et à vous aussi...

— Moi ? Moi je n'ai pas besoin de courage. »

Elle gardait toujours sa main. Qu'est-ce qu'on faisait, maintenant ? Elle avait fait tout ce qu'elle devait faire. Mais il se pencha alors et l'embrassa encore, et elle le laissa faire. Son chapeau tomba. « Mon chapeau...

— Votre chapeau ?

— Il est tombé... Je dois le trouver... C'est un chapeau à ma mère... »

Elle s'accroupit, tâtonnant dans le noir. Ses mains tremblaient. Elle le repéra. Il était mouillé, il devait être tombé dans une flaque ou un tas de feuilles humides. « Je dois partir... Mes parents vont se demander...

— Oui, vous devez partir... Laissez-moi vous raccompagner...

— Non ! Si on nous voit... » Elle avait déjà des réflexes de femme adultère, même si elle ne le savait pas.

« Est-ce que c'est vrai que vous voulez que je sois heureux ?

— Oui ! répondit-elle avec ferveur.

— Alors laissez-moi vous raccompagner... Je connais un raccourci par les petites rues et personne nous verra... S'il vous plaît...

— D'accord... »

Pendant qu'ils marchaient, ils parlèrent à peine. De temps en temps elle murmurait : « Juste une fois, juste cette fois… Après on ne se verra plus… Vous le promettez ? » Et il répondait : « Oui, juste ce soir… » Elle ne pensait plus du tout à Violaine. Finalement ils arrivèrent au coin de la rue où habitait Nicole et elle refusa qu'il la raccompagne plus avant. Déjà elle commençait à regarder de tous les côtés pour voir si un voisin apparaissait. Mais il prit son visage dans ses mains et la regarda dans les yeux, longtemps. « Nicole, Nicole…

— Oui ?

— Pourquoi vous êtes tellement sereine ?

— C'est à cause de Dieu. »

Mais à l'instant même elle savait bien qu'elle était tout sauf sereine. Comment il pouvait dire ça ? Il n'entendait pas son cœur battre à toute allure ? « Je vous en prie, dites-moi que vous m'aimez… Je vous en prie…

— Je… veux que vous soyez en paix.

— Je ne pourrai pas être en paix si vous n'êtes pas là. Vous êtes la seule personne qui me comprend, je vous l'ai dit dans ma lettre, et c'est vrai… J'aimerais… m'enfuir avec vous, aller jusque dans le sud, avec vous… On marcherait dans les rues ensemble et je vous ferais écouter toutes les chansons… Et vous les aimeriez, comme moi…

— Non… Arrêtez de… d'imaginer des choses, je vous ai déjà expliqué, on ne peut plus se voir…

— Je m'en fous, de vos explications. »

Il avait toujours son visage entre les mains et il l'embrassa encore, et encore une fois elle le laissa faire. Il ne fermait pas les paupières et continuait à la regarder avec des yeux plein de questions. « Il faut vraiment que je parte… Jean-Paul.

— Est-ce que je pourrai vous voir demain ?

— Je ne sais pas, je dois partir… Bonsoir.

— Bonsoir, Nicole. »

Elle lui tourna le dos, et pendant qu'elle se hâtait vers sa maison, l'écho du « Nicole » qu'il avait prononcé semblait résonner dans toute la rue.

4
Novembre

Dès le lendemain, Jean-Paul réécrivit à Nicole, réaffirmant qu'il ne pouvait vivre sans elle, et elle lui répondit. Ils continuèrent quelques jours cet échange de lettres où il était de moins en moins question d'être raisonnables. Elle finit par se jeter complètement dans ses bras, avec autant d'étourderie que d'abandon, et devint en quelque sorte sa maîtresse, bien qu'elle n'aurait sans doute jamais employé ce terme pour définir ce qu'elle était. Elle ne pensait pas vraiment à ce qu'elle était. « Je t'aime parce que tu es la vie », lui répétait-il toujours. Au début, elle ne répondait rien. Elle n'arrivait pas encore à lui dire qu'elle l'aimait, elle aurait eu l'impression de trahir quelque chose si elle le faisait. Ou plutôt elle sentait que, si elle le lui disait, ce qu'elle vivait avec lui deviendrait vraiment réel. Alors devant son silence il ajoutait en riant : « Toi, tu te laisses aimer. »

Au début, elle lutta. Elle alla même se confesser, le lendemain du 22 octobre. Elle se rendit à la messe de six heures trente et n'osa pas communier. Puis elle vit qu'un des confessionnaux était ouvert et elle entra sans préparer ce qu'elle dirait. « In nomine Patris, et Filii, et Spiritus Sancti, amen. Je vous écoute.

— J'ai péché, mon père, hier.
— Quel est le péché ?
— Je… j'ai embrassé un jeune homme.
— C'est tout ?
— Comment ?

— Vous l'avez seulement embrassé ?

— Euh… oui.

— Vous êtes sûre ?

— Ben, oui. »

Nicole ne comprenait pas où le prêtre voulait en venir avec ses questions, car son esprit avait de la difficulté à concevoir un péché plus grand que celui d'embrasser un garçon. « Ce garçon, c'est votre fiancé ?

— Non, mon père.

— Votre ami de cœur ?

— N… oui.

— Eh bien ! Qu'est-ce que vous attendez pour vous fiancer ? Quand vous serez mariés, vous pourrez vous embrasser.

— …

— C'est lui qui ne veut pas ?

— On n'en a pas encore parlé…

— Bon, ben dépêchez-vous d'en parler. Le plus tôt sera le mieux ! Vous avez quel âge ?

— J'ai dix-neuf ans, mon père.

— Ah ! C'est vrai que vous êtes jeune. Mais bon, c'est pas grave… Si vous l'aimez… Si vous sentez que vous voulez passer votre vie avec lui, élever une bonne famille chrétienne… Si vous vous sentez prête à être mère… Il est catholique ?

— Oui, mon père.

— Bon, alors il n'y a pas de problème ! Pour votre péché, vous me réciterez un chapelet en entier. Et dites à votre ami d'aller se confesser aussi, hein ? C'est bien important, ça, pour commencer comme il faut… Vous avez compris, mademoiselle ?

— Oui, mon père.

— Bon. Inclinez la tête pour la bénédiction. »

En sortant du confessionnal, Nicole se doutait bien que ce qu'elle venait de faire n'était pas une vraie confession. Cela n'avait servi à rien. Elle n'avait pas dit l'essentiel, elle n'avait pas révélé que, ce jeune homme, il était *marié*… Alors tous les conseils du prêtre, ils pouvaient être jetés aux poubelles, parce qu'elle ne se fiancerait jamais avec lui, c'était trop tard. Il lui en avait parlé un peu, de son mariage à lui. Selon lui, ça ne comptait pas vraiment pour un mariage. Il avait essayé de la convaincre de cela. Mais il ne lui expliquait pas bien pourquoi au juste il s'était marié, et si tôt. Il disait simplement que tout était arrivé tellement vite, tellement vite qu'il n'avait pas eu le temps de réfléchir. Il disait qu'il avait besoin de quelqu'un et qu'elle était là, elle aussi elle avait besoin de quelqu'un, mais que ça n'avait rien à voir avec de l'amour. Et puis son père avait pensé que c'était une bonne idée : un parti comme celui-là ne se représenterait pas de sitôt et il fallait sauter sur l'occasion avant que quelqu'un d'autre ne le fasse. Mais à ce moment Jean-Paul ne savait pas que sa fiancée était malade, et il aurait pu ne jamais le découvrir car elle était censée être complète-ment guérie. Toutefois, le frère aîné ou l'oncle d'Ethel (Jean-Paul ne se rappelait pas la nature exacte du lien familial qui les unissait, mais il s'agissait de celui qui « représentait les intérêts » d'Ethel dans l'accord entre les deux parties) avait cru plus hon-nête d'informer les Bélanger que la jeune fille avait souffert d'une longue maladie qui l'avait quelque peu affaiblie, mais que maintenant elle était en pleine forme. « Je me suis trompé, sur toute la ligne, voilà ce que Jean-Paul disait maintenant. Je l'ai su dès le premier jour, mais avant je ne te connaissais pas. » Et il répétait que ce n'était pas un vrai mariage.

Nicole n'aimait pas entendre Jean-Paul parler d'Ethel (quand elle y pensait, elle essayait d'éviter les mots « sa femme ») ; elle ne savait jamais quoi répondre quand il commen-çait. Surtout quand il disait que c'était elle, Nicole, qu'il aurait dû épouser à la place, et qu'alors tout aurait été bien. Quand il disait qu'il n'aurait jamais dû partir aux États-Unis toutes ces années. S'il n'était pas parti, il l'aurait revue avant. Et ils auraient pu se marier, « qu'est-ce que tu penses de ça, Nicole ? » demandait-il. Nicole n'aimait pas penser à ces choses. Elle en avait mal pour lui, et aussi un peu pour elle. Au début, en tout cas, c'était surtout pour lui qu'elle avait mal, car elle voyait combien il souffrait. Et comme elle aurait voulu lui enlever sa souffrance ! Ainsi, elle lui prenait la main, qu'elle embrassait doucement, de toute la douceur dont elle était capable. « Te torture pas comme ça… Je suis là, on fera ce qu'on pourra…

— Oui… On fera ce qu'on pourra… »

Heureusement, Jean-Paul parlait plutôt rarement de sa femme ; seulement quand il se sentait vraiment triste ou lorsqu'un événement avait subitement assombri son humeur. La plupart du temps, quand il retrouvait Nicole, son visage s'éclairait d'une joie qu'elle ne lui avait jamais vue avant. Parfois, il restait presque une minute à la regarder sans bouger, avant d'oser la toucher. « Je n'arrive pas à croire que tu veux de moi. » Il insistait : « Est-ce que c'est vrai, Nicole ? Tu veux vraiment de moi ? » Elle hochait la tête en riant. Les premiers temps, un peu après qu'ils avaient cessé de s'écrire des lettres qui oscillaient entre la résolution de ne plus jamais se voir et la confession qu'ils ne pouvaient vivre l'un sans l'autre, Jean-Paul avait très peur qu'elle se rendît subitement compte que toute cette histoire était d'une absurdité folle. Et puis un jour elle avait dit, dans un moment d'enthousiasme délirant : « Je suis prête à tout renier pour toi. Ma famille… tout. » Dans ce tout était inclus, aussi et surtout, ce à quoi elle avait consacré sa vie jusqu'à présent, c'est-à-dire Dieu. Elle était encore bien naïve, elle ne savait pas ce que sa déclaration « solennelle » signifiait. Bientôt elle l'apprendrait.

Mais Jean-Paul continuait tout de même à s'inquiéter un peu. Il savait, lui, sans doute plus qu'elle, combien les racines de son éducation au couvent étaient profondes et solidement ancrées en elle. Il savait peut-être aussi qu'on peut facilement faire volte-face avec les décisions prises sur un coup de tête. Nicole avait peur aussi, mais pas de la même chose que Jean-Paul. Elle, ce qui la tourmentait, c'étaient toutes les précautions qu'ils devaient prendre pour se voir. Le moindre rendez-vous prenait des proportions gigantesques sur le plan de l'organisation. Il fallait faire attention à tous les gens de leur entourage, qui étaient devenus du jour au lendemain autant de menaces. Leurs parents ; Jacqueline ; Germaine ; leurs voisins ; et même Gilles, dont on pouvait toujours craindre qu'il allât rapporter qu'il avait donné à Nicole une lettre d'un monsieur, le dimanche de la procession à saint Viateur. Alors, pour se prémunir contre tous ces « dénonciateurs » en puissance, ils se retrouvaient dans des endroits de Montréal où l'un comme l'autre n'avait que très peu de chances d'être reconnu. Et il y avait aussi Jacqueline, qui sans le savoir se faisait complice de leur relation. Nicole passait de plus en plus de temps chez elle, et très souvent à la demande de Jacqueline elle-même, puisqu'elle préparait frénétiquement son audition et avait besoin de Nicole comme auditrice et critique. Nicole écoutait parfois des après-midi entiers là-bas, à écouter son amie parler ou jouer ses pièces. Et si le bavardage incessant de Jacqueline lui aurait certainement pesé quelques semaines auparavant, à présent il lui semblait léger et peu cher payé pour les avantages qu'il lui offrait. Bien sûr, voir Jacqueline n'était pas voir Jean-Paul. Mais ce dernier affirmait qu'il lui était amplement suffisant de la savoir dans la maison, de savoir qu'il pouvait la voir à tout moment en entrant dans le salon de musique où Jacqueline et elle s'installaient toujours. Il prétendait que c'était assez pour lui de pouvoir la regarder, la regarder tout son soûl, quand il descendait dans le salon l'après-midi. Ils ne s'adressaient pas la parole quand une troisième personne était avec eux, ils croyaient que leur affection mutuelle se verrait tout de suite s'ils le faisaient. Jacqueline ne paraissait pas avoir remarqué ce fait. Cependant, il fallait rester très prudents, toujours prudents. Ainsi lorsqu'il entrait dans le salon uniquement pour contempler Nicole, Jean-Paul prenait-il soin d'emporter avec lui un de ses livres de droit, et il faisait semblant de s'absorber entièrement dans sa lecture. Pour expliquer sa venue, il disait que c'était plus facile d'étudier dans le salon à cause de la lumière qui pénétrait à flots dans la pièce. Sa chambre à lui était orientée au nord. Jacqueline ne se rendait même pas compte qu'il venait les rejoindre ; elle était bien trop concentrée sur son jeu. D'ordinaire, Nicole s'arrangeait pour partir de chez eux avant que Paul Bélanger ne revînt de l'hôpital. Elle ne voulait pas avoir à le croiser – surtout pas à présent, car elle s'imaginait que lui, plus que quiconque, serait en mesure de deviner leur secret. C'était tout le temps Jean-Paul qui allait la raccompagner à la porte quand elle s'en allait. « Au revoir, Nicole, à demain ! » lui lançait Jacqueline sans bouger de son banc, et elle suivait Jean-Paul dans le couloir jusqu'à la porte d'entrée. Là, il la prenait dans ses bras et lui disait : « Pourquoi tu ne restes pas à souper ? Juste ce soir.

— Je ne peux pas.

— Pourquoi ? Tu ne peux jamais.

— Je ne peux pas, Jean-Paul. Si je reste trop longtemps, mes parents vont se demander comment ça se fait que je passe tout ce temps-là chez vous.

— Ça, ça m'étonnerait… »

Jean-Paul connaissait la relation que Nicole entretenait avec ses parents, même si elle ne lui en parlait pas beaucoup. Il savait que son père travaillait tout le temps et que sa mère ne s'occupait pas de ce que sa fille pouvait bien faire. Cependant, c'était la première fois qu'il faisait un commentaire à ce sujet. Nicole fit semblant de ne pas l'avoir entendu, mais il continua d'insister. « S'il te plaît, reste.

— Non.

— Qu'est-ce qu'il y a, que tu ne veux pas me dire ?

— Rien.

— Menteuse ! Moi je ne te cache rien, je te dis tout, et toi…

— Je t'en prie, Jean-Paul… Ne te fâche pas contre moi…

— Je ne me fâche pas, comment je pourrais me fâcher ? Tu le sais, que je t'aime… Pardonne-moi d'être énervant, mais c'est parce que je t'aime trop. Tu es une sainte de me supporter… »

Jean-Paul avait prononcé le mot « sainte » avec tendresse. Nicole se souvenait d'une fois où il l'avait traitée de sainte, quand ils s'étaient rencontrés dans le cimetière quelque temps avant qu'il lui avouât tout, et à ce moment-là il avait enveloppé le mot d'une espèce de rire ironique. Comme tout était différent, maintenant! Il la prenait vraiment pour une sainte, malgré ses propres dénégations. Il finissait par laisser tomber ses prières et l'embrassait, il lui promettait qu'il l'aimait et l'aimerait toujours. Nicole rentrait chez elle à pied, soulagée parce qu'elle était sortie à temps sans rencontrer M. Bélanger. Elle s'était juré de ne rien dire de « cela » à Jean-Paul, de ces regards que lui avait lancés Paul Bélanger, de sa façon de s'adresser à elle. Lui-même ne lui racontait presque rien sur son père, elle ne savait pas ce qu'il pensait de lui, s'il s'entendait bien ou non avec lui.

Il lui parlait surtout de comment il était tombé amoureux d'elle, de cet été si beau où il était revenu à Clarenceville après des années d'absence. Nicole revoyait en esprit les champs jaunes du mois d'août, les longs épis de blé qui se balançaient dans le vent doux, un matin qu'elle l'avait rencontré en revenant de la messe. Elle revoyait les soirées où lui et sa sœur tapaient sur le piano des chansons qu'elle n'avait jamais entendues et qu'au début elle n'aimait pas. Mais maintenant elle les aimait. « Sais-tu pourquoi je te traitais méchamment ? » demanda Jean-Paul un jour qu'il l'avait emmenée dans un petit café de l'est de Montréal, un de ces endroits fréquentés par les ouvriers où Nicole n'aurait jamais pénétré sans lui. Ils allaient là parce qu'ils étaient sûrs de n'y rencontrer personne de leur connaissance. Elle se faisait souvent détailler des pieds à la tête quand elle entrait dans ce genre d'établissement, et cela la mettait mal à l'aise. Mais que n'aurait-elle pas fait pour qu'il fût content, pour avoir la joie de voir son visage rayonner ! « Je me disais juste que tu étais très triste et que ça te rendait… pas méchant, mais dur. Mais ça ne me faisait rien…

— C'est vrai, c'était un peu pour ça. Mais en fait c'était surtout parce que j'étais tombé amoureux de toi… Et je me disais que si je te parlais de même, tu allais me répondre comme je te parlais, et peut-être qu'ainsi j'allais arrêter de t'aimer. J'étais vraiment un imbécile.

— Et puis j'ai aussi cru que tu ne me trouvais pas très intelligente, et trop enfant, et pas assez instruite…

— J'avoue que je te trouve toujours un peu enfant. Mais tu es belle, pour moi, comme ça… Je ne veux pas que tu deviennes vieille, comme moi…

— Tu n'es pas vieux, voyons !

— Pourtant je me sens… tellement vieux…

— Même quand je suis là ?

— Non, quand tu es là, ce n'est pas pareil, je ne sens plus le poids de moi-même. »

Jean-Paul lui disait que lorsqu'il l'avait vue venir à sa rencontre, ce jour-là du mois d'août, avec ses longs cheveux mêlés par le vent, marchant vivement comme si elle allait à la rencontre d'un amoureux ou de quelque chose de très beau, il avait su tout de suite que c'était elle, c'était elle qui pourrait le rendre vivant. Nicole profitait de ce genre de remarques pour lui dire en passant que, justement, il devait à tout prix se mettre sérieusement à son étude pour le barreau. Jean-Paul n'avait pas compris en quoi cette exigence avait à voir avec eux. « C'est assez pour moi de te voir. Pourquoi je devrais m'en faire avec le barreau, ou avec n'importe quoi d'autre ? » Mais Nicole ne cessait pas de revenir là-dessus. « Parce que, Jean-Paul, il faut que tu sois sérieux avec ta vie… Il faut que tu fasses bien, avec tout ton cœur, ce qui t'est demandé… » Elle répétait avec conviction ce que tout le long de sa scolarité on lui avait appris, sans s'apercevoir du poids ironique que ses paroles prenaient maintenant. Jean-Paul s'était rendu à ses arguments naïfs. Extérieurement du moins, il faisait plus d'efforts que jamais. Cependant Nicole soupçonnait que la raison profonde de cette application se trouvait dans sa menace de le voir moins souvent s'il n'essayait pas *un peu*. Sur cela il avait abdiqué, mais il était des sujets sur lesquels Jean-Paul se montrait complètement intraitable. Un seul et unique sujet, en fait : celui de la religion. Nicole avait eu la mauvaise idée de lui raconter sa confession du baiser échangé le soir du 22 octobre, quelques semaines après qu'elle avait eu lieu. Elle avait aussi glissé sans en avoir l'air le conseil du prêtre pour qu'il allât se confesser à son tour. Elle s'en était mordu les doigts. « Pourquoi tu viens mêler des niaiseries à ça ? Je t'ai déjà dit ce que je pensais des affaires de religion, et je ne vais pas changer d'idée là-dessus… À moins d'un miracle !

— Jean-Paul, écoute-moi, s'il te plaît. Je t'ai expliqué que c'était pour ça que je suis contente… Parce que Dieu existe et qu'Il m'aime… Je voudrais… que tu comprennes que Dieu t'aime aussi… comme ça tu ne serais plus jamais triste.

— Moi, je suis content parce que *tu* existes et que *tu* m'aimes… Tu m'aimes ?

— …

— Nicole… s'il te plaît… Tu m'aimes ? »

Il la regardait avec des yeux presque suppliants, et elle eut honte d'être incapable de répondre. Elle baissa les yeux et il rapprocha sa chaise de la sienne, jusqu'à ce que leurs deux chaises se touchent. Il posa une main tremblante sur son genou. Elle lui avait dit pourtant, à un moment, que c'était mieux qu'ils gardent un peu de distance. Il lui semblait qu'ainsi elle ne faisait pas le mal, elle restait simplement avec lui. Il n'y avait rien de mal à cela, c'était même bon n'est-ce pas, puisque ça le rendait heureux ? Elle ne lui avait pas dit que c'était de cette façon qu'elle pensait, et cependant lui respectait cela la plupart du temps, parce qu'il la trouvait toute pure. Nicole prit la main qui tenait son genou et la serra dans la sienne. Elle appuya sa tête sur l'épaule de Jean-Paul. Parfois, malgré ses belles paroles, elle aussi éprouvait le besoin de le toucher. Heureusement qu'à cette heure-ci il n'y avait pas beaucoup de monde dans le café, sinon les ouvriers grossiers et mal élevés auraient sans doute applaudi ou pire. « Before you… I had never been in love. Tu comprends ?

— Non… Pourquoi tu me parles en anglais ?

— Je ne sais pas… J'ai envie de te parler dans toutes les langues que je connais…

— J'aime mieux quand tu me parles en français. »

Elle n'ajouta pas que c'était parce qu'elle pensait qu'il parlait probablement en anglais à sa femme.

« Ça veut dire que… avant toi, je n'ai jamais aimé personne. Je ne savais pas c'était quoi aimer, et… j'étais sûr que je n'aimerais jamais personne. Et puis tu es arrivée dans ma vie…

— Jean-Paul, tu sais bien… Je donnerais tout pour toi, toute ma vie… Pour que tu sois heureux…

— Mais je *suis* heureux… grâce à toi. »

Et Nicole aussi était heureuse, plus qu'elle ne l'avait jamais été. Elle n'aurait jamais imaginé qu'on pût se sentir si léger, libéré… Même sa mère n'avait plus le pouvoir de la blesser, jamais. Dina Charbonneau avait bien ri en apprenant que sa fille avait laissé tomber son vœu de ne plus jamais sortir avant d'entrer au carmel, et quand elle la voyait, elle manquait rarement une occasion de l'appeler « ma petite sainte Thérèse », mais Nicole était parfaitement indifférente à ces moqueries. En fait, sa mère n'était plus un problème tout simplement parce qu'il semblait à Nicole qu'elle n'existait plus. Ou alors elle existait seulement quand il s'agissait de lui mentir pour aller retrouver Jean-Paul, ce que Nicole évitait de faire dans la mesure du possible. Il lui répugnait absolument de mentir. Ainsi, malgré son bonheur sans tache, Nicole était parfois traversée d'éclairs d'angoisse. *Si ce que je fais, ce n'est rien de mal, pourquoi je me sens obligée de mentir, alors ?* Elle fuyait donc le mensonge. Elle disait qu'elle allait chez Jacqueline, ce qui était vrai la plupart du temps. Ou bien qu'elle allait se promener, et c'était encore vrai. Et quand vraiment il fallait mentir, elle allait se confesser dès qu'elle trouvait une église sur son chemin. Cependant, ses confessions devenaient de plus en plus générales. Par exemple, elle ne disait pas : « J'ai menti à ma mère pour aller rejoindre un jeune homme qui est marié et avec qui j'entretiens des relations plus qu'ambiguës. » Non, elle préférait plutôt déclarer : « J'ai menti à ma mère deux fois hier. » Et si le prêtre lui demandait des détails sur son mensonge, elle restait dans le vague autant qu'elle le pouvait, elle tournait autour du pot : « Oui, c'était pour voir un garçon », « Non, on fait rien de mal, on se tient parfois par la main, il me touche les cheveux (il lui disait toujours combien elle avait de beaux cheveux, noirs et brillants et pleins de vie), des fois il m'embrasse, mais presque tout le temps il y a une troisième personne avec nous, et quand on est seuls, il m'entraîne jamais dans les coins sombres. Il est très respectueux envers moi », etc. Alors presque deux fois sur trois le prêtre enchaînait sur la beauté des fiançailles et l'affermissement des vertus de foi et de chasteté que celles-ci entraînent, et terminait en disant « Vous avez compris, ma fille ? » et Nicole répondait : « Oui, mon père. » Heureusement qu'il lui demandait si elle avait compris et pas si elle allait le faire, sinon elle n'aurait pas su quoi répondre. Mais quand même, après la bénédiction et la pénitence, elle ne pouvait s'empêcher de s'interroger sur la validité de sa confession. Elle réussissait à repousser ce genre de remise en question en raisonnant : *C'est impossible que ce soit le mal, ça, c'est impossible qu'une chose qui me rend tellement heureuse vienne du mal.*

Quelquefois pourtant elle s'interrogeait, prise de doute. *Suis-je encore bien pure ? Oui ! Évidemment que oui !* répondait-elle aussitôt pour réprimer la sourde panique qui menaçait chaque fois de s'emparer d'elle. *D'accord, tu le laisses t'embrasser... mais du moment que ça dure juste une seconde, c'est pas comme si c'était un vrai baiser, c'est pas comme si c'était un baiser de cinéma, par exemple...* Et elle ne se rappelait pas qu'une semaine plus tôt elle s'était rassurée en se faisant une réflexion similaire : *D'accord, tu le laisses t'embrasser sur la joue... mais du moment que tu ne le laisses pas t'embrasser sur la bouche...* Nicole ne s'apercevait pas qu'elle se rendait coupable des mêmes petits délits que ceux qu'elle aurait condamnés sans appel chez ses anciennes camarades de classe à peine un mois plus tôt.

Et elle ne songeait pas à l'avenir, à ce qui arriverait si jamais Ethel, la fameuse Ethel, retournait auprès de son mari. Ethel était enterrée bien loin dans un sanatorium inconnu, elle avait perdu toute consistance dans l'esprit de Nicole. En outre, elle ne pensait plus du tout à son propre avenir à elle, Nicole Charbonneau. Elle n'était pas stupide, elle savait bien qu'elle ne pouvait pas continuer ainsi indéfiniment. Les gens, qui eux non plus n'étaient pas complètement idiots, finiraient par comprendre. Mais c'était justement cela qui était étrange, c'était qu'elle ne *savait* pas. *Tout s'arrangera bien ! On trouvera une solution ! Je veux qu'il soit heureux, et il est heureux, c'est ça l'important.* Elle était toujours consciente du regard et de l'opinion des gens, prenait toutes les précautions nécessaires pour que personne ne se rendît compte de rien, mais jamais elle n'imaginait ce qui pourrait arriver dans six mois, un an, lorsque autour d'elle on commencerait à se demander quand elle se déciderait à se marier… Et Jean-Paul non plus, il ne faisait jamais allusion à leur avenir commun. Sans doute qu'il se répétait, lui aussi, comme elle : « On s'arrangera bien ! » L'amour s'arrange toujours : voilà la formule qui leur faisait espérer à tous les deux que leur histoire ne pouvait que bien finir. Pour Nicole, cette fin heureuse comportait toutefois une condition, que Jean-Paul aurait probablement été furieux de connaître : celle de sa conversion. Nicole n'avait pas abandonné sa prière du soir, où avec une ardeur nouvelle elle suppliait le Seigneur d'accorder à son ami les lumières de la foi. Quand Jean-Paul se convertirait, alors tout serait vraiment parfait. Il ne lui était pas encore venu à l'esprit que, si le cœur de Jean-Paul venait à être touché par la religion, il comprendrait peut-être que son devoir premier en tant que chrétien croyant et pratiquant était de rester fidèle à sa femme, juive ou non, malade ou non. Au contraire, elle avait fini par croire qu'elle-même, Nicole, serait l'instrument privilégié de sa conversion. Bon, peut-être le formulait-elle avec un peu plus de modestie, mais tel était le fond de sa pensée. La conversion de Jean-Paul, c'était tout ce qui manquait à son bonheur.

5

Décembre

Dans la famille Charbonneau, personne n'avait remarqué de changement chez Nicole, ce qui la confortait dans le sentiment qu'elle était toujours la même, la même jeune fille, la même Nicole pure et joyeuse. Ni Germaine ni ses parents ne s'étaient même vraiment aperçus qu'elle sortait plus souvent le soir. Elle écrivait certes des lettres aux propos de plus en plus vagues à Jacques, ce qui en temps normal aurait dû mettre la puce à l'oreille de ce frère si sensible, mais il était tellement angoissé par ses résultats scolaires trop souvent désastreux qu'il ne lui répondait qu'une fois sur deux, et seulement de courts mots où transpirait uniquement sa propre inquiétude à l'égard de l'avenir. Le seul qui semblait soupçonner quelque chose, c'était Gilles. Le petit garçon sentait, grâce à cette antenne dont sont dotés les enfants, que sa sœur devenait distraite et s'éloignait imperceptiblement de lui. Elle lui adressait plus rarement la parole spontanément, elle ne lui demandait presque jamais s'il avait fait ses devoirs, ou alors elle répondait avec peine aux questions qu'il lui posait. Elle l'oubliait, sans le vouloir elle le regardait moins. Parfois Gilles essayait d'attirer son attention, sans grand succès, il faut le dire. « Nicole ? Tu te souviens de l'été dernier, quand tu m'as appris à nager ?

— Ce n'est pas moi qui t'ai appris, c'est Jacques.

— Mais tu étais là, toi aussi. Tu m'as un peu appris aussi.

— Oui, c'est vrai.

— L'été prochain, il faudra qu'on la fasse, hein, l'expédition ! Tu t'en souviens, Nicole, de ce qu'on disait, qu'on allait partir à l'autre bout du monde ? Cette année, il faudra le faire pour vrai !

— C'est dans longtemps, l'été prochain, on a le temps d'y penser… Tu as fait tes devoirs ? »

La vérité, c'était que lorsque Nicole pensait à Gilles, à présent, presque à tout coup c'était pour s'assurer qu'il ne laissait pas traîner ses yeux – ou ses oreilles – indiscrets. Les petits, ça entend tout, ça voit tout, Nicole était bien placée pour le savoir. Et si jamais il entendait des bribes de conversation au téléphone (même si elle avait demandé à Jean-Paul d'éviter le plus possible de lui téléphoner)… Nicole préférait ne pas y penser. Qu'est-ce qu'elle pourrait lui raconter, alors ? Elle redoublait donc de prudence, et Jean-Paul se moquait un peu d'elle en voyant tous les détours qu'elle prenait pour le rencontrer. Lui disait qu'il n'avait pas peur de proclamer son amour au monde entier, même si Nicole savait bien sûr qu'il exagérait et qu'il ne ferait jamais une chose pareille.

Un jour, alors que Nicole allait rencontrer la voisine de sa seule et unique élève de piano, qui avait entendu parler d'elle et était peut-être intéressée à faire suivre des cours à sa fille, elle rencontra Lucie Beaubien dans la rue. Elle la vit de loin et elle s'apprêtait à changer de trottoir pour ne pas avoir à lui parler (et ainsi éviter peut-être des questions embarrassantes) quand leurs regards se croisèrent. « Nicole ! cria Lucie en agitant le bras au-dessus de sa tête.

— Lucie ! Ça fait longtemps…

— Oui, trop longtemps… Quelle surprise ! Je m'en allais juste rejoindre ma mère au magasin de mes parents, si je m'attendais à tomber sur toi… Mais, mon Dieu, Nicole, un peu plus et je te reconnaissais pas ! Tu es toute changée… Je ne sais pas c'est quoi, mais tu n'es plus la même…

— Tu trouves ?

« — Oui… Tu as l'air d'aller bien, toute souriante et belle… Mais Nicole, il faudra qu'on se voie, hein… Il faudra que tu me racontes ce que tu as fait, depuis…

— Bof, pas grand-chose, je donne quelques cours de piano en privé, j'aide à la maison… Je suis en train de me chercher d'autres élèves, là.

— C'est vrai que tu as toujours été bonne en piano… pas comme moi ! J'étais vraiment mauvaise, pourtant Dieu sait comme je m'exerçais !

— Mais tu étais bonne actrice…

— Oui… Écoute, qu'est-ce que tu fais maintenant ? Tu pourrais venir avec moi au magasin, ça ne prendra pas long- temps, et puis après on reviendrait chez moi, on pourrait se raconter un peu nos vies… Qu'est-ce que tu en dis ?

— Oh, Lucie, non, je ne peux pas, j'ai un rendez-vous dans dix minutes, justement pour une nouvelle élève, je dois abso- lument y aller…

— Demain, alors ? Si tu venais à la maison dans l'après-midi…

— Oui, demain, je pourrais ! Ce serait bien…

— Ah, Nicole, je suis tellement contente !

— Oui, je vais venir vers quatre heures, d'accord ? »

Elles se quittèrent, et Nicole pensa que c'était parfait, qu'elle aurait une raison toute prête pour sortir. Elle ne res- terait pas longtemps chez Lucie, après elle pourrait aller rejoindre Jean-Paul quelque part s'il était libre. Et il était toujours libre pour elle. Le seul souci, c'était qu'il fallait l'en avertir. Nicole ne pouvait téléphoner chez les Bélanger qu'à un moment très précis de la journée : à quatre heures de l'après- midi, quand Jacqueline n'était pas encore revenue de son cours de piano quotidien et que M. Bélanger n'était toujours pas rentré du travail. Nicole calculait dans sa tête : son rendez- vous avec son éventuelle cliente était à trois heures, si elle res- tait là-bas une demi-heure… Elle aurait juste le temps. Elle se sourit à elle-même et surprit son visage dans la vitrine d'un magasin : c'était vrai qu'elle était belle, comme l'avait affirmé Lucie.

⤫

Jean-Paul et Nicole vécurent ainsi pendant deux mois. À présent, Nicole, sans se l'avouer, ne vivait que pour les moments qu'elle passait avec lui. Elle commençait aussi à appréhender les vacances de Noël, quand Jacques et Suzanne reviendraient à la maison. Surtout Jacques. Elle évitait de parler de ses craintes à Jean-Paul, qui semblait pour sa part avoir certains soucis. Alors qu'au début cela n'arrivait jamais, il arrivait maintenant quelquefois à Jean-Paul de se plonger dans ses pensées, et Nicole ne parvenait pas à l'en sortir ; son visage s'assombrissait subitement, et elle devait déployer toute l'énergie qu'elle avait en réserve pour lui arracher un sourire, ou l'ombre d'un sourire. Et elle rentrait complètement épuisée des rendez-vous où elle avait dû lutter contre la tristesse de son ami. Elle n'avait pas encore peur de perdre, elle était toujours aussi sûre d'elle et de son pouvoir, mais elle se rendait bien compte que parfois, malgré tous ses efforts, elle était incapable d'effacer en entier la tristesse qui enveloppait Jean-Paul comme un vêtement trop étroit : en apparence, l'affliction n'était plus là, mais il en subsistait des traces comme des germes qui patiemment se développaient encore, et tout serait à recommencer. Jean-Paul s'arrangeait pour faire un tour dans le salon lorsque Nicole prétendait rendre visite à Jacqueline, sauf qu'elle ne pouvait plus y aller aussi souvent, car Jacqueline passait de plus en plus de temps à s'exercer pour son audition et de moins en moins de temps à parler. Cela aurait paru bizarre qu'elle vînt quand celle qu'elle visitait officiellement n'avait que vingt minutes de son après-midi à lui accorder. Mais une ou deux fois par semaine, Nicole réussissait à se faire inviter. Et même si elle adressait à peine un « bonjour » à Jean-Paul, elle savait tout de suite sonder son humeur quand il descendait les rejoindre. C'était comme si c'était lui qui déterminait l'atmosphère de la pièce, même s'il ne parlait pas. Quand Jacqueline tournait la tête ou qu'elle jouait un morceau pour faire état de ses progrès à Nicole, celle-ci en profitait pour interroger Jean-Paul du regard, sans faire un seul geste. Elle lui disait avec les yeux toute sa tendresse, qu'elle l'aimait, bien qu'elle ne l'eût jamais dit tout haut. Elle espérait ainsi qu'il comprendrait. Un jour cependant – le 22 décembre, très exactement –, Jean-Paul ne descendit pas, et Nicole d'abord n'osa pas demander à Jacqueline où était passé son frère. Mais elle avait attendu dix, vingt minutes, et il ne venait toujours pas. *Il le sait, pourtant, que je suis là ! Il a entendu la sonnette, et puis j'ai parlé, il a dû reconnaître ma voix…* Elle s'efforçait de rester bien tranquille, immobile dans son fauteuil, et de répondre à Jacqueline de temps à autre aux endroits stratégiques de son discours, mais son cœur se serrait à mesure que les minutes passaient. Enfin, n'y tenant plus, elle interrompit son amie au beau milieu d'une phrase : « Oh, dis, Jacqueline, ton frère… il… Je suis habituée maintenant à le voir ici, il est pas là aujourd'hui ?

— Je n'en ai aucune idée, moi ! Il ne me parle presque plus en ce moment. Je ne sais pas ce qu'il a, il est bizarre… Des fois, il dit qu'il va faire un tour, et il revient six heures plus tard…

— Ah bon ? » répondit Nicole en faisant semblant de rien.

Ce jour-là, Jean-Paul ne vint pas. Nicole attendit et attendit, et puis elle dut partir. Elle arriva chez elle à la nuit tombée, Germaine mettait déjà la table pour le souper et Nicole vint l'aider, même si elle n'avait qu'une envie : monter dans sa chambre et rester seule, ne pas parler, ne pas penser ou répondre aux questions indiscrètes des autres. « Tu es sortie pas mal longtemps aujourd'hui, Nicole…

— Oui… Ce matin j'avais un cours de piano et après je suis allée chez Jacqueline… Je te l'ai dit, il me semble, non ?

— Oui, oui, c'est vrai… J'avais oublié. Es-tu correcte ? Tu as l'air un peu pâlotte, ce soir.

— Non, je suis correcte… J'ai peut-être un petit peu mal à la tête… J'irai me coucher tôt. »

Elle monta effectivement se coucher très tôt, mais elle dormit à peine. Elle ne pouvait s'empêcher d'imaginer toutes sortes de scénarios. Peut-être qu'il était arrivé quelque chose à Jean-Paul ? De grave ? Ce ne pouvait être que cela ; elle était trop certaine qu'il l'aimait pour s'inquiéter à cet égard. Le matin venu, elle alla à la messe, alors que depuis quelques semaines elle avait plus ou moins cessé de s'y rendre régulièrement. Elle n'arrivait pas toujours à se lever assez tôt, maintenant. À l'église, elle pria pour que Jean-Paul lui fît un signe qui la rassurerait. Elle n'alla pas prendre la communion, car il lui semblait que ce serait mal de le faire dans un tel état d'agitation, et sortit sans regarder personne. Elle continua de prier sur le chemin du retour. Elle sut que sa prière – ou plutôt son souhait – était exaucée quand elle mit le pied dans la maison : le courrier était passé, et il y avait une lettre pour elle. C'était de lui, pour elle, elle le savait avant même de voir son nom sur l'enveloppe. Elle l'ouvrit là, dans l'entrée, parce qu'elle ne se sentait pas la patience de se déshabiller et de monter les marches de l'escalier jusqu'à sa chambre.

Nicole,

Depuis quelques jours j'ai réfléchi, je pense que tu l'as remarqué. Il faut que je te dise quelque chose, mais je ne veux pas que tu sois triste. C'est pour ton bien que je le fais, parce que tu sais que moi je t'aime et que ce sera toujours comme ça. Mais on ne peut pas continuer comme ça. Je sais que tu n'aimes pas en parler (moi aussi je voudrais ne jamais en parler). Mais il faut le faire. On n'a pas le choix. Je veux te dire que ce n'est pas correct ce qu'on fait. Je veux dire que ce n'est pas correct ce que je fais parce que toi tu es jeune et un jour tu devras te marier avec quelqu'un qui sera bon pour toi et qui ne te fera pas de mal, comme moi je crois que je te fais – comme je sais que je te fais. Ma Nicole, ça me tue de devoir te dire ça et crois-moi ce n'est pas facile. Je pense qu'il faut arrêter de se voir. Quand je te vois et que je pense à ce que je suis en train de te faire, j'ai envie de pleurer, Nicole.

Je veux que tu restes la jeune fille belle et pure, et joyeuse et vivante, et moi je peux seulement détruire tout ça en toi. Tout ce que je veux, c'est que tu restes heureuse et j'espère que tu rencontreras bientôt quelqu'un qui sera bon pour toi. C'est tout ce que j'espère. Pour moi je n'espère rien, j'espère tout pour toi. Je t'en prie ne me réponds jamais, ne viens pas me voir, ce serait trop difficile de te repousser. Je fais ça parce que je t'aime, j'espère que tu comprends. Et ne t'inquiète pas parce que je t'aimerai toujours.

J.-P.

Elle ne s'était pas attendue à ça. À tout, à un accident ou à une maladie, mais pas à ça. Ainsi elle avait perdu la bataille, la bataille contre la tristesse. Nicole fut prise de l'envie de déchirer la lettre en mille morceaux, avec l'enveloppe, et d'aller saisir dans sa chambre toutes les autres lettres qu'il lui avait envoyées pour les déchirer aussi. Au lieu de cela, elle enleva calmement ses bottes et son manteau et s'assit sur les marches de l'escalier pour relire la missive. À la deuxième lecture, elle dut admettre que Jean-Paul avait raison : cette fois, il se montrait plus raisonnable qu'elle. C'était vrai que c'était absurde et qu'ils avaient été fous. Elle ressentit une bouffée d'émotion qui lui fit monter les larmes aux yeux : Jean-Paul l'aimait tellement qu'il la quittait, il acceptait qu'un autre prît sa place un jour. Un autre. Nicole se mit à rêver. Rien n'était perdu, rien n'était gâché, grâce à Jean-Paul qui avait mieux compris qu'elle-même quel trésor était sa pureté. *Et il m'aimera toujours, il l'a bien dit. Moi aussi je l'aimerai toujours, toute ma vie. Qui sait si je vais me marier, comme il pense ? Peut-être que cet autre dont il parle, il pense que c'est un autre homme, mais peut-être que ce n'est pas ça.* Une infime sensation de soulagement s'infiltrait peu à peu en elle. Elle ne le verrait plus, et ce serait dur, ce serait douloureux. Ce l'était déjà, et elle pleurait. Mais quand Jacques arriverait dans quelques jours, elle pourrait le regarder dans les yeux. Elle n'aurait plus de raison de mentir. À Noël, elle pourrait aller communier sans ressentir cet étrange malaise qui ne la quittait pas depuis quelques semaines chaque fois qu'elle entrait dans une église. Et elle se rendait compte, parce qu'il lui était enlevé soudainement, que durant ces deux mois elle avait porté un poids sur ses épaules qui l'empêchait de respirer librement. À présent, elle était triste, oui, mais elle sentait avec certitude que Jean-Paul avait pris la meilleure décision possible.

6
Décembre

Le 23 décembre au matin, le Dr Parent entra dans la chambre d'Ethel, un grand sourire aux lèvres. Il faisait pourtant sa tournée des malades comme d'habitude, et Ethel se demandait ce qu'il pouvait bien y avoir de réjouissant à cela. Elle-même était réveillée depuis au moins deux heures déjà. Elle avait passé le temps en contemplant la forêt enneigée par la fenêtre. Le paysage, ici, était différent d'un jour à l'autre. Ethel tourna à peine la tête quand le Dr Parent entra dans la pièce, suivi d'une infirmière et de deux internes. Elle était tellement habituée à ses visites qu'elle savait d'avance ce qu'il allait lui dire : bientôt, très bientôt, elle pourrait rentrer chez elle si tout continuait d'aller aussi bien. Il y avait deux mois qu'il lui répétait la même chose. Chez elle. Maintenant, Ethel se sentait chez elle ici, elle avait des amis qui l'aimaient bien. M. Roche était mort un mois auparavant, mais au réfectoire elle avait commencé à s'asseoir à côté de la vieille Mrs. Morrissey, une Irlandaise de Montréal arrivée en même temps qu'elle au sanatorium. Elles jouaient aux cartes, se promenaient ensemble dans les couloirs, tout doucement. Ethel était contente de pouvoir parler anglais avec quelqu'un qui le connaissait bien, même si Mrs. Morrissey avait un accent impossible. Au sanatorium, les fossés entre classes sociales n'existaient plus. Mrs. Morrissey racontait à Ethel sa jeunesse en Irlande, son arrivée de jeune mariée au Canada, après la Première Guerre. Elle avait travaillé comme une bête toute sa vie, pour élever ses six enfants (sans compter les quatre autres morts en bas âge). Quand le dernier était parti de la maison et qu'elle espérait enfin pouvoir souffler un peu, elle était tombée malade. Son mari et ses enfants avaient trouvé l'argent pour l'envoyer ici. Mrs. Morrissey avait été abasourdie de s'entendre dire, en arrivant, qu'il lui fallait se reposer. Un mot qu'elle n'avait sans doute jamais prononcé de sa vie, pour elle-même en tout cas. Et Ethel, fascinée, l'écoutait raconter ses histoires. Comment était-ce possible que quelqu'un eût pu vivre une vie si pleine ? Mrs. Morrissey était aussi une catholique pratiquante, très croyante. Elle portait une dévotion particulière à la Sainte Vierge. Au début, elle avait essayé d'emmener Ethel à la messe. Après une série de refus, celle-ci avait bien été forcée d'avouer qu'elle était juive. Mrs. Morrissey avait répondu que la Vierge Marie aussi était juive, avant que Jésus fondât l'Église. « You look a bit like her, Mrs. Bélanger », avait-elle ajouté, comme si elle la connaissait personnellement.

Ethel ne savait pas si elle ressemblait à Marie (cela lui paraissait assez peu probable), mais elle savait qu'elle commençait à avoir meilleure mine. Elle se regardait dans le miroir de sa chambre et se découvrait des joues plus pleines. Ses cheveux poussaient mieux, aussi, et elle se fatiguait moins à rester debout. Peut-être finirait-elle par guérir un jour ? « Bonjour, madame Bélanger, dit le Dr Parent de sa voix trop forte qui résonnait toujours dans cet environnement feutré comme de la ouate. J'ai des bonnes nouvelles pour vous… » Il tenait à la main une radiographie. « On a étudié très attentivement votre dernière radiographie… C'est pour ça que ça nous a pris un peu de temps… Mais là, je suis content de vous dire qu'on n'a pas trouvé de trace de la maladie… Il n'y a plus rien, madame Bélanger ! Bon, vos poumons sont encore fragiles, et vous aurez des précautions à prendre… Mais on va avertir les membres de votre famille dès aujourd'hui et ils pourront venir vous chercher n'importe quand. Vous serez chez vous pour Noël, madame Bélanger ! »

Le 24 décembre, Ethel est assise dans le hall d'entrée du sanatorium avec sa petite valise et elle attend. Elle ne sait pas qui viendra la chercher, mais elle espère quand même que ce sera Jean-Paul. Malgré tout. Mrs. Morrissey a insisté pour descendre avec elle ; elle lui tient la main et pleure de temps en temps. « Oh, my child, you are blessed ! What a gift to go back home for Christmas, sweet Mary ! Let us thank the Lord for His kindness, dearest ! » Mrs. Morrissey l'appelle toujours « mon enfant », même si Ethel est mariée comme elle. Quelle bonne femme, Mrs. Morrissey : elle est heureuse comme si c'était elle-même qui pouvait rentrer chez elle pour Noël, pourtant qui sait si elle y rentrera jamais ? Une infirmière vient chercher Ethel : il est l'heure, son père est arrivé. Son père ? Le temps d'une seconde, la jeune femme pense à Daniel Rosenthal, puis elle se souvient qu'il est mort et elle comprend qu'il s'agit de M. Paul Bélanger. C'est lui qui est venu la chercher, et non pas Jean-Paul. Elle soulève sa valise et suit l'infirmière, et marche à la rencontre de son beau-père. Quand il la voit, Paul Bélanger l'embrasse sur les deux joues avec chaleur, comme si elle était sa fille. Il lui parle en anglais, lui dit qu'il est content de la revoir, que toute la famille sera contente. Il dit que Jean-Paul n'a pas pu venir et il ne donne pas la raison. Dans sa main, Ethel sert un chapelet de corail que lui a donné Mrs. Morrissey juste avant qu'elles ne se quittent. C'est probablement une des seules richesses que la vieille dame possède. Ethel ne sait pas comment s'en servir, mais elle pense qu'elle le gardera toujours comme un trésor, en souvenir de sa chère amie.

7
Décembre

Le 31 décembre, à cinq heures de l'après-midi, Nicole n'avait pas encore décidé si elle allait se rendre au réveillon des Lépine avec ses parents. Elle continuait d'hésiter, un moment c'était oui, et une seconde après c'était non. Elle savait bien pourtant ce qu'il était raisonnable de faire : ne pas y aller, tout simplement. Rester avec ses frères et sa sœur, et organiser ensemble un petit réveillon tranquille. Mais en même temps… Et si Jean-Paul venait ? Il faudrait bien qu'ils se rencontrent un jour, non ? C'était normal, ils fréquentaient, ainsi que leurs parents, les mêmes cercles… Il faudrait bien casser la glace un jour ou l'autre… Sa mère trancha à sa place : « Tu viens. Dépêche-toi, on part dans cinq minutes. » Le cœur de Nicole bondissait dans sa poitrine lorsqu'elle monta à sa chambre pour se préparer. Avait-elle le temps de se friser les cheveux ? Non, tant pis. Ils étaient beaux même sans être frisés. Et d'ailleurs Jean-Paul ne lui disait-il pas tout le temps qu'il trouvait ses cheveux plus beaux au naturel ? Elle choisit ses vêtements avec un soin qui la surprit elle-même.

Je ne lui parlerai pas. Je lui dirai seulement bonsoir et bonne année. Ce sera assez. Jamais Nicole n'avait été aussi certaine de l'amour qu'elle ressentait pour Jean-Paul. Un amour inébranlable, inviolable, éternel. Elle suivit ses parents dans la maison des Lépine, en souriant au souvenir de sa dernière visite chez eux, l'année dernière. Qu'est-ce qu'elle était naïve, alors ! Elle avait peur de tout. De tout ce que les religieuses appelaient

« le monde ». Et sa mère qui avait voulu qu'elle séduise Roger Lépine, ce fils de famille sans éclat ! Vraiment, sa mère ne comprenait rien de rien à la vie. « Pourquoi tu ris, Nicole ?

— Pour rien, maman. »

Nicole entra dans le salon princier en s'efforçant d'afficher un air détaché mais elle n'y arrivait pas, elle ne cessait de tourner la tête de tous les côtés pour essayer d'apercevoir Jean-Paul. Mais il y avait tant de monde, déjà… Et peut-être n'était-il pas encore arrivé, c'était possible aussi. Enfin, elle repéra Jacqueline qui se dirigeait vers elle de son pas joyeux et sautillant. « Nicole, je te cherchais, viens ! Tu te souviens du Steinway des Lépine, Mme Lépine m'a donné la permission de l'utiliser si je voulais ! Viens, on va l'essayer !

— Euh, oui, deux secondes, Jacqueline…

— Allez ! Qu'est-ce que tu attends ?

— Rien, rien. »

Nicole suivit la jeune fille tout en continuant à fouiller les lieux du regard, toujours sans succès. Alors, n'y tenant plus, elle posa la question à Jacqueline : « Tu es venue toute seule, ce soir ?

— Bien sûr que non, pourquoi ? Il y a mon père et mon frère. Ah, et sa femme aussi. Ils disent qu'elle est guérie. »

Elles marchaient dans le long couloir et Nicole, en entendant ces paroles, s'arrêta net. Pendant un instant, elle resta trop sonnée pour réagir autrement, et même pour faire comme si de rien n'était pour tromper Jacqueline. D'ailleurs, celle-ci parut le remarquer, car elle demanda : « Ben, pourquoi tu t'arrêtes ? Nicole… ? Ça va ? Qu'est-ce qu'il y a, tu es toute pâle tout à coup…

— Ça va très bien… pourquoi ça n'irait pas ?

— Je ne sais pas, moi… Tu as des yeux bizarres. Tu veux aller prendre l'air ?

— Non, non… Donc tu disais que la femme de ton frère est rentrée ? Euh, c'était quand ?

— La semaine dernière, je sais plus trop. Deux jours avant Noël, quelque part par là… Mais qu'est-ce que ça fait ? Bon, tu viens ?

— Euh, non, attends… Je ne me sens pas très bien, c'est vrai… Il fait trop chaud ici… Excuse-moi, je reviens. »

Nicole tourna le dos à Jacqueline et se dépêcha de s'éloigner avant que celle-ci la retînt par mille questions. Jamais de sa vie elle n'avait reçu un tel coup, ressenti une telle douleur. Si on lui avait dit qu'il était possible de souffrir autant, elle ne l'aurait tout simplement pas cru. Il fallait qu'elle trouve Jean-Paul. Pour lui dire quoi ? Elle n'en avait aucune idée, mais il fallait qu'elle le trouve et qu'elle l'interroge. Ainsi il avait menti, il ne l'aimait pas comme il l'avait dit. C'était seulement parce que sa femme allait revenir et qu'il avait eu peur. Il ne s'en sortirait pas comme ça ! Elle lui montrerait bien quelle espèce de lâche il était ! Lâche, en plus, de lui avoir signifié leur rupture par lettre ! Pendant qu'elle le cherchait, Nicole passait en revue toutes les injures qu'elle connaissait pour les lui attribuer, mais malheureusement son catalogue était plutôt limité et pas assez ordurier pour qu'elle pût trouver un peu de soulagement dans cet exercice. Où il était ? Il se cachait d'elle, sûrement ! Mais non, il ne se cachait même pas. À présent elle le voyait. Il était à côté de sa femme et avait posé la main sur son bras, pendant qu'elle lui disait quelque chose. *C'est ça, fais comme si tu me voyais pas ! Tu avais juste besoin de moi le temps qu'elle était partie, mais maintenant qu'elle est là tu me craches dessus !* Jean-Paul leva la tête et leurs regards se croisèrent. Il vit ses yeux fous de rage et de jalousie, et sans doute qu'il comprit ce qu'elle lui disait et toute la haine qu'elle dirigeait sur lui à cet instant.

Nicole ne pouvait plus rester ici. Il fallait qu'elle sorte. Il lui semblait que tout le monde la regardait, que tout le monde savait. Mais ce ne devait être qu'une impression : les gens parlaient, riaient comme si de rien n'était, personne ne s'occupait d'elle. Elle retourna dans l'entrée et sortit sans demander son manteau au majordome qui se tenait à la porte. Dehors, les invités continuaient d'arriver de partout. Qu'est-ce qu'ils diraient s'ils la voyaient sortir comme ça, sans manteau ? Ils diraient ce qu'ils voudraient, qu'elle était folle, et c'était bien vrai ! Elle marchait très vite malgré ses talons qui glissaient et s'enfonçaient dans la neige fondante du trottoir. Un homme grossier la retint par le bras comme elle allait tomber : « Où qu'on va, mam'zelle ? T'as le bonhomme Sept-Heures aux trousses ? Retourne-t'en donc chez vous avant qu'il t'arrive un malheur ! »

« Nicole ! » Qui l'appelait ? Nicole se retourna et vit Jean-Paul, il courait pour la rattraper. Elle se dégagea de la poigne de l'homme qui la tenait toujours et l'entendit grommeler dans son dos : « Est-tu folle, celle-là ! » Elle entreprit de continuer son chemin, mais Jean-Paul marchait plus vite qu'elle et il parvint à sa hauteur. « Nicole, où tu vas ?

— Je sais pas. Va-t'en.

— Écoute, tu vas prendre froid… Tu es folle de sortir comme ça !

— Ah, je sais ! Je le sais, que je suis folle, t'as pas besoin de me le dire ! Tu crois que je le sais pas ? Va-t'en ! Retourne là-bas, chez les Lépine… Va retrouver ta femme ! Retournes-y donc, perds pas ton temps avec moi !

— Nicole… Tu peux arrêter de courir deux secondes ?

— Non ! Laisse-moi tranquille !

— Nicole… »

Il lui prit le bras et elle fit un bond en arrière comme s'il l'avait brûlée. « Lâche-moi !

— S'il te plaît, Nicole… Je t'ai expliqué dans ma lettre, c'est pas parce que… »

C'en était trop. Nicole sentit une explosion en elle. « Ah, menteur ! Tu m'as pas dit que ta femme revenait, par exemple !

— Quoi ? Mais ça n'a rien à voir…

— Tu avais seulement peur parce qu'elle allait revenir, et t'as même pas eu le courage de me le dire, il fallait que tu me l'écrives avec plein de fausses raisons ! Seulement pour pas que… je vienne ttte déranger ! »

Elle avait presque crié les deux derniers mots. Elle tremblait plus de rage que de froid, et pourtant elle était complètement gelée. « Nicole… S'il te plaît, calme-toi…

— Non ! Me dis pas quoi faire, t'as pas le droit ! Tu penses que tu peux… m'abandonner sans que je dise rien ? T'as pas pensé que moi aussi, je t'aime ?

— Comment ?

— Ah, rien… Va-t'en, laisse-moi tranquille…

— Tu m'aimes, Nicole ?

— Oui ! Mais qu'est-ce que ça peut te faire maintenant ? C'est fini, c'est toi-même qui le voulais !

— Écoute, je t'en supplie, écoute-moi une seconde… Quand je t'ai écrit la lettre, je ne savais pas que ma femme allait rentrer… C'est juste un ou deux jours plus tard que je l'ai su… Je te jure, Nicole, je t'aime tellement… Tu es la seule personne que j'aime au monde… Ma femme… Je m'en fiche, de ma femme.

— Si tu m'aimes tellement, pourquoi tu veux plus de moi ?

— Mais je te l'ai dit dans ma lettre, je croyais… que tu serais d'accord… Parce que je pouvais plus supporter, j'avais l'impression que… je te corrompais, ou que je te gâtais, je sais pas comment dire…

— Et si ça me dérange pas ? »

Tout à coup, les belles raisons que Jean-Paul avait exposées dans sa lettre semblaient du vent à Nicole. À présent, une seule chose lui importait : reprendre Jean-Paul. Au diable, tous les pieux arguments qu'il invoquait et qu'elle avait approuvés à peine une semaine plus tôt ! Le reprendre, le reprendre à sa femme, qu'il la regardât, elle, qu'il lui parlât, à elle, qu'elle fût sa joie, son unique source de joie, comme avant ! Et si toutes ses raisons, ce n'étaient que des prétextes pour qu'il pût avoir la paix ? Elle-même, n'avait-elle pas été un peu soulagée aussi, quand elle avait lu qu'il la quittait ? Mais l'amour, ce n'est pas la paix ! C'est une aventure, et on verrait bien ce qui arriverait ! Ah, comme elle avait pu se laisser avoir ! « Si tu m'aimes vraiment, reprends-moi », voilà ce qu'elle aurait voulu lui dire. Mais elle était trop orgueilleuse pour oser.

« Mais moi… ça me dérange, continua Jean-Paul.

— Alors va-t'en ! C'est toi qui voulais qu'on ne se parle plus, qu'on s'ignore quand on se voit, alors pourquoi tu me cours après ?

— Parce que je t'ai vue t'enfuir comme une folle… Personne d'autre que moi t'a vue… J'ai eu peur, je savais pas où tu allais, je pensais que tu te ferais frapper par une voiture…

— T'en fais pas. J'ai pas besoin de toi.

— Mon Dieu, Nicole… Fais pas ça, c'est une vraie torture… Et puis, on doit y retourner, les gens vont se demander…

— Vas-y ! »

Elle éclata en sanglots. « Pauvre Nicole, tu as froid… Tiens. » Il enleva son manteau et le lui mit sur les épaules, mais elle le laissa glisser par terre. Elle avait cessé de marcher et restait là, secouée de sanglots des pieds à la tête. « Ne pleure pas, ma chérie, ma Nicole… Ça me fait trop mal de te voir pleurer… »

Jean-Paul la prit dans ses bras, et elle se laissa faire, il lui appuya la tête sur sa poitrine. « Pleure pas… Je t'aime, je te jure, je t'aime tant…

— Mmmoi aussi, jjje tt'aime…

— Tu es la seule qui peut me rendre vivant… même quand tu es complètement folle comme ça… »

Il rit doucement. Alors il l'aimait même si elle était folle ? Il l'aimerait toujours. « Mais on ne se verra plus jamais », souffla-t-elle. Elle retournait le couteau dans la plaie, exprès. Il l'embrassa sans répondre. « Tu as les lèvres toutes bleues… Il faut rentrer, tu vas tomber malade…

— Et ils vont se demander où tu es… »

Il ne releva pas l'ironie de sa remarque, il lui remit plutôt son manteau sur les épaules, et cette fois elle le garda. Pendant qu'ils rebroussaient chemin, Jean-Paul continuait à lui parler. « Je t'aime, tu sais… Tu es ma petite Nicole… C'est tellement dur d'être séparé de toi, même pour une semaine, c'était terrible…

— Alors…

— Alors, quoi ?

— On n'est pas obligés d'être séparés… Je peux rester avec toi, comme avant… Tu m'aimes… et je t'aime…

— Nicole ! »

Il la prit dans ses bras encore et l'embrassa. « Si c'est trop dur… on n'est pas obligés de souffrir, dit-elle.

— C'est vrai, tu m'aimes ?

— Oui !

— C'est la première fois que tu me le dis… Même la première fois que quelqu'un me dit ça…

— On n'est pas obligés de souffrir.

— C'est vrai… que je peux pas vivre sans toi… Je sais pas ce que je vais faire sans toi… Mais Nicole, et toi ? Je veux dire, ta vie ? Tu es tellement jeune…

— Pas beaucoup plus que toi ! Moi, je veux que tu sois heureux, et c'est tout.

— Alors… on continuera à se voir ? »

Il le disait avec un mélange de peur et d'espoir. « Oui… si tu veux… » Ils étaient presque revenus chez les Lépine. Nicole enleva le manteau de Jean-Paul de ses épaules et se secoua les cheveux pour en faire tomber les flocons de neige. « Rentre avant moi… sinon les gens vont se poser des questions.

— Non, toi, rentre, tu es toute gelée… Je vais rester un petit peu dehors…

— Jean-Paul ?

— Quoi, ma Nicole ?

— Tu… Est-ce que… puisque… *elle* est là… » Elle n'arrivait plus à prononcer à haute voix « ta femme », alors que dans son accès de rage tout à l'heure elle n'avait eu aucune difficulté à le dire.

« Ne t'inquiète pas… Ça va rien changer, on… Je vais m'arranger… »

Elle le laissa et remonta les marches de la demeure des Lépine en essayant de rentrer sans attirer l'attention des invités, qui à présent étaient tous rassemblés dans la salle de réception et fêtaient joyeusement l'arrivée de la nouvelle année. Heureusement pour Nicole, Jacqueline n'était plus en vue et sans doute avait-elle tout oublié de la scène précédente en compagnie du Steinway des Lépine. Avec un peu de chance, si Nicole restait appuyée à ce mur entre la bibliothèque et la cheminée, personne ne la remarquerait et elle aurait le temps de sécher et de se réchauffer. Elle aurait le temps de réfléchir, aussi. Déjà elle ne s'expliquait plus la crise qui venait de la secouer. Elle avait gagné, oui – une fois encore –, mais qu'est-ce que c'était que cette victoire-là ? Qu'avait-elle gagné au juste, et pourquoi y tenait-elle absolument ? Elle avait gagné Jean-Paul… *Mais ce n'est pas pour ça au début que tu as accepté son amour. Ça n'avait rien à voir avec gagner quelque chose, tu te rappelles ? Tu voulais qu'il soit heureux, et il disait que seulement grâce à toi il pouvait être heureux… Tu voulais lui donner tout, lui donner ta vie… Est-ce que c'est vraiment ça que tu faisais ce soir ?* Elle essayait de faire taire ces pensées incontrôlables en disant : *Mais je l'aime ! Je l'aime…* C'était vrai qu'elle l'aimait. *Mais est-ce que c'est bien ça, l'amour ? L'amour, c'est tout risquer, et on verra bien ce qui arrivera !*

À un moment, elle tourna la tête et vit que Jean-Paul était revenu, et il était de nouveau près de sa femme. Ils ne se parlaient pas. Bien sûr, tout ce mariage n'était qu'une mascarade, et avec une juive, en plus ! Ça ne valait rien parce qu'ils s'étaient mariés civilement, Jean-Paul le lui avait appris avant qu'elle l'interrompît pour changer précipitamment de sujet. Mais quand même… Comment ne pas éprouver de malaise alors que maintenant elle avait cette Ethel juste devant les yeux, qui n'était plus une espèce d'entité lointaine et vaguement immatérielle, mais une femme en chair et en os, bien vivante et avec qui il faudrait composer ? Elle n'était pas morte, ni même sur le point de mourir, elle était là – et pour combien de temps ? Pour toute la vie, peut-être. Les mots inquiets de Jean-Paul lui revenaient à l'esprit : « Et toi, Nicole ? » *Vas-tu gâcher ta vie pour un amour ? Non ! Ce n'est pas gâcher sa vie, mais la donner, tout donner pour lui !* Et advienne que pourra ! Mais cette phrase de Jean-Paul continuait à résonner dans sa tête : « Et toi, Nicole ? Tu es tellement jeune… » Et sa victoire ne lui semblait plus aussi complète, aussi parfaite qu'elle l'avait paru quand elle se battait avec lui pour l'arracher.

8

Hiver

Quand Jacques retourna au collège après la semaine de Noël, Nicole poussa un soupir de soulagement. Tous les jours il l'avait talonnée pour lui parler. Il avait des problèmes à l'école, ses maîtres le faisaient souffrir à cause de ses mauvaises notes, et il avait grand besoin de se confier. Autant Lucien Charbonneau ignorait sa fille aînée, autant il s'acharnait sur ce fils si peu doué pour les études. Mais Nicole préférait se tenir en retrait de tout cela. En effet, elle avait l'impression que sa tête était trop pleine de ses propres soucis pour qu'elle pût prendre en considération ceux des autres. Et puis Jacques la connaissait tellement bien… Au premier tête-à-tête sérieux, il devinerait qu'elle était préoccupée… Alors, pour le consoler et pour qu'il ne se doutât de rien, elle lui avait joué toutes les pièces qu'il aimait. Comme ça, ils ne parlaient pas, et c'était très bien. Et en s'exécutant pour lui, elle s'était rendu compte qu'il y avait longtemps qu'elle ne l'avait plus fait – jouer pour le plaisir. Elle répétait certes pour avoir quelque chose à apprendre à ses élèves, mais elle n'avait plus eu envie de jouer pour elle-même depuis une éternité. Elle lui joua une fois le nocturne qu'il aimait, avec toute la tendresse dont elle était capable et qu'elle ne pouvait lui manifester parce qu'il comprendrait alors que quelque chose clochait – oui, comme il avait deviné l'année dernière que quelque chose avait changé, mais tout cela… c'était loin, et à quoi bon y penser ? Et elle jouait ce nocturne auquel elle n'avait pas touché depuis la fin de l'été, elle jouait autant pour Jacques que pour elle-même, et il lui semblait que la beauté de la musique lui déchirait le cœur. Jacques lui disait : « Encore ! Joue encore… » et elle obéissait. Comme elle aurait aimé que Jean-Paul fût là et qu'il entendît, et qu'il lui dît que c'était beau, qu'elle ne jouait pas comme Jacqueline ou la « couventine typique », mais d'une manière unique. Elle était convaincue de comprendre maintenant : pour bien jouer, il fallait aimer, il fallait donner quelque chose. Elle croyait que sa découverte était toute récente et qu'elle pouvait s'attribuer l'originalité de cette pensée.

Nicole revit Jean-Paul dès que Jacques et Suzanne retournèrent en pension et que la vie normale reprit son cours. Rien n'avait changé en apparence, toutefois organiser des rendez-vous était devenu un casse-tête encore plus compliqué qu'avant. Nicole ne pouvait plus du tout lui téléphoner chez lui, il fallait que lui le fît, et alors elle devait se précipiter pour répondre avant Germaine ou sa mère. Et il ne devait pas l'appeler plus d'une fois par semaine, sinon Nicole se ferait poser des questions par sa mère et ce serait un désastre complet. En plus, Jean-Paul ne pouvait s'empêcher de parler de ce qu'il vivait chez lui, et Nicole ne pouvait faire autrement que de l'écouter, même si elle était blessée d'entendre tout ce qui concernait ses relations avec sa femme. Mais elle voyait que cela lui pesait et il fallait bien qu'elle essayât de l'aider pour être fidèle à sa promesse de le rendre heureux ! Il lui avait dit que son père avait décidé qu'ils devaient partir de la maison familiale, lui et sa femme, parce qu'ainsi celle-ci serait peut-être plus à l'aise et se sentirait moins comme une étrangère. Nicole le fixait avec des yeux ronds et éperdus quand il lui racontait ces choses, et dans ces moments plus que jamais elle prenait conscience de l'absurdité de la situation qu'ils vivaient, tous les deux. Elle s'efforçait de refouler le sentiment de panique qui montait en elle, de repousser l'impression que toute cette histoire prenait des proportions bien trop grosses pour elle, et elle saisissait la main de Jean-Paul en lui assurant que tout irait bien, qu'elle serait toujours là.

Mais il y avait autre chose qui commençait à la faire paniquer. Tellement qu'elle osait à peine y penser quand elle était seule, et pourtant c'était ce qui revenait le plus dans son esprit et elle ne savait pas quoi faire. Elle comprenait maintenant que Jean-Paul lui avait menti. Enfin, non, il n'avait peut-être pas menti. C'est-à-dire qu'il avait probablement cru être sincère en affirmant qu'il lui suffisait de la regarder pour se sentir vivant et heureux, la regarder et lui parler et l'embrasser presque comme une sœur, mais bien sûr ce n'était pas vrai. Et elle avait été naïve et stupide de ne pas penser plus loin. Depuis le soir du réveillon, depuis sa victoire, il ne s'était pas passé un seul rendez-vous sans que Jean-Paul lui dise que c'était elle qui l'avait voulu, c'était elle qui avait voulu rester avec lui, malgré tout. Rester avec tout ce qu'il était, lui, tout ce que cela impliquait dans le présent et l'avenir, tout le pire et tout le meilleur. Il lui avait confié ses scrupules, l'avait même quittée à cause d'eux, et elle, elle les avait rejetés du revers de la main. Qu'elle vive avec les conséquences de ses décisions, maintenant ! Il disait qu'il avait toujours su qu'ils en viendraient là. « Ne me dis pas que tu ne t'en doutais pas, Nicole ? Tu es trop naïve, ma chérie… » Et puis : « Tu ne sais donc pas c'est quoi, l'amour ? C'est ça aussi. » Il lui répétait les paroles qu'elle avait lancées ce soir-là, ces paroles sauvages qui à présent lui semblaient venir de quelqu'un d'autre qu'elle-même : « Et si ça me dérange pas ? » Il les répétait et les répétait sans cesse, et que pouvait-elle répondre à cela ? Il avait raison, elle ne pouvait pas ne pas en convenir. Nicole ne savait pas pourquoi elle réfléchissait de cette manière, mais il lui semblait que ce que Jean-Paul lui demandait symbolisait un pas décisif, définitif, et après elle ne pourrait jamais revenir en arrière. Toute son éducation, toutes ses lectures, tout ce qu'elle connaissait, tout ce qu'elle avait toujours cru et qu'elle pensait immuable en elle se révoltait contre cette idée. Mais une autre voix se faisait entendre dans sa tête, qui disait : *Tu peux pas avoir les deux ; tu peux pas promettre de tout donner et en même temps retenir quelque chose, même si tu penses que c'est mieux de pas le donner. Tu peux pas avoir les deux : Jean-Paul pour toi et toi-même pour toi.* Et au-dessous de ce raisonnement, il y avait encore une troisième pensée plus effrayante que les deux autres, et ce fut celle-là qui gagna : *Qu'est-ce que ça change, un pas de plus ou de moins ? Tu es déjà perdue. Tu crois que non ? Alors regarde de plus près, ma fille, regarde ce que tu as fait ces derniers mois et sois honnête avec toi-même pour une fois : tu as accepté qu'un homme marié t'écrive des lettres d'amour ; tu as répondu à ses lettres ; tu as accepté de le voir sans témoin ; tu as accepté qu'il te touche ; tu as accepté qu'il te prenne la main ; tu as accepté qu'il t'embrasse ; pourquoi tu n'acceptes pas la dernière chose qu'il te demande ? Au moins comme ça ce sera vrai ce que tu voulais : tu donneras tout pour lui. Dis-moi, qu'est-ce que ça change puisque tu es déjà perdue, tu es déjà corrompue ?* Et il avait raison, Jean-Paul : c'était elle qui l'avait voulu.

Les deux dernières fois qu'ils s'étaient vus avaient été gâchées par des disputes. Jean-Paul lui avait dit qu'elle jouait un double jeu. Il l'avait appelée « sainte Nicole », et cette fois ce n'était pas un compliment. Ce fut seulement quand elle avait pleuré qu'il s'était adouci. Certes, il s'était calmé, mais cela ne l'avait pas empêché d'ajouter : « Tout ça, c'est à cause de l'éducation complètement hallucinée d'ici. Aux États, c'est pas comme ça, en France non plus… C'est juste ici qu'il faut qu'on vous mette ces idées rétrogrades dans la tête – et je t'en prie, ne me demande pas ce que veut dire rétrograde.

— Je sais parfaitement ce que ça veut dire, merci. Arrête de me prendre pour une enfant.

— Alors arrête de te comporter comme une enfant. »

Ils finissaient par se quitter réconciliés, se promettant de s'aimer toujours et de ne plus se disputer, mais Nicole savait que ça ne pourrait plus continuer ainsi bien longtemps.

Depuis quelques semaines, elle avait commencé à fumer, elle s'achetait des cigarettes avec l'argent de ses leçons. Jean-Paul lui disait qu'elle était belle quand elle tirait sur sa cigarette et qu'elle rejetait lentement la fumée par le nez. Un jour, en fin d'après-midi, elle était allée retrouver Jean-Paul au cimetière de la Côte-des-Neiges ; quelquefois, il lui donnait rendez-vous là. Vers cinq heures, à la nuit tombée, au plus froid de l'hiver, personne ne s'y promenait jamais. Ils s'étaient assis sur un banc recouvert de glace et Nicole frissonnait dans son manteau. Elle avait envie de rentrer dans une maison, quelque part qui serait à elle, et il y aurait un feu dans la cheminée, et peut-être que Jean-Paul et elle seraient mariés, et alors tout serait plus simple. Ils pourraient se réchauffer dans la maison au lieu de rester ici à geler. Jean-Paul se taisait, lui aussi. Il avait passé un bras autour de sa taille très doucement, elle le sentait frissonner. Ils auraient été tellement bien si seulement il n'avait pas fait si froid, s'ils avaient pu être dans une maison, leur maison. Alors, pour essayer de se réchauffer un peu, Nicole alluma une cigarette et dit, presque en chuchotant même s'il n'y avait personne d'autre que Jean-Paul pour l'entendre : « D'accord.

— Quoi, d'accord ? »

Il ne comprenait pas, il était devenu idiot, ou quoi ?

« D'accord, pour… tu sais…

— Oh, Nicole ! Écoute, ne…

— Où on ira ? » l'interrompit-elle.

Elle avait décidé, c'était tout.

« Je… peux trouver un endroit.

— Très bien. Demain, alors. Maintenant, est-ce qu'on peut rentrer, parce qu'on gèle. »

Le lendemain soir, Nicole donna son cours de piano à sa nouvelle élève, la petite voisine de Simone Laplante. C'était seulement la deuxième fois qu'elle la voyait. C'était une jolie petite fille de huit ans aux yeux intelligents, elle promettait d'être douée, déjà. Nicole essayait de lui apprendre comment placer ses doigts sur le piano, mais elle regardait à peine ce que l'enfant faisait. « Est-ce que c'est bien comme ça, mademoiselle ?

— Oui, Thérèse, c'est très, très bien, continue. »

Jean-Paul l'avait accompagnée en voiture à son cours pour ne pas qu'elle fût en retard. Avant, il l'avait emmenée quelque part, à un endroit qu'il connaissait au centre-ville de Montréal. Elle lui avait demandé de la laisser au coin de Bernard, deux rues avant celle de la demeure de son élève, c'était plus prudent ainsi. Avant de refermer la portière, elle l'entendit dire qu'il l'aimait. Il n'avait pas cessé de répéter cela tout le long du trajet. Nicole courut sur le trottoir glacé parce qu'elle avait peur d'être en retard et elle faillit glisser. Elle entendait son élève qui pianotait les accords qu'elle lui avait montrés la semaine précédente et elle essayait de se concentrer sur ces sons pour faire disparaître les pensées qui lui venaient en tête.

Finalement, le cours se termina, la mère de la petite Thérèse la paya et lui demanda si elle était correcte pour rentrer toute seule. « Oui, ne vous inquiétez pas, j'habite tout près. » Dehors, il faisait nuit et l'air était immobile et glacé. En arrivant devant sa maison, Nicole ne rentra pas tout de suite. Elle ne voulait pas affronter le « Bonsoir, ma petite Nicole ! » de Germaine, ni les questions de Gilles sur ses devoirs, ni rien. Elle s'assit sur une des marches mouillées de l'escalier, sortit son briquet que lui avait donné Jean-Paul et alluma une cigarette, comme elle le faisait souvent ces derniers temps. Elle en regardait le petit bout rougeoyant, la cendre qui tombait sur les marches au-dessous d'elle et qui faisait fondre la neige. « Je suis une… Voilà, je suis une… » Elle ne pouvait pas dire le mot. *Peut-être que si j'arrêtais de penser ce serait mieux. Mais c'est ta faute, aussi. C'est toi qui voulais.* Oui, elle avait bien fini par l'avoir ! « Je suis une… » Voilà, il n'y avait rien d'autre à ajouter.

9
Avril

« Plus souple, la main gauche. » Nicole se leva de son siège dur. Elle ne se sentait pas bien. Elle ne se sentait plus jamais bien. Et avec la grêle qui tombait sans discontinuer depuis le matin, elle ne pourrait pas rentrer chez elle à pied, c'était sûr. Il lui faudrait prendre le tramway, et elle détestait ça.

« Mademoiselle ? Mademoiselle Nicole ?

— Oui, Simone ?

— J'ai fini la pièce, mademoiselle…

— Mais je sais bien que tu as fini, Simone !

— C'est parce que vous aviez pas l'air d'avoir remarqué.

— J'avais remarqué, Simone. J'ai aussi remarqué que ta main gauche est toute raide, comme d'habitude. As-tu répété depuis ton dernier cours ? Si tu t'exerçais, tu ferais plus de progrès, et je serais pas obligée de répéter tout le temps les mêmes choses. »

Nicole vit les yeux de la fillette se brouiller. Simone était très petite pour son âge et très nerveuse. Elle avait toujours peur d'être grondée. Mais aujourd'hui Nicole n'avait pas la patience, pas la moindre patience. Il fallait qu'elle vît Jean-Paul, ça ne pouvait plus attendre. Il avait repoussé « jusqu'à nouvel ordre » leur prochain rendez-vous, comme si elle n'avait rien de mieux à faire qu'attendre son bon vouloir. « Allez, c'est pas grave, Simone. Tu répéteras pour la prochaine fois. Je dois partir un peu plus tôt aujourd'hui, tu diras à ta mère qu'elle me paiera au prochain cours, d'accord ?

— D'accord, mademoiselle… Je vais répéter, c'est promis ! »

Nicole sortit de chez les Laplante et respira un peu d'air frais. Elle se sentait tellement épuisée et faible qu'elle avait l'impression que le moindre geste lui demandait un immense effort. Elle tourna le coin de la rue pour aller attendre le tramway et elle vit Jean-Paul qui se tenait en face de l'arrêt, guettant sa venue. « Qu'est-ce que tu fais là ? C'est pas prudent de se rencontrer ici…

— Je m'ennuyais, je voulais te voir… »

Il essaya de la prendre dans ses bras, mais elle le repoussa. Elle n'avait pas envie d'être touchée. « Ça ne va pas, ma Nicole ?

— Qu'est-ce que tu crois ? répliqua-t-elle en pinçant les lèvres.

— Qu'est-ce que tu as ?

— Je suis fatiguée.

— Tu es toujours fatiguée, en ce moment.

— Ce n'est pas de ma faute.

— Nicole…

— Quoi ?

— Nicole, regarde-moi… »

Il la fixait comme s'il ne l'avait jamais vue de sa vie. « Tu peux arrêter de me regarder comme ça ?

— Tu m'as dit que tu as été malade, il y a trois jours…

— Oui. Hier aussi, mais c'est fini, je crois. Aujourd'hui, ça va un peu mieux. »

Il lui toucha le front sous son chapeau, presque brutalement. « Tu ne fais pas de fièvre, pourtant… Écoute… Il faut que je te parle…

— Vas-y. » Nicole jeta un œil au bout de la rue pour voir si le tramway n'arrivait pas, mais il n'y en avait pas la moindre trace à l'horizon.

« Non, vaut mieux pas ici…

— Jean-Paul, je suis fatiguée, je veux rentrer chez moi, d'accord ? »

Nicole sentait une boule se former dans le fond de sa gorge, comme ça, sans raison. Juste parce que Jean-Paul l'énervait, elle avait envie de pleurer. « Nicole, écoute, j'ai peur que… Si jamais… Excuse-moi, mais il faut que tu me dises, depuis combien de temps tu… tu as…

— Arrête ! Tais-toi !

— Nicole, arrête de faire ta sainte nitouche. Tu comprends ce que je te demande, non ? Alors réfléchis. »

Elle se concentra en regardant par terre. « Deux mois, je crois… Ou plus.

— Tu sais ce que ça veut dire, hein ? »

Il la regardait à nouveau de ces yeux terribles, si terribles qu'elle eut peur. « Non, Jean-Paul, je… non…

— Mon Dieu, tu es tellement naïve, je pourrais te tuer…

— Oui ! Oui, je sais ! Arrête ! »

Les sanglots qu'elle retenait depuis une semaine éclatèrent soudain. Il avait fallu que lui la mît devant l'évidence, sinon elle ne l'aurait jamais admis. Juste le fait qu'elle se sentait si bizarre depuis quelque temps, ça aurait dû lui mettre la puce à l'oreille, si elle avait eu un peu plus de jugeote. Mais elle n'en avait aucune, personne ne lui avait appris à en avoir sur ce genre de situation. Devant les pleurs, Jean-Paul paniqua : « Ah non, commence pas… pas dans la rue… Écoute… on va aller… parler calmement… » Il héla un taxi pour l'emmener quelque part. Pas chez lui, pas dans la nouvelle maison où ils venaient d'emménager, sa femme et lui. Même si Ethel avait un rendez-vous chez le médecin et qu'ainsi il avait pu se libérer pour voir Nicole, il y avait les voisins. Dans le taxi, il lui tint la main et elle ne la retira pas, bien qu'elle eût aimé le faire souffrir, sans bien comprendre pourquoi, mais tout dans sa tête se mélangeait. Il fit s'arrêter le taxi devant le premier café ouvert à cette heure. « Voilà, ici on sera bien. » Ils s'assirent côte à côte et il lui tenait toujours la main, à la broyer. « Est-ce que… tu es bien sûre ? Ça fait deux mois ? » Il chuchotait, elle devait lire sur ses lèvres pour comprendre ce qu'il lui demandait. « Je ne sais pas. Oui. Je n'aime pas parler de ça.

— On n'a pas tellement le choix… Nicole, il faut que tu sois bien sûre… que c'est ça… Tu es sûre ? »

Il répétait « tu es sûre », comme si ça allait changer quelque chose. « Je ne sais pas, arrête de me demander ça… Je veux partir. »

Elle se leva, tellement vite qu'elle vit des petites étoiles danser devant ses yeux, et elle dut se rasseoir. « Nicole…

— Ramène-moi à la maison, Jean-Paul.

— Nicole, il faut qu'on en parle, c'est trop important.

— Pas maintenant. Je voudrais rentrer à la maison. »

Devant son air buté, Jean-Paul fut bien obligé de s'incliner. Ils reprirent le taxi en sens inverse. Jean-Paul resta silencieux quelques secondes, puis il commença à parler en murmurant, et à ce qu'il disait, de la manière qu'il le disait, Nicole comprit qu'il l'avait su avant elle et elle fut prise d'une colère sourde contre lui – parce qu'il l'avait entraînée là-dedans et maintenant il agissait comme si c'était elle qui était stupide et qui ne savait pas y faire. « Je sais que tu penses que c'est inévitable, mais… ce n'est pas inévitable, Nicole. On peut faire quelque chose avant qu'il soit trop tard. Il *faut* faire quelque chose. Là je sais que tu es sous le choc mais il faut vraiment se dépêcher. »

Nicole eut un sursaut d'horreur en l'entendant. « Arrête ! S'il te plaît, arrête.

— Allez, Nicole, je sais que tu comprends… Ça arrive tout le temps, des filles qui… par exemple mon ami Roger, c'est pas un modèle, hein, mais quand on était aux États, la fille avec qui il sortait a eu besoin de ça, je l'ai aidé à trouver un médecin qui pourrait le faire…

— "La fille avec qui il sortait" ?… Tu me compares à ça ? Moi je t'ai tout donné, tout ! Je ne suis pas juste "une fille", moi !

— Mon Dieu… Tu sais bien que ce n'est pas ça que je veux dire. »

Le taxi s'arrêta au bout de la rue de la maison des Charbonneau. Jean-Paul paya et fit sortir Nicole. Il la regardait avec des yeux infiniment tristes. «Je t'aime, Nicole… Mais il faut que tu penses à ça… Je ne peux pas, on ne peut pas… faire ça… Tu comprends? Appelle-moi demain, vers six heures, tu pourrais? Penses-y bien.»

«Où tu étais? cria sa mère quand Nicole passa devant la cuisine.

— Les Laplante m'ont invitée à souper, je suis restée pour être polie.» Elle monta dans sa chambre. Elle se forçait à penser, comme l'avait dit Jean-Paul. Depuis des mois, elle ne pensait plus; elle avait trop mal à penser. Pourquoi elle avait fait ça? Elle était devenue folle, folle, elle était devenue une… Ce qu'elle avait fait, ce qu'elle lui avait dit aussi quelquefois… *Pense, Nicole, pense! Te lancer des injures à voix basse, ce n'est pas penser!* OK. Elle avait mal fait. Elle avait tellement mal fait que maintenant elle allait avoir un bâtard – elle n'aurait su dire où elle avait entendu le mot, mais c'était bien celui qu'il fallait employer. Ça, c'était les faits. Après, il y avait quatre possibilités: 1) se tuer; 2) avoir l'enfant en cachette et le donner à la Miséricorde; 3) avoir l'enfant, le garder et jeter la honte sur sa famille et sur elle-même; 4) faire ce que Jean-Paul lui proposait. Elle avait été prise de dégoût quand il en avait parlé… mais il n'avait pas tort quand il disait qu'ils ne pouvaient pas avoir d'enfant, que c'était une impossibilité absolue. Et puis, en considérant les trois autres possibilités, elle sentait la panique l'étouffer au point qu'elle peinait à respirer.

Alors, pour la première fois depuis des semaines, Nicole se mit à genoux au pied de son lit et commença à prier. Et pour la première fois depuis des mois, sa prière était entièrement nue. *Marie, j'ai l'impression que c'est juste à vous que je peux parler maintenant. J'aurais trop honte de m'adresser à votre Fils, à cause de ce que j'ai fait. Marie, je sais que j'ai tout gâché, depuis le début. Et maintenant c'est pire que jamais. Marie, montrez-moi ce que je dois faire. Je suis pas comme vous, je suis pas simple comme vous et capable de dire oui tout de suite, moi je complique tout et je crée seulement des problèmes affreux. Je ne veux pas faire ce que Jean-Paul me demande, mais les autres choses me semblent aussi terribles… Oh Marie ! Restez avec moi, je vous en prie… J'ai tellement peur toute seule. Je suis toute seule, Jean-Paul peut rien pour moi. Personne peut rien, et tout est ma faute, je sais ça. J'ai peur, Marie. Enlevez-moi ma peur.* Elle continua à prier, peut-être pendant une heure ou plus. Elle pensa à l'année dernière au couvent, quand mère supérieure l'avait enfermée dans cette chambre horrible comme une sentence, alors qu'elle n'avait rien fait, rien. Elle était si petite à cette époque – elle ne savait rien de la vie et pourtant elle pensait tout savoir. Et maintenant… À un moment, ses pensées mêmes se turent et elle écoutait dans le noir. Puis elle s'endormit.

Quand elle se réveilla, elle était encore par terre, couchée en boule au pied de son lit. Elle ne savait pas comment cela avait pu se produire, mais sa couverture avait glissé et elle s'était enroulée dedans pendant qu'elle dormait. Elle se leva, toute chancelante sur ses jambes engourdies. Tous ses membres lui faisaient mal. Les volets n'étaient pas fermés, et à travers la fenêtre elle voyait l'aube qui commençait à poindre. Il devait être encore très tôt, même pas six heures. Nicole ne se rappelait presque rien de sa prière de la veille, il lui semblait que son esprit était complètement vidé – inutilisable. Elle resta devant sa fenêtre à contempler la lumière monter lentement et s'étendre dans le ciel et sur la ville. On voyait bien que l'hiver commençait à s'en aller : la neige se faisait molle sur les arbres et elle brillait d'un éclat mouillé. Que c'était beau, toute cette lumière du matin sur la neige. C'était si beau que Nicole n'arrivait plus à s'en détacher les yeux. Elle ouvrit la fenêtre pour sentir l'odeur du printemps. Les cloches de l'église Saint-Viateur à côté sonnèrent l'angélus. Il était maintenant six heures.

Nicole descendit les escaliers pieds nus en faisant le moins de bruit possible pour ne pas réveiller la maison qui dormait encore. Germaine était la première levée d'habitude, vers six heures et demie, puis son père, Gilles et enfin sa mère. Nicole ne savait pas ce qu'elle allait faire jusque-là. Elle ne savait même pas pourquoi elle était descendue. Elle entra dans le salon. Et elle vit, bien en évidence sur le lutrin du piano, le livre I du *Clavier bien tempéré* de Bach, que Jacques lui avait donné pour sa fête, qui semblait l'attendre. Il était ouvert au numéro vingt-deux. Ce n'était pas elle qui l'avait mis là. Elle le savait parce qu'elle ne s'était pas approchée du piano depuis que Jacques était retourné au collège après ses vacances. Et même quand Jacques était à la maison pour Noël, elle n'y avait pas touché, pas une fois. Elle alla s'asseoir devant la partition, comme prise d'une impulsion. Dès qu'elle vit la première note du prélude, elle entendit toute la musique débouler dans sa tête. Comment avait-elle pu oublier ? Comment avait-elle pu vivre tout ce temps sans l'entendre ? Oh, père Fenner… « Va, appelle ton mari et reviens. – Seigneur, je n'ai pas de mari. – Tu as raison de dire que tu n'as pas de mari, car tu en as eu cinq, et celui que tu as maintenant n'est pas ton mari. » Ses doigts frôlèrent le clavier. Elle n'arrivait pas à en contrôler le tremblement. Elle commença à jouer la pièce et ne s'arrêta plus, elle ne fit pas attention à ses fausses notes ou à ses accrocs. Elle jouait et pleurait en même temps parce que c'était si beau, et ses cheveux longs lui tombaient sur les yeux et lui faisaient faire des fautes, mais elle ne les entendait pas. Après le numéro vingt-deux, Nicole joua le numéro huit, puis le sept. Seulement après le sept releva-t-elle enfin la tête et vit que Gilles avait ouvert la porte du salon et s'était avancé timidement vers elle. Il la regardait. Nicole lui tendit la main pour qu'il s'approchât. Il vint et se colla à elle comme un petit chiot. « Nicole ?

— Mmm ?

— Pourquoi tu es tout le temps triste ?

— Je ne suis pas triste. »

Et c'était vrai. Elle découvrait en le disant qu'elle n'était plus triste. Elle savait ce qu'elle devait faire. Comme tout paraissait simple soudain ; et le poids qui pesait sur ses épaules s'était enlevé comme par magie. «Tu sais ce qu'on pourrait faire ce soir ? dit-elle à Gilles. On pourrait aller patiner. Bientôt, ce sera le printemps et la glace va fondre, il faut se dépêcher… Tu voudrais bien qu'on y aille ensemble ?

— Oui !

— On ira ce soir après le souper, si tu as fait tes devoirs.

— Je vais les avoir faits. »

Gilles partit pour l'école et Nicole alla dans la cuisine manger quelque chose. Elle se sentait affamée comme un ours et commença par étaler une copieuse couche de beurre sur trois tranches de pain. Mais c'était si étrange : tout d'un coup, le moindre de ses gestes prenait un sens nouveau. Il lui semblait voir tout dans une lumière nouvelle. *Ce n'est pas moi qui ai mis le cahier sur le piano, ça je le sais. Ce n'est pas moi qui l'ai ouvert à cette page-là, à ce prélude-là entre tous. Et si ce n'est pas moi, c'est quelqu'un d'autre. Et si c'est quelqu'un d'autre, c'est Toi aussi.* Elle ne savait même pas qui était ce «toi» à qui elle s'adressait, pourtant jamais en cette minute ne lui avait-il paru aussi proche. Elle disait dans sa tête : «C'est Toi, c'est Toi», en étalant le beurre sur son pain, en croquant dans la croûte du pain, en ouvrant le robinet pour laver son assiette. Et à ces mots elle sentait tout son corps frémir, et ce qu'elle avait dans son corps frémir en même temps qu'elle.

Elle remonta dans sa chambre pour s'habiller en vitesse. Elle savait où elle devait aller. Dans l'entrée, elle croisa son père qui partait à son cabinet. Il la regarda. «Où cours-tu comme ça si tôt ? » Elle avait presque envie de lui dire la bonne nouvelle, mais elle se retint à temps. Il saurait la vérité bien assez vite. «Je vais… prendre l'air.» Elle prit l'autobus jusque chez Jean-Paul, qui habitait avec sa femme pas loin de chez ses parents. Elle essayait de penser à ce qu'elle allait lui dire, mais la seule chose qui lui venait à l'esprit, c'était cette phrase : «Qu'est-ce qu'il y a de plus beau que la vie ? Rien. Rien n'est plus beau que la vie.» Elle lui dirait cela. Elle lui dirait qu'elle choisissait la troisième option, que c'était la meilleure. La confusion, le trouble continuels qui l'habitaient depuis quelques mois ne la dominaient plus. Elle comprenait qu'elle s'était donnée à lui non par amour ou abnégation, comme elle avait voulu se le faire croire, mais seulement parce qu'elle avait eu peur qu'il se lasse d'elle. Et elle, elle ne voulait pas le laisser aller. Mais qu'importe : tout cela pouvait être sauvé maintenant. Il lui disait qu'on ne pouvait pas s'aimer sans se donner l'un à l'autre, et il avait raison. Sauf qu'à présent elle comprenait vraiment ce que cela signifiait, de se donner entièrement.

Nicole se souvenait qu'il y avait une cabine téléphonique à quelques coins de rue de la maison de Jean-Paul. Elle composa le numéro et écouta la sonnerie grêle résonner dans son oreille en espérant que ce serait lui qui répondrait. Si *Ethel* répondait, elle raccrocherait tout de suite. « Allô ? » C'était lui. Sa voix était rauque. « C'est moi. Je suis à deux rues de chez toi, tu peux descendre me rejoindre ? » Elle raccrocha et attendit à côté de la cabine. Elle entendait son cœur battre à tout rompre. Elle le vit arriver de loin, presque en courant. Il s'était tellement dépêché pour venir qu'il n'avait même pas boutonné son manteau. Elle se força à lever la tête et à le regarder droit dans les yeux. « Salut.

— Salut… Nicole, tu… tu as réfléchi à ce que je te disais hier soir ? Écoute, je n'ai pas dormi de la nuit et je pensais, c'est la seule solution… C'est rien de si terrible, tu sais… il ne faut pas paniquer, et… et j'ai déjà trouvé quelqu'un qui pourrait nous le faire, tout va…

— Jean-Paul ? J'ai décidé de ne pas le faire.

— Quoi ?

— J'ai décidé de ne pas le faire.

— Tu vas faire *quoi*, alors ?

— Ne t'inquiète pas, je t'en prie. Je vais… je ne le ferai pas.

— Non, Nicole, je… tu ne peux pas faire ça.

— Ce n'est pas à toi que je le fais. Je ne dirai rien sur toi. Tu vois ? Je t'aime. »

Nicole n'avait plus prononcé ces mots depuis le soir du 31 décembre. Mais ce soir-là elle mentait, alors qu'à présent elle disait la vérité. Jean-Paul lui prit les mains. « Moi aussi, je t'aime. Mais, Nicole… Tu ne penses pas… tu es sûre ?

— Je crois… »

Elle n'arrivait pas à lui expliquer, elle aurait voulu qu'il comprenne. Pourtant c'était simple, mais les mots ne venaient pas. Alors elle lui sourit de toute sa tendresse. Quel soulagement c'était de pouvoir lui sourire sans avoir l'impression de lui cacher quelque chose en même temps (car depuis deux mois, quand elle lui parlait ou simplement le regardait, elle sentait confusément qu'elle le trompait). « Tu as pensé à ce que… à ce que ça voulait dire, hein, pour nous ? Tu as pensé à toutes les conséquences… ?

— Non… Je ne sais pas ce qui va arriver…

— Nicole… Ça va être terrible…

— Il y a des choses plus terribles que ça. »

Elle ne pouvait empêcher les larmes de couler de ses yeux, en même temps qu'elle continuait à lui sourire. « J'aurais dû le savoir qu'on serait obligés de souffrir… si on s'aimait. » Elle eut un petit rire qui aurait pu passer pour un sanglot. « Nicole, non ! C'est pas vrai ! Pas toi !

— Ah, si tu pouvais le faire à ma place, je voudrais bien… Mais tu peux pas. »

Il la contemplait comme si elle était folle. Comment trouvait-elle le moyen de faire des farces dans un moment pareil ? « Pas seulement toi… Cet enfant-là, il va… Il va souffrir aussi, tu comprends ? Même si là tu penses que c'est bien ce que tu fais, tu pourras pas l'empêcher de souffrir et de regretter d'être né, un jour ! Et qu'est-ce qui va nous arriver, à toi et moi, tu as pensé à ça ? Tu as pensé comment les gens vont te regarder ? Et comment tu penses que moi je me sens, même si tu dis à personne que c'est moi ? Ça me met dans une position… À moins que tu veuilles que je me sépare d'Ethel, pour… pour te prendre, toi ? Mais ça, ça veut dire briser tous les liens avec nos familles, briser ma carrière, t'as pensé à ça ? Et j'aurai plus d'argent, j'aurai plus rien pour te faire vivre, toi et puis… lui !

— Je ne sais pas, Jean-Paul… On trouvera bien… On verra bien ce qui arrivera !

— Franchement, Nicole… Tu te mets dans la tête que c'est beau, cette affaire-là… Parce que tu te sacrifies, tu penses que c'est beau. Mais moi je te le dis, tu ne vois pas les choses comme il faut. »

Pendant un moment, ils se turent tous les deux. Puis, doucement, Nicole glissa : « Peut-être que tu devrais remonter chez toi… Ta femme… va se demander où tu es.

— Je lui ai dit qu'il fallait que j'aille travailler plus tôt. »

En effet, un mois auparavant, Jean-Paul avait réussi à se faire engager dans un nouveau cabinet au centre-ville, grâce à Lucien Charbonneau qui avait accepté de tirer quelques ficelles influentes pour le fils de son vieil ami. « Alors vas-y.

— Bon… Je t'appellerai demain.

— Oui. »

&

Ce soir-là, comme elle l'avait promis, Nicole emmena Gilles patiner. Dans un des parcs près de Saint-Viateur, il y avait une petite patinoire à ciel ouvert. Le ciel était clair : on voyait la lune et même des étoiles par endroits. Gilles patinait bien ; il était plus rapide qu'elle. Ils firent des courses, et il les gagna presque toutes. Puis quelques voisins de son âge vinrent le rejoindre et ils commencèrent une partie de hockey, alors Nicole alla s'asseoir sur un des bancs qui longeaient la glace. Elle entendait leurs cris de joie et de dispute comme venant de très loin. Elle repensait à ce que lui avait dit Jean-Paul, alors que toute la journée elle avait tenté d'oublier ses paroles. Elle ne lui demanderait rien ; elle porterait cela toute seule. Elle essayait d'imaginer ce qui l'attendait. Bientôt, elle ne pourrait plus sortir de la maison. Mais ça n'empêcherait pas qu'un jour ou l'autre tout le monde le saurait. Et un jour ou l'autre tout le monde saurait, aussi, *qui…* Qu'est-ce qui lui avait pris, ce matin, de penser l'annoncer à son père, comme ça ? Elle devait être devenue subitement et momentanément folle. L'euphorie qu'elle avait ressentie en matinée s'était évanouie, à présent Nicole réfléchissait aux «implications pratiques» de sa décision, ce par quoi Jean-Paul avait commencé, en homme réaliste qu'il était. Elle porterait cela toute seule. *Non, pas toute seule ! Marie… Ah oui ? Et qu'est-ce qu'elle peut bien faire pour toi, Marie ? Elle est dans le ciel, je te signale, elle pourra pas empêcher le scandale d'éclater !*

Et puis toute la honte de ce qu'elle avait fait lui revenait en mémoire comme pour la bombarder, et elle se rendait compte que cette honte-là deviendrait publique : que tout le monde pourrait s'abreuver à sa source pour lui cracher dessus. Ce n'était pas vrai, qu'elle s'en fichait. Tout le problème, c'était parce qu'elle s'était prise pour une sainte. Elle s'était imaginé qu'elle était Violaine, et c'était pour cela qu'elle avait embrassé Jean-Paul au début. Elle s'était imaginé qu'elle pouvait le rendre heureux, le sauver. Et voilà ce qu'elle était parvenue à faire : un désastre. Elle ne l'avait pas sauvé, elle s'était enfoncée avec lui dans la boue, et elle ne savait plus qui d'entre eux deux avait entraîné l'autre dans sa chute. Elle repensait avec horreur à certaines choses qu'elle lui avait dites, alors qu'il ne lui demandait rien. Elle ne comprenait pas à présent d'où étaient sorties ces confidences atroces qu'elle lui avait faites et qui n'étaient même pas vraies. « Tu sais… il y avait un prêtre au couvent, un nouveau la dernière année où j'étais là. Eh bien, je pense qu'il avait un œil sur moi… J'en suis sûre en fait ! » Et elle riait d'un rire terrible, puis ajoutait : « Il m'appelait à son bureau pour rien, juste parce qu'il disait qu'il aimait ça, me voir… Il disait qu'il aimait ça, qu'on se parle juste lui et moi… Tu comprends ? » Et Jean-Paul lui rétorquait de se taire, qu'il ne voulait pas savoir, et demandait pourquoi elle lui racontait toutes ces choses avec une telle nonchalance, mais Nicole ne pouvait plus s'arrêter, elle inventait d'autres détails et d'autres détails encore. Par exemple, elle disait qu'il l'avait touchée une fois et qu'elle n'avait rien pu faire parce qu'elle était dans son bureau et qu'il avait barré la porte. Puis elle disait que la mère supérieure l'avait renvoyée à cause de ce qu'il lui avait fait. Et Jean-Paul ne la regardait pas, et il pleurait. Maintenant, Nicole revoyait ces moments-là et il lui venait une envie de vomir, de se vomir elle-même et tous ses mensonges dégoûtants. *Comment est-ce que je peux prier, alors que je suis une telle... une telle horreur ? Comment est-ce que je peux demander pitié ?* Elle ne se souvenait plus que la veille au soir elle s'était mise à genoux en pleurant. « Tu te mets dans la tête que c'est beau, cette affaire-là... Mais moi, je te dis, tu vois pas les choses comme il faut », avait déclaré Jean-Paul ce matin. Était-ce bien vrai qu'il y avait quelque chose de beau à cela ? Ou bien tout était laid ? Jean-Paul sûrement la trouvait laide aussi. Avec sa nouvelle pâleur et ses doigts rongés.

Peut-être que si le téléphone n'avait pas sonné alors qu'elle remettait le pied dans la maison, Nicole n'aurait pas changé d'avis. Peut-être que quelque chose d'autre serait arrivé qui lui aurait redonné la force qu'elle avait égarée au cours de la journée. Mais elle répondit parce qu'un instinct l'avertissait que c'était Jean-Paul. « Oui ?

— Écoute... Tu es vraiment sûre...? Que c'est ça que tu veux...

— Est-ce qu'*elle* est là ?

— Elle est dans la cuisine, elle n'entend pas... Chérie... ça me tue... Je ne comprends pas pourquoi tu fais ça...

— Je ne peux rien faire d'autre...

— Non, ce n'est pas vrai... Pourquoi tu ne veux pas m'écouter ? Ça va être terrible, c'est clair que tu n'as pas conscience... Seigneur, je suis en train de paniquer, tu me fais paniquer...

— Ne panique pas, s'il te plaît... Tout va bien aller.

— Comment tu peux dire que tout va bien aller ? Comment tu peux être sûre de ça ? Je comprends pas qu'est-ce qui t'empêche de… penser à ce que je t'ai dit. C'est pas comme si t'étais…

— Comme si quoi ?

— Rien… Mais quoi, tu as peur d'aller en enfer, c'est ça ? C'est encore ta maudite peur des curés et des sœurs et toutes tes niaiseries, tu te prends pour sainte-je-sais-pas-quoi…

— Arrête !

— Tu seras donc jamais débarrassée de ça ? Après tout ce que tu as fait, tu crois encore à ça ? Tu vas laisser tes croyances de grand-mère décider de ta vie, et de la mienne ? Mais ça a plus rien à voir avec toi, quand est-ce que tu vas te rendre compte de ça ? Est-ce que tu sais ce qui t'attend ? Pourquoi tu peux pas être raisonnable, il faut que tu joues les martyres ? T'es pas une martyre, ni une sainte, t'es juste une… Est-ce que tu veux que je te dise ce que tu es ?

— D'accord, d'accord ! Arrête ! Je sais bien ce que je suis ! Arrête, s'il te plaît… Je vais le faire, d'accord…

— Bon. Demain, fais tout comme d'habitude. À cinq heures et demie, va m'attendre devant la gare, je viendrai te chercher quand j'aurai fini de travailler. Je vais t'expliquer les détails de ce qu'on peut faire, OK ?

— Oui…

— Allez… Courage… Je t'aime », chuchota Jean-Paul le plus bas possible, pour qu'elle seule l'entendît.

10
Avril

Tout se passa très vite. Le matin du premier samedi après Pâques, Nicole devait aller à la station de train, où Jean-Paul passerait la chercher en voiture. De là, ils se rendraient à Burlington, au Vermont. Nicole n'avait pas demandé à Jean-Paul comment il avait trouvé cet endroit, mais elle soupçonnait que ça avait un lien avec l'histoire de Roger Lépine. De toute façon, elle n'avait aucune envie d'en savoir plus. Jean-Paul avait bien essayé de lui expliquer, aussi, comment cela se déroulerait (comme s'il en savait quelque chose !), mais elle s'était mis les doigts dans les oreilles et avait commencé à chantonner pour couvrir le son de sa voix, comme une enfant mal élevée. Elle avait préparé le terrain une semaine avant, en disant à ses parents que Lucie Beaubien, qu'elle voyait maintenant de temps en temps, l'avait invitée à la cabane à sucre avec sa famille pour célébrer la fin du carême, et qu'ils dormiraient dans un hôtel quatre étoiles parce que c'était trop loin de faire le voyage aller-retour en une seule journée. Et c'était vrai, Lucie l'avait bel et bien invitée, et Nicole avait accepté, mais à la dernière minute – quelques heures avant de partir –, elle était censée décliner en prétendant avoir attrapé un mauvais rhume. Il faudrait vraiment qu'elle fût malchanceuse, si ses parents apprenaient son mensonge, car ils ne fréquentaient pas les Beaubien. Ils s'étaient seulement assurés qu'il s'agissait d'une famille respectable avant d'autoriser leur fille à la fréquenter.

À huit heures moins cinq, Nicole attendait devant la gare de Montréal, la partie de la ville qu'elle détestait, pleine de clochards et de gens sales. Elle grelottait malgré son chapeau qui lui couvrait une partie de la tête. Elle avait dit à Germaine qu'elle marcherait jusque chez les Beaubien et qu'il fallait partir tôt pour être à onze heures à la cabane à sucre. Mais en fait il fallait partir tôt pour être à midi à l'autre endroit – Nicole ne savait pas comment l'appeler exactement. Elle se rongeait les ongles, un tic nerveux que Jean-Paul ne pouvait pas supporter. Peut-être qu'elle le faisait un peu par défi, pour lui montrer qu'elle gardait ses manières à elle. Il arriva pile à l'heure, elle se dépêcha de s'engouffrer dans la voiture pour quitter cette place immonde. Dès qu'elle s'assit sur le siège, il tourna la tête pour l'embrasser, en la tenant par le cou, et elle eut envie de le gifler pour qu'il ne la touchât plus. Mais ce fut lui qui la repoussa subitement, en même temps qu'il fit basculer brutalement son chapeau en arrière. Il la regardait sans rien dire, avec des yeux épouvantés qui ne voulaient plus la lâcher, et elle jouissait de cette épouvante. Puis : « Qu'est-ce que tu as fait à tes cheveux ?

— Je les ai coupés.

— Je le vois… mais pourquoi ?

— Je voulais être laide. »

Jean-Paul posa ses deux mains sur le volant mais il ne démarra pas tout de suite, il se mit plutôt à se frapper le front dessus en répétant : « Mon Dieu, Nicole, mon Dieu, Nicole, tu es folle, tu es folle, tu es folle… Folle, folle, folle. » Quelqu'un derrière eux klaxonna. « Tu devrais avancer.

— Je sais. »

Il fallait en général près de quatre heures pour arriver à Burlington. Les routes étaient bonnes, il n'y avait presque plus de glace, ils en mirent donc à peine plus de trois. De plus, Jean-Paul conduisait très vite. De temps en temps il lui parlait, Nicole voyait bien qu'il faisait un effort pour lui dire des choses douces et gentilles, mais elle ne coopérait pas beaucoup.

Elle appréhendait ce qui allait se passer. Dans un moment de silence, elle se surprit à prier, mais avant la fin du premier *Je vous salue Marie* elle dut s'arrêter. Elle ne voulait pas prier, pas avant ce qu'elle s'apprêtait à faire. Elle pensait que si elle priait plus il lui faudrait ouvrir la portière et se jeter hors de l'auto, et puis on verrait bien si elle survivrait. Son cœur battait si fort qu'il lui semblait qu'il allait exploser dans sa poitrine.

Puis ils entrèrent dans Burlington et Jean-Paul passa un moment à tourner en rond dans la ville à la recherche de l'adresse qu'il avait notée. Il était déjà venu ici, mais en passant par une autre route, et donc il était déboussolé. Nicole ne savait pas pourquoi il avait fallu aller si loin, jusqu'à Burlington. Elle n'avait pas assez d'énergie pour lui poser la question maintenant. Puis elle se souvint qu'il y avait un lien avec Roger Lépine, mais elle n'était pas capable de le retrouver dans sa mémoire. Finalement Jean-Paul réussit à trouver l'adresse. C'était une petite maison d'une rue tranquille, une maison modeste qui ne payait pas de mine. Nicole se demanda encore une fois comment Jean-Paul avait trouvé cet endroit. Elle ne se rendait pas compte que deux minutes plus tôt à peine elle s'était posé la même question. Une femme vint leur ouvrir et Jean-Paul lui parla en anglais. Elle les laissa entrer. Nicole ne savait pas si cette femme était la femme du médecin ou une infirmière ou quelque chose d'autre. Elle donna un papier à Nicole avec des phrases écrites dessus. « Qu'est-ce que je dois faire ?

— Tu dois signer ici.

— Pourquoi ?

— Attends, je lis… Pour… dire que tu acceptes tous les risques et qu'ils sont responsables de rien… pour ce qui pourrait arriver.

— Tu m'avais dit qu'il n'y avait aucun risque.

— Il *n'y a* aucun risque, Nicole… C'est un médecin qui fait ça ici, pas comme les charlatans ailleurs… C'est seulement parce qu'ils veulent se protéger.

— Oui, parce qu'on n'a pas le droit de faire ces choses-là.

— Bon, écoute, tu veux encore en parler ? Tu veux encore réfléchir ? On peut rentrer si tu préfères, on rentre et on y pense… demain ou un autre jour… Mais bientôt, on ne pourra plus du tout réfléchir, tu comprends bien ça ?

— Non… non, c'est décidé… c'est décidé. C'est trop tard. »

Ils s'assirent pour attendre. Quoi – et qui –, Nicole ne le savait pas. Jean-Paul lui prit la main. « Je t'aime, tu sais… » Elle ne dit rien. « Nicole… Et toi, tu m'aimes ?

— J'ai froid.

— Nicole…

— J'ai froid, c'est tout.

— C'est à cause de tes cheveux… Pourquoi tu les as coupés, ma Nicole ?

— Je te l'ai dit déjà… Et puis j'avais envie. Qu'est-ce qu'on attend ?

— Elle a dit que le médecin… qu'il était occupé avec quelqu'un d'autre. »

La même femme que tout à l'heure vint chercher Nicole, qui partit sans lui. Jean-Paul lui avait pressé la main quand elle s'était levée. Elle avait envie de le tuer. Non, ce n'était pas vrai. Pourquoi elle mentait ? Ça n'avait rien à voir avec lui. Elle savait qu'elle ne le faisait pas (pas vraiment) parce qu'il l'avait convaincue, même si elle voulait lui faire croire cela pour le tourmenter. Elle le faisait parce qu'elle avait pensé à toutes les personnes qu'elle connaissait : Gilles, Suzanne, Jacqueline, mère supérieure et sœur Marguerite-Marie et sœur Marie-Reine-des-Cœurs et les autres sœurs, Lucie Beaubien, Marthe Monet et toutes ses compagnes du couvent, ses élèves en piano et en chorale. Mais, surtout, elle avait pensé à Jacques. Et au père Fenner. Qu'est-ce qu'ils diraient, s'ils la regardaient ? Alors finalement il avait raison, Jean-Paul : c'était bien en fonction des curés qu'elle prenait sa décision, c'était bien eux qui dictaient ce qu'elle devait faire, ou plutôt c'était ce qu'elle pensait qu'ils penseraient d'elle quand ils la verraient avec un enfant, quand ils découvriraient qui…

Lorsqu'elle entra dans la pièce, le « médecin » était là et la regardait, et elle eut honte de la façon dont il la regarda – aussi parce qu'elle pensait à ses cheveux. Il lui posa des questions et elle répondit : « No, No, No » à tout ce qu'il lui demandait, en faisant semblant de comprendre. Il vit qu'elle ne comprenait pas, alors il sourit et il lui mima par gestes ce qu'elle devait faire. Elle le fit. Ce n'était pas compliqué, il fallait se coucher sur une table. Il n'était pas méchant. Tout son être à elle tremblait pourtant. Elle le regardait du coin de l'œil. Elle n'était pas capable de fermer les yeux. Il mettait des gants. Il revint près d'elle et commença à lui palper l'abdomen. Il lui posait des questions. Elle ne comprenait pas. Il sortit de la pièce et revint avec Jean-Paul, qui traduisit les questions pour lui, parce que c'était important. Elle répondit comme elle pouvait, comme elle se rappelait. Après il fit sortir Jean-Paul et resta seul avec elle. Elle avait très peur. Tout son être se crispait. Quand il avait eu fini de traduire, Jean-Paul avait déclaré que le médecin disait de ne pas avoir peur, ça ne ferait pas mal et dans quinze minutes ce serait fini. Il lui donnerait quelque chose pour qu'elle ne sentît rien. Par gestes, le docteur lui expliqua de se déshabiller. Il lui donna un verre d'eau à boire avec quelque chose dedans. Il lui fit comprendre qu'elle ne devait surtout pas bouger. Elle ne bougea pas. Il posa un masque sur sa bouche et lui dit quelque chose mais elle n'entendit pas. Elle s'endormit.

Quand elle se réveilla, elle n'était plus dans la même pièce mais ailleurs. Elle ne savait pas comment elle était arrivée là. Elle vit Jean-Paul qui était assis sur une chaise à côté d'elle. Elle murmura : « J'ai envie de vomir », elle avait la tête qui tournait. Jean-Paul lui apporta une poubelle en plastique qui se trouvait dans un coin de la pièce et elle vomit dedans, qu'un peu de bile. « Est-ce que ça va ?

— …

— Nicole… ? Est-ce que ça va ?

— Oui…

— OK… Nicole, on ne peut pas rester ici très longtemps…
On va aller… ailleurs, dans un autre endroit où tu pourras te
reposer un peu…

— Où ?

— Une chambre que j'ai réservée dans un hôtel… Il faut…
penses-tu que tu peux te lever ?

— Oui… »

Jean-Paul l'aida à se lever et ils sortirent par une autre
entrée que celle où ils étaient arrivés. Nicole n'avait plus revu
le médecin ni la femme du début. Jean-Paul avait mis son bras
autour de sa taille pour empêcher ses jambes de se dérober
sous elle. Il la fit asseoir dans la voiture qui était juste devant —
il devait l'avoir déplacée pendant qu'elle était avec le docteur.
Il semblait à Nicole qu'elle était incapable de se servir de ses
membres. Ses bras pendaient ballants le long de son corps.

Nicole ne se rendit pas bien compte du nombre d'heures
qu'elle passa dans cette chambre d'hôtel ni de ce qu'elle y fit ou
de ce qu'elle dit à Jean-Paul. Elle était sûre pourtant qu'elle lui
parlait de temps en temps puisqu'il lui répondait quelque chose.
Ensuite les étranges vapeurs qui embrouillaient son esprit commencèrent à se dissiper et elle était assise dans l'auto à côté de
Jean-Paul, en route vers la maison. Ils ne parlaient pas. Elle
se mit à pleurer, sans bruit. Simplement, des larmes coulaient
sur ses joues et elle ne les essuyait pas. Elle ne voulait pas que
Jean-Paul sût qu'elle pleurait. Elle regardait par la fenêtre le
paysage qui défilait et ne pensait à rien. Et puis à un moment
elle pensa qu'elle avait faim ; peut-être que c'était cela qui la
rendait étourdie. Elle ne savait même plus quel jour on était,
s'ils étaient partis hier ou avant-hier. Elle demanda à Jean-
Paul : « Est-ce qu'il y a quelque chose à manger ?

— Il y a du pain dans le sac sur le siège arrière… Je ne sais
pas si tu devrais manger.

— Pourquoi pas ? J'ai faim.

— Je ne sais pas.

— Est-ce que le… le médecin t'a dit quelque chose ?

— Oui… mais pas sur ça… Il m'a donné des pilules que tu dois prendre si tu te sens mal ou si tu as de la fièvre.

— Qu'est-ce que ça fait, si je mange ou non ?

— Je ne sais pas. »

Au bout d'un moment, elle dit : « Est-ce que ça a coûté cher ?

— Pourquoi tu penses à ça ? Ne te préoccupe pas de ça.

— Je voulais seulement savoir. »

Il tourna la tête pour la regarder et vit que des larmes coulaient sur ses joues sans qu'elle fît rien. Il avança la main pour les essuyer avec son pouce. L'auto fit une embardée comme si elle avait glissé sur une plaque de glace. « Regarde devant toi ! » Après ils ne parlèrent plus de tout le voyage. Le silence oppressait Nicole, mais elle ne savait pas ce qu'elle pourrait bien dire pour le briser. Et puis, ce serait peut-être pire de parler.

Il la déposa à deux pâtés de maison de chez elle. « Est-ce que tu penses que tu pourras marcher ?

— Je n'ai pas vraiment le choix, tu ne peux pas aller plus près que ça.

— Nicole… essaie de te reposer, d'accord ? Appelle-moi si tu te sens mal… Si tu as besoin de moi, je vais tout laisser, je vais venir.

— Je pense… qu'on ne devrait plus jamais se voir. »

Elle ne lui laissa pas le temps de répondre et sortit en laissant la portière ouverte derrière elle. Elle n'arrivait pas à marcher vite et elle avait peur de tomber à chaque pas. Elle l'entendit qui l'appelait, pas trop fort pour ne pas attirer l'attention, mais elle ne se retourna pas. Et si elle s'effondrait dans la rue ? Tout le monde saurait alors, et ça n'aurait servi à rien. Elle réussit cependant à marcher d'un pas presque normal jusqu'à sa porte, à gravir les marches une à une. Quelle heure était-il ? Elle ne le savait pas. Quel jour ? Dimanche. Le dimanche des Rameaux. Non, ça c'était il y a deux semaines. Elle ouvrit la porte. Si tout le monde se trouvait derrière et la voyait, ils sauraient. Elle avait l'air d'une morte et ses cheveux étaient coupés n'importe comment. Il fallait qu'elle parvînt à se rendre à sa chambre sans voir personne. Après elle aviserait. Elle trouverait quelque chose à raconter. Elle commença à monter les marches et quand elle arriva à la dernière elle entendit des pas. « Nicole ? C'est toi ? » C'était sa mère. « Oui, maman, bonsoir. » Nicole avait dit cela sans se retourner, elle continua à marcher jusqu'à sa chambre, ouvrit sa porte et s'effondra sur son lit. Elle n'avait enlevé ni son manteau ni son chapeau, qui couvrait encore ses cheveux coupés. « Nicole… ? Nicole, qu'est-ce que tu as ? »

Pour la première fois de sa vie, Nicole percevait de l'inquiétude dans la voix de sa mère. Elle ne voulait pas pleurer devant elle, mais des larmes continuaient de rouler sur ses joues et elle était trop fatiguée pour les essuyer. Sa mère s'approcha du lit et se pencha pour lui enlever son chapeau. À la vue des cheveux coupés, elle ne dit pas : « Qu'est-ce que tu as fait à tes cheveux ? », elle ne dit rien. Elle resta là à la regarder. Elle ne demanda plus rien, plantée comme une inconnue au pied du lit. Nicole ferma les yeux, elle pensa à Jean-Paul. *Je pense… qu'on ne devrait plus jamais se voir.* Ainsi donc il n'y avait pas eu besoin de sacrifice, ou plutôt le sacrifice était venu trop tard. *Oh, Jean-Paul ! À quoi tout cela aura-t-il donc servi, dis-moi ? Tout n'est donc qu'un gâchis sans nom ?* Et sa mère, qui se taisait et la regardait… « Maman… Je suis malade, malade. » Elle s'attendait à ce que sa mère lui répondît quelque chose comme : « Arrête ta comédie ! T'es pas plus malade que moi ! », mais elle continuait de se taire. Et Nicole pensait à quand Jean-Paul lui avait déclaré qu'il l'aimait, qu'il l'aimait au point de crever. Et à ce jour si beau où elle lui avait dit qu'elle voulait bien qu'il l'aimât. Mais ça ne pouvait pas être deux choses séparées : cet amour et puis ce mensonge. « Tu mélanges tout ! », voilà ce que lui aurait dit Jean-Paul s'il avait pu l'entendre penser. Mais on ne dira rien, Nicole, on gardera le secret.

À un moment elle s'endormit. Quand elle se réveilla, le matin se levait, et elle se rappela l'autre matin où elle s'était réveillée à cette même heure. Comme il lui semblait loin, ce moment ! Elle se leva sur ses jambes tremblantes, pour ouvrir la fenêtre. L'odeur de renfermé qui planait dans sa chambre lui donnait la nausée. Elle regarda le monde qui s'éveillait, elle eût voulu le trouver laid, comme tout en elle lui semblait laid, mais elle n'y serait pas parvenue à moins de fermer les yeux. Et c'était bien ce qui faisait l'horreur de ce monde terrible : qu'il fût si beau. Il était six heures : elle entendait l'angélus sonner à l'église Saint-Viateur. Presque machinalement elle tomba à genoux, peut-être parce que ses jambes se dérobaient sous elle, et elle se rappela que ce n'était plus l'Angélus qu'on disait en ce temps mais le Regina Cœli, et de mémoire elle le récita en latin. Puis elle fut prise de rage contre elle-même, parce qu'il lui était venu à l'esprit qu'avec tout ça elle n'était plus une chrétienne. Elle avait tout détruit, tout. Elle avait jeté aux chiens tout ce qui pouvait être jeté aux chiens. Alors qu'est-ce qu'elle faisait là, à genoux, quand il n'y avait plus rien à sauver ? *Oh, Jean-Paul ! J'ai voulu faire le paradis pour toi, mais ça n'a rien donné, ou plutôt tout s'est pourri entre mes doigts. Maintenant peut-être qu'on devrait regarder les choses en face : on se déteste. Peut-être qu'on a cru qu'on s'aimait, mais c'était jamais vrai. Et tout est de ta faute. Non, ça c'est encore un mensonge.* Qu'est-ce donc qui n'en était pas un ? Elle ne savait pas. Qu'est-ce qui était faux, et vrai ? La seule chose qui lui semblait vraie, c'était cette douleur dans tout son corps. Et maintenant qu'il ne restait plus que cette douleur, elle ne savait pas ce qui allait arriver.